长篇小说

灼日刺青

杨莉 著

云南人民出版社

图书在版编目（CIP）数据

灼日刺青 / 杨莉著. -- 昆明：云南人民出版社，
2025. 3. -- ISBN 978-7-222-23539-7
Ⅰ. I247.5
中国国家版本馆 CIP 数据核字第 2025ZD1849 号

责任编辑：赵　红　燕鹏臣
装帧设计：蓓蕾文化
责任印制：代隆参

灼日刺青
ZHUO RI CIQING

杨　莉　著

出版	云南人民出版社
发行	云南人民出版社
社址	昆明市环城西路 609 号
邮编	650034
网址	www.ynpph.com.cn
E-mail	ynrms@sina.com
开本	720mm×1010mm　1/16
印张	16
字数	230 千
版次	2025 年 3 月第 1 版第 1 次印刷
印刷	成都新恒川印务有限公司
书号	ISBN 978-7-222-23539-7
定价	68.00 元

如需购买图书，反馈意见，请与我社联系。
图书发行电话：0871-64107659

云南人民出版社公众号

目录

第一章　李固不见了 / 1

第二章　诡异旧案 / 18

第三章　奇怪的养子 / 63

第四章　不速之客 / 76

第五章　僵局 / 100

第六章　疑云再起 / 114

第七章　柜子外面的真相 / 132

第八章　一封写给自己的信 / 140

第九章　十一张身份证 / 154

第十章　逃跑的男孩 / 168

第十一章　神秘卡片 / 179

第十二章　破局 / 193

第十三章　重探旧案现场 / 205

第十四章　乍现 / 217

第十五章　一步之遥 / 232

第十六章　局中谜 / 243

第一章　李固不见了

9点30分，入殓师李固还迟迟未到。

昨天约好的今天9点为殉情女孩整装，逝者是一个为情而困的富家千金。像所有狗血剧一样，青春美丽的女孩和一个穷小子相爱，家里坚决不同意，女孩和小伙相约直播殉情。女孩喝下农药，小伙在最后一刻害怕得转身跑了。女孩死了，两人轰轰烈烈的相约殉情变成单向奔赴，活生生的女孩成了这场闹剧的逝者。

富豪父亲恨不得把小伙大卸八块再烹之食之，然而小伙仿佛人间蒸发，不知去向。

痛彻肺腑的富豪父亲为彰显如山父爱，给女儿签订了最豪华的套餐服务，并让殡仪馆找最有经验的入殓师为女儿整理妆容，他要让女儿在人间的最后时刻美美的。根据主管温情推荐，妻子选择了李固师傅为女儿整理妆容。

"您就放心吧，李固师傅是我们这里最好的入殓师，那些意外去世者面目残破、肢体严重受损的，他都能还他们尊严，让他们安详远行。我们肯定要让你们美丽的女儿带着美丽去往天堂，请您相信我们。"主管小刘热情诚恳的巧舌如簧，三下五除二就说服了悲伤的女主人。

女主人难掩悲伤，声音嘶哑地说："拜托你们，我女儿是非常漂亮的，从小到大都是一个漂亮女孩，现在我们只求她能漂漂亮亮……离开。"话未说完，泣不成声。

"你们放心，我们一定要让您女儿如同生前一样光彩照人。"

第二天还不到8点，富豪夫妇就来了，小刘把他们请到休息室，贴心地倒了两杯热茶给他们，让他们在沙发上坐下。

小刘说："外面天冷，这里面暖和，你们在这里休息着稍等片刻，这两天你们没休息好，先喝口热茶闭目养养神，李固师傅来了我会告诉你们。"

小刘出来轻轻拉上门，深吸口气，这也来得太早了嘛。

值班女员工跟小刘抱怨："他们不到7点就来了。"

小刘说："除了死，人生无大事，人家刚经历了天大的悲痛，我们就担待着点，尽量替家属着想一下。"

时间很快，9点过5分还不见李固师傅。

小刘拨打李固师傅的电话，手机关机，隔一下又拨还是关机。

小刘抬头看墙上的挂钟，时间已经9点过10分，小刘开始着急，手里拿着手机，进一趟出一趟，拨打几十个电话，手机里总是女声那一句："您拨打的电话无法接通，请稍后再拨。"

休息室里的富豪夫妇已经很不耐烦了。

他们走出休息室找到小刘，女主人指着手腕上金晃晃的金表："昨天不是说好的9点吗？你看，什么时候了，都9点20分了，还不见人。"

小刘满脸堆笑，说："估计路上堵车了，您二位再耐心等一下，李固师傅从来不会迟到的，今天肯定是路上堵车，我再接着联系。"小刘的热情让疲惫而悲伤的富豪夫妇稍微平静，小刘又把他们送进休息室，再为他们续上热茶，小心翼翼地退出休息室。

出门后，小刘接着又拨打李固的电话，依然是那句："您拨打的电话无法接通，请稍后再拨。"小刘恨不得一把砸掉手机，他回头朝休息室门望了一眼，一股火焰上冲，压低嗓门喃喃自语说："这李固到底怎么回事，难道喝醉酒关机啦？"又马上否定，别说迟到，每回考核李固都是全勤，不请假、不迟到，已经是李固的标签了，当然更重要的是他

第一章　李固不见了

对这份职业的敬畏，这才是让很多人敬重李固的原因。但是，就这么一个人，居然关闭了手机，也不知道搞什么？

嘀嗒嘀嗒……小刘盯着墙上的钟，一分钟拨3个电话，电话依然不通。

时间到了9点30分，小刘觉得自己已经圆不过去这个场了，便拨通萧总电话。

萧总说："不要急，你慢慢说。"

小刘说："李固联系不上了，昨天约定的今早9点要给那个殉情女孩化妆，这边还等着他，可是怎么也联系不上，急死人了。"

萧总说："这样，你联系一下李夏，实在不行让李夏上。"

小刘说："李夏？不行吧，李夏怎么做得好这事，弄不好人家会投诉。"

萧总说："这样，你让他们开车去接李夏，由李夏来接替李固，顺便看看李固到底在做什么？连手机都整关机了，等这个事情过了，我要好好整顿一下，该罚就罚，他太不把24小时开机的规定当回事了。"

小刘："嗯，可是李夏行吗？他的脑子不是……"

萧总："没问题，相信我，李夏脑子是有点问题，但是做这个还是很有天分，你跟家属说刚才打通电话，李固生病了在医院，我们马上去接一个比李固更厉害的，一个真正的高手。"

小刘迟疑道："这……行吗？万一他们问为什么昨天我说的李固是最厉害的，今天又变成一个青年？"

萧总："你告诉他们李固一般是不出场的，让他们不要以年龄论高低，快去接李夏。"

小刘慌忙安排了车辆去家里接李夏，又忙着到休息室陪富豪夫妇。

"实在对不起，刚才拨通李固的电话，天亮他突然生病被送去医院了……"

小刘话没说完，富豪从座位上弹起来，悲愤夹杂愤怒："昨天说好的事，你们怎么出尔反尔！什么高人？既然是高人为什么不在这里，还

· 3 ·

得藏起来、躲起来？"

女主人："我们定的可是最贵的套餐，可你们倒好，我们一大早就来了，你瞧瞧，我们等了多长时间，哼，气死人了，我女儿连最后美一回都这么难……""唉，女儿呀，你命太苦了，你傻呀，你就是铁定要死，你也要拖着那个坏种一起死，你怎么就让他溜了，我恨不得把那个坏种大卸八块再烹之食之。啊，呜呜……"女人筋疲力尽地哭倒在沙发上，小刘心里的委屈不敢流露，在心里愤愤地说："谁让你们人还没上班就来，来早了怪别人。"表面不敢流露半分，忙使了个眼神，两个女员工心领神会，一个女员工拉着女主人一只手轻轻揉捏，轻言软语悉心安慰，或许真是太累了，女主人声音温和些许："你们站在这里干啥？还不快去接那个人来。"

您别急，他们已经出发去接了，很快就来了。

10点50分，李夏在几个人簇拥下来到了停放女孩的房间。李夏不慌不忙打开工具箱，一样一样整整齐齐把工具放一边，取出一双胶手套戴上。

小刘轻手轻脚来到休息室，俯下身子对女主人轻声说："他已经来了，您看，是要过去看着，还是就在这里等做完再去看您女儿美丽模样？"

女人要起身，富豪拉住妻子："现在还是别看了，看了我受不住，我们就在这里等着。"

女主人说："我还是去看一眼，我主要是去看看这个年轻人能不能做得好，我去就行。"

女人跟着小刘来到门口，小刘心里狂跳，李夏能不能做好这件事，他根本没有底，本来可以调别的来，但是萧总坚持让李夏来，他又有什么办法。小刘心跳快速，如果有点闪失，他不知道等下怎么收场。小刘在门口停住脚步，心虚地侧身让女主人进去，他实在不敢走进去，因为，李夏不仅脑子有点问题，并且没有正规学过入殓师行当，只是跟着父亲李固来玩，在旁边看着李固操作。小刘忐忑不安，虽然李夏是一个翩翩美少年……但是现在小刘感到胸闷，他不敢看，移步门侧给女主人让路。

女主人也停住脚步，站在门口，她看到李夏正在戴手套，沉静而稳若泰山的神态，还有俊美的面庞，让悲伤的女主人如释重负，她说："我过去等吧，完了叫我们，不必急，好好做。"

小刘松了一口气，突然想起问李夏，李固为什么关机？

李夏专注工作，对小刘的话充耳不闻，这让小刘很是恼火。

接下来也不知道会是什么结果，小刘也害怕看见不好的结果，他找了一个角落提心吊胆地等待着，时间仿佛很慢，隔几分钟看一下手机。小刘找到了接李夏的司机。

"你们去接李夏，李固在干什么？还关了手机，我打了几十个电话都是关机，他到底在整什么嘛？急得我心脏都要跳出来了。"

"没见着，李固不在家，家里就是李夏一个人。"

小刘说："李夏没说李固去干什么了吗？"

司机说："李夏也不说他去哪里了。"

怪了，刚才萧总说了，到时候要好好整治无故关机的情况。"这老小子竟然关了手机，你活该要被罚。"小刘在心里狠狠骂李固。

小刘在分分秒秒中煎熬自己，等待对于他来说，太过于漫长。

李夏说："做完了。"李夏退到一边，一众人赶紧上前，这一看，大家吃了一惊，眼前这个女孩不就是活脱脱的睡美人吗？

躲在角落的小刘听见那边的声音，忙着过去挤进半个身子，眼前一幕着实让小刘大吃一惊，他没想到李夏居然半点不比李固差，准确说，李夏比李固厉害，他花了不到一个小时，就还原了女孩最美丽、最惊艳的时刻。这让小刘惊诧之余不得不对李夏另眼相看，应该说是对萧总另眼相看，萧总看人厉害啊，别人眼中的傻子，萧总却敢在关键时候用他？这得有强大的心理素质，难道他就不怕李夏把这事搞砸？现在，小刘对萧总更是佩服得五体投地。萧总就是萧总，连识人都有非一般的胆识……

小刘刚才的惊惶全然扫光，看着眼前这个睡美人，抑制不住内心狂喜，挺着身子着急地向休息室跑去。

富豪夫妇走到门口脚步放慢，似乎有点怕女儿模样让他们失望。

小刘说："二位请进。"

富豪夫妇迟疑片刻，走到工作台前，突然，"哇"的一声，女主人号啕大哭。

小刘不知怎么回事，以为女主人不满意，轻声说："你们……"

女主人说："我女儿啊，你不值呀，你花容月貌竟然为一个穷小子殉情，你是不值啊……"

富豪说："没事，没事，好，好呀……你没骗我们，这个青年真是不错，谢谢，很感谢你还我女儿的美丽。"富豪竟朝李夏鞠了一躬，喃喃念叨："我美丽的女儿，光彩照人……你瞧，你瞧……我女儿就是漂亮公主嘛……"

望着睡美人般的女儿，富豪夫妇泣不成声，千恩万谢。

小刘趁着他们忙乱，溜出去给萧总打电话："萧总，李夏太让我吃惊了，他不就是跟着李固进来玩的时候，在旁边看过几回嘛，没想到啊，没想到，他不比李固差，这小子真是厉害。当然，全靠萧总你这个伯乐，才识得这个傻小子，一般人谁敢用他呀。萧总，我真的佩服你用人胆识呀……"

萧总说："我敢用他，我也是赌呀，事情着急嘛，我这也是没办法，哈哈。"

小刘说："这户富豪人家很挑剔，但现在他们非常满意，还千恩万谢，我没想到李夏这小子比他爹厉害。"

萧总说："那句话怎么说，天才和傻子就是一纸之隔嘛。至于李固嘛，等他来上班我要好好剋他，你忙去吧，等下去帮我好好谢谢李夏，把他送回家。"

小刘回到那间房里，富豪夫妇还在那里悲伤且带欣慰，女主人拉着李夏的手，悲伤的眼睛，在李夏脸上扫来扫去，心想如果女儿活着，她

第一章　李固不见了

恨不得立马把女儿许配给李夏，从她眼里流露出对李夏的欣赏和喜欢。

小刘忙过去解围："你们再跟女儿单独待会儿，跟她说说话……"

女主人再次对李夏鞠了一躬，说："感谢你，孩子，我女儿若知道自己今天这么美丽，一定很高兴，她是一个很爱美的孩子，今天她能美美地、漂漂亮亮地去天堂了。"

女主人站在女儿旁边目送李夏出去，李夏出门，她又来到走廊看着李夏高大的背影消失在走廊才返身。

李夏的一战成名，这是一着险棋，别人不敢用，只有萧总才敢用。一个脑子有点糊涂的傻小子，谁敢用？也只有他萧总，因为他敢赌……

小刘绷着的弦终于松懈下来，时间早过了饭点，小刘掏出自己的饭卡让几个员工带着李夏到食堂吃饭。

小刘说："给李夏多打几个荤菜。"

女员工说："刘主管你不去吃？要不我给你打了带来……"

小刘摆手说："你们去，我现在只想休息一下，今天三惊三吓，够呛。"

突然，小刘又想起李固，他慌忙追出去问李夏："你爸怎么关机了，到底怎么回事，不在家去哪了？"

"他，不知道。"李夏还是那句。

小刘无奈摆摆手，一个人来到富豪夫妇待过的休息室，陷在沙发上彻底松弛下来。

他掏出手机扒拉着号码，看着给李固拨出的几十个电话，气不打一处来，不过好在今天的李固无故不现身的危机李夏给完美化解，不然还不知道这事怎么收场！小刘想起女主人看李夏的眼神，不由哈哈一笑，自言自语："这女孩看来随她妈，真的应验了那句话，世界的尽头都是花痴。"

放松后的小刘，似乎也忘了李固，现在也不需要李固了，无所谓他关机不关机，李固通的篓子萧总会找他的麻烦，自己危机已经解除，他刚想踏踏实实眯上一会儿，电话响了，掏出来一看是萧总打的，他慌忙接起电话，那头声音："你这个主管怎么躲起来了，不陪陪帮了大忙的功臣？快过来，在三楼。"啪，电话挂断了。

小刘立马起身，一溜小跑朝食堂走去。

三楼小餐厅，现在很少用，以前是萧总接待领导或者有头有面人物的一个隐秘用餐地。还没进门就听见经理哈哈哈的笑声，几个员工正绘声绘色地向他描述今天的惊险片段。面对门坐的萧总看见小刘来了，招呼道："说曹操，曹操到，快来。"

小刘看见桌上已经摆满做好的菜，满脸惊诧。心想，真他妈厉害，这么快就做好一桌菜？

萧总仿佛有读心术："很奇怪吗？怎么就做好了一桌菜？很简单，因为我早就安排好了。"

小刘说："萧总，你，你也不怕……今天会出什么岔子？我可是心一直提到嗓子眼，现在脖子还是酸的。"

萧总说："能出什么岔子？我心里有数，我见过这孩子的活，我的眼睛不会骗我。"

小刘说："萧总，我真是服了你，我现在腿脚打战，这个李固今天差点让我们下不来台。"

萧总说："现在我们不谈李固的事，今天的主角是李夏，要感谢的是李夏，感谢他为我们解了围，当然，也要为你带着的这帮员工喝彩，作为负责人我得谢谢你们，大家还要上班，改天我再请你们喝酒，我以茶代酒敬大家，希望大家再接再厉，把殡葬事业这项特殊服务做好。"

大家纷纷端起茶杯，齐声喊道："没有最好，只有更好……"

在大家热血激昂地呼喊口号时，李夏仿佛在一个无人之境，不起身、不抬头，一个人静静坐着。

小刘说："李夏，萧总敬茶你要起来嘛，这样才有礼貌。"

萧总说："没那么多规矩，李夏，不管怎么说，今天感谢你帮我们解围，我要敬你一杯茶。"

小刘说："李夏站起来呀，萧总敬你茶呢？你这孩子怎么……"

第一章 李固不见了

李夏依然不动，萧总喝了一口茶水，为李夏夹了很多菜。

萧总说："李夏，你吃你的，不要管他们，今天你辛苦了，多吃点菜，不知这菜合不合你胃口？"

李夏不语，开始动筷子，低头认真吃菜。

萧总说："李夏，你爸爸在家还是去哪里了？"

"他，不在家。"李夏又是那句话。

小刘说："我问过了，什么都问不出来，不知道他是知道，还是不知道，反正就是这句话。"

萧总掏出手机说："我现在拨一个看看，也许现在通了。"

"你拨打的电话无法接通，请稍后再拨。"依然是那个永远的女声。

萧总说："这个李固搞什么嘛？连李夏都不知道他去哪里了，不管李夏了？等他上班我好好批评他一顿。"

萧立问给李夏碗里夹了很多菜，和蔼地望着专心吃菜的李夏，悄悄对小刘耳语："这孩子长得是一表人才，要是脑子没毛病多好。"

小刘："谁说不是，刚才你没看到那个富豪夫人看他的眼神，不就是看着他这个模样，才答应由李夏来完成嘛，不然，她不折腾个鸡飞狗跳不会罢休。"

萧总说："也要理解人家的失女之痛，我们做服务行业的靠什么？不就是服务嘛。服务是什么？不就是包容嘛。"

李夏把菜夹到另一个盘里，满了还堆上去。

小刘说："李夏，你把菜放在这里做什么？"

李夏说："带回去，给爸爸吃。"

李夏这一举动感动了萧总，他说道："李夏，我已经让他们给你爸爸准备好吃的了。"挥手让服务员送进来，打开盒子，里面有白切鸡、香气四溢的酱牛肉，还有黄灿灿的香酥牛肉。看到盒子里好吃的东西，李夏眼睛里放出光，孩子式地笑了。

趁着李夏高兴，萧总说："李夏，你想不想来我们这里工作？"

李夏终于抬起头望着萧总片刻，缓缓点头。

萧总说："你是愿意啦？你不用天天来上班，有事需要你时，我们会来找你，好吗？"

小刘悄悄凑近萧总耳朵："李夏就像是另一个世界的人，我们可是特殊服务行业，你看他总是沉浸在自己的世界，与这份服务工作格格不入。"

萧总说："今天他不是做得很好嘛，我不会看错人的，我斗胆担保这孩子他能做好。"

小刘觉得萧总过于高估了李夏，虽然李夏今天表现惊艳，但小刘认为今天的结果只是一个"赌"字，做个员工需要的是常态，毕竟李夏脑子多少有问题，说得难听点，算是一个智力残障人，他连李固去哪里都说不清，还指望他能像一个正常人工作？小刘心里一万个不服，口里说出的却是："嘿嘿，萧总，你决定了就好，我赞同你说的，萧总相信，我也相信。"

因为李固的突然失联，李夏意外成为了一名编外入殓师。

3天过去了，李固仍没有音讯。

问李夏还是那句话："他，不在家。"

李固失联第三天，萧总召开会议，主题是李固的失联。

小刘已经彻底松弛了，上回出事特殊，才把自己推上火山口，现在他无所谓李固失联不失联。

萧总说："今天召集大家来就是李固失联的事，一个大活人手机关闭，人突然不见，确实让人不安，我想征求大家意见，我们是再等等，还是立即报警？每个人都发表下自己的意见。"

一个员工说："要不要再问问李夏，李固到底出门去哪里了，虽然李夏脑子有点毛病，但是在与不在，本来就明了得很，是不是再问问他，他应该是最清楚的，如果李夏都不知道李固去哪里了，恐怕真的……"

第一章 李固不见了

大家问："恐怕什么？"

员工说："恐怕真的有事。"

小刘说："问李夏有个屁用，你们看我问了好多次，都是那句：'他，不在家。'萧总做证，那天吃饭，萧总问他，还不是那句：'他，不在家。'我去，今天我又打了几次电话，还是关机，谁知道这李固在玩什么把戏。"

另一员工说："我不同意刘主管的说法，我觉得李固师傅是个很认真的人，他突然关机肯定有什么原因，那么多年来哪一回打电话他没接？就是年三十、初一他的手机都是畅通的，所以我想，我们要不要先报警？"

小刘说："我不同意报警，我们正在评审文明单位，报警总归不好吧，再说他能有什么事？我总是觉得过几天他就会主动现身，到时你看他怎么给大家一个说法！"

大家七嘴八舌，有的主张立刻报警，有的主张再等几天，以10天为期限，如果10天还不见人那就报警。报不报警，最后当然还得由萧总一锤定音。

一个员工突发奇想，说道："他会不会给自己放一个假，到外地朋友家玩一下，也故意制造神秘气氛，我说的是万一……"

小刘说："你的想象还怪丰富的，你怎么不想想，李夏一个人在家他放心吗？李夏虽然是他的养子，他对李夏的感情就算亲父子也不过如此，李固这个人我还是了解的。"

另一员工突然抹了一下脖子，做出一个惊悚表情："会不会……"

呸，说什么不吉利的屁话。

另一个又说："去外地朋友家玩不可能，李固除了李夏，一个朋友都没有，更别说仇人了，谁会来害他？"

萧总说："哎，等等，你刚才说到朋友，我倒是想起来，前不久李固倒是介绍了一个人进来，说是他的朋友，我就想着李固会有什么朋友？开始说在火化岗位嘛，李固说他的朋友胆子贼小不敢在那个岗位，让我再看看别的岗位。我想想，山脚边才建起的那片苗圃园，反正也需要人，就让他到那里去，我还跟李固说苗圃园的工资很低，就不能跟火化工比了，李固说他知道。"

"快，快，赶紧去把苗圃园的这个工人叫来，他兴许知道李固去哪里了。"

正说着萧总手机响了，便出去走廊那头接电话。

这边苗圃园的工人懵懵懂懂地进来，看着一屋子人不知所措。

小刘说："你就是李固的朋友，祝奎？"

祝奎说："是我。"

小刘说："不必拘束，你坐下，我们问你件事。"

祝奎站着说："有什么事，你们问就是了。"

小刘说："你坐下，不要紧张，叫你来呢有件事，李固这几天不知去哪里了，手机关机，我们也找不着他，大家都着急，一个大活人突然就关机消失，你说我们能不急吗？"

祝奎说："肯定急。"

小刘说："李固在我们这里20多年，大家都知道他没有朋友，只有一个儿子李夏，这个你知道的吧？"

祝奎说："当然，我晓得，晓得，可是你们找我来做什么呢？"

小刘说："李固突然不见了，我们真是着急，你是他的朋友，你知不知道他去哪里了？"

祝奎说："李固是我的朋友，这不，我的工作还是他帮着找的嘛，至于他去哪里了，我还真不知道，只是我觉得他不会离开李夏的，我想他不会离开。也许，他是在跟什么人开玩笑？也许有什么事，手机坏了，或者……"

小刘不耐烦："你也别或者了，我们找你来就是看看，知不知道李固去哪里了，有可能去哪里？"

祝奎："不知道，要是知道我肯定要告诉你们的。"

小刘："你去忙吧。"

祝奎转身出门，小刘又叫住他："出了门不要提今天这事，既然你也是这里的员工，要懂得规矩，不要乱说话。"

祝奎："晓得的，我不会乱说。"

祝奎刚走，在走廊那边打电话的萧总进来了，见大家垂头丧气，便问："还没来？"小刘："来过了，我们问了，他也不知道，看那个样子是真不知道，如果知道谅他不敢隐瞒。"

短暂沉默后，萧总说："我同意你们的意见，再等几天，一个星期吧，等文明先进单位评审组走了我们再报警。我也是觉得奇怪，你们说得对，这个李固没有朋友，更不会有什么仇人，他能出什么事？但愿，过几天他就回来，只当他跟大家开了一个玩笑。我再重申，今天从出了这个门，你们嘴最好打上封条，严实点，在事情不明朗的情况下，我们员工要做到不信谣、不传谣，谁乱说惹出祸来，到时候，别怪我不客气了，这几天我们就耐心等着……"

萧总交给小刘一个秘密任务，让他在报案前这几天，到李固家附近蹲守，看看李固的消失是真的，还是有什么诡怪？

小刘说："你怀疑李夏？"

萧总说："我怀疑李固。"

小刘惊诧地说："李固不是失踪了吗，你怀疑他假失踪？"

萧总说："我是觉得有点诡异，一个大活人怎么说不见就不见，我这个人不信鬼神，但我喜欢探查真相。"

小刘说："没有真相，能有什么真相？你既然怀疑他的失踪有问题，那要不要赶快报警，我觉得这个事情还是尽快报警。"

萧总说："你不知道这几天正是评审文明先进单位的关键，这事捅出去，文明先进单位就完了。"

小刘说："可是……这人命关天……"

萧总说："人命关天……这李固整这出，是嫌我们不够忙来添乱。"

小刘恨不得踹萧总几脚，但还是按照他说的话做，谁让他是领导呢。

下班跟着李夏坐公交车回家，把李夏送进家门。小刘来到李固的房间，床铺上整整洁洁，符合李固的习惯，又在客厅里看，再到李夏的房间里看，就连小小阳台他都查看了，此时他只恨自己不是神探，怎么没看出半点蛛丝马迹。好在李夏是个智商有问题的人，什么都不知道。

小刘就在李固家旁边找了一家不大的旅店住下，进入房间拉开窗帘，发现选的房间真是不错，这里可以看见他们单元门，人进人出都看得清楚，小刘倒在床上，满肚子委屈地骂道："萧立问狗日的，老子一天忙得四脚朝天，你眼睛瞎了看不见，还让我来干警察的盯梢，但凡有点路子，谁他妈会来你那个鬼地方，呸。"

夜半时分，小刘起夜后顺便朝李固家方向望了一眼，这一望还真发现了点什么。

李夏不知什么时候出去，刚好返回单元门，李夏在小刘的窥视中进了单元门。小刘一看时间，凌晨3点10分。

小刘一下子清醒了，这是怎么回事？难道李夏是凶手？杀了李固？出去抛尸？不然，一个弱智半夜三更出去干嘛！散步？说不过去嘛。

也许是偶然出去，刚好被我撞见，算了，明天再看，如果3天都出去，李夏十有八九去埋尸。

第二天，小刘照例送李夏回家。两人坐在公交车上，小刘问："你晚上会出去散步吗？"

李夏慢一拍反应过来，说道："不出去。"

小刘有点吃惊，坐直身子，说："你一次都没有吗？"

李夏说："嗯，不出去。"

小刘心想，难道见鬼啦。

当晚，小刘不敢疏忽，开着电视喝着啤酒，等到半夜3点，他站在窗边等着。时间一分一秒过去。

凌晨3点10分，李夏又从外面进了单元门。

小刘不信邪，决定再观察一夜，反正明天就到期限了，如果明天李夏还出去，那么，这个杀人凶手的罪名就难以脱逃。

第三天，小刘送李夏回家，在公交车上，小刘问："李夏，你晚上会出去散步吗？"

李夏反应仍然慢一拍："不出去。"

真是见鬼了。

最后一晚，坚持，坚持到今晚就能确定李夏是不是凶手了。想着他替李固不值，在殡仪馆里谁都知道，李固对这个养子是相当地好，唉，他不敢再往下想。他恨自己前两个晚上忘了拍几张照片，作为证据。

临近凌晨3点，一场滂沱大雨骤然而至。

哗哗大雨敲打着玻璃，滂沱大雨让小刘感到不安，这样的大雨，李夏还会出去吗？

凌晨3点，他开始注视着那边单元门，雨水溅起，在空荡荡的路上溅出密密的小坑。

3点10分，不知什么时候出去的李夏浑身湿透地进了单元门。有备而来的小刘，"啪啪啪"，拍下了几张李夏走近单元门、侧身进单元门的照片，他握紧手机，在床上翻了个滚，高举手机说："哈哈，明天……一个真相大揭秘，没想到我还有福尔摩斯的潜质。"

祝奎得知李固失踪，内心波澜翻卷。

对于李固的失踪，祝奎心里也惊起千层波澜，难道李固不是他？不，你看那个走路的样子，我敢说再过多少年我也能认出，肯定是他。

为了缓解紧张，他来到厕所，在水龙头前洗一把脸，对着镜子摸着自己的脸，扭鼻子，瞪眼睛，把面部怪表情做了一遍，又用水洗了一遍脸，看镜子里面的自己，难道是我吓跑了他？

当天下班，祝奎买了一只烤鸭去李固家，他看到小刘和李夏一起回家，就坐在烤鸭摊上等。一个小时后小刘出来了。小刘走后，他急忙过去，李夏开门，祝奎满脸笑容："李夏，我给你带你爱吃的烤鸭来了。"

李夏拍手："好呀，烤鸭好吃。"

祝奎把烤鸭放在桌上，李夏打开纸包吃起烤鸭来，也不搭理祝奎。祝奎到桌前翻看李夏的笔记本，笔记本上画着七零八落的人体骨骼，不由得一阵毛骨悚然。

"你这孩子画什么乱七八糟的嘛。"

"不准动，我的笔记本。"李夏突然一喊，吓得祝奎一跳。李夏夺过笔记本，继续吃烤鸭。

"李夏，你爸爸呢？你爸爸去哪里了？"

"他，不在家。"

"我上次来跟你爸爸喝酒，身份证落在这里，你看见没有？"

"没看见。"

"那我自己找找，我看是落在哪个旮旯里。上回我喝多了，连自己的身份证落了都不知道，我得找回去，身份证肯定得找回去。"

祝奎恨不得床底都翻个底朝天，也没找到落下的东西，他怀疑被李固毁掉了，他不知下一步该怎么办。

一切太匆匆，这个关键时候，李固失踪了……

3天期限到了。一大早上班，小刘就急急来到萧总办公室，万分迫切地要告诉萧总一个惊天秘密。

他攥紧手机，一步一步走向办公桌前的萧总。

他双手撑着桌面，呼吸急促："萧总，快报警吧，我知道谁杀了李固？"

"谁，谁是凶手？"

"李夏，就是李夏，李夏是凶手，他杀了李固。"

"连续3天，都是凌晨3点10分回来，昨天，凌晨3点10分，我拍到了照片，昨天下恁大的雨，他都出去，你说可不可疑。"

小刘打开手机，颤抖的手点开图片，顿时，傻眼了……

"我拍的照片哪里去了？怎么凭空不见了，难道真是见鬼啦？萧总，我发誓我确实拍到了他进单元防盗门的照片，但是……但是，怎么会没了呢？太奇怪了。"

"有什么奇怪，算了，没有就没有吧，李夏有病大家都知道，他夜里出去又能说明什么？大半夜出去就是杀人凶手？小刘呀，你这么聪明一个人，怎么……唉，我怎么说你呢。"

小刘不服，偏偏是这个关键节点，李夏的行为太诡异了……

萧立问说："我让你去，不是监视李夏，李夏这个傻小子能做什么，你这几天不是跟着他的嘛，你看他那个模样可疑吗？我倒是觉得李固的失踪有鬼怪，我是让你暗里观察他家里有没有什么反常。"

小刘说："萧总我还是认为，反常的就是李夏。"

萧立问说："我跟你说过，我怀疑的是李固。"

小刘说："李固他都失踪了，还有什么可疑的嘛，萧总，我觉得这事有点绕，我还是不太明白。"

小刘双手拿着手机使劲摇，神情迷糊地说道："怎么没有了……不应该呀……"

萧立问不耐烦地说："到此为止，这个事情已经结束，我们可以报案了。"

这个结果，小刘始料未及。

李固的失踪，他认为问题最大的就是李夏，自己的父亲失踪了，不惊慌，好像没事一样，照样该吃吃该喝喝，一副没心没肺的模样，总之，李固的失踪，李夏有重大嫌疑。

第二章　诡异旧案

刑警队办公室里,薛天呵欠连天泡了一碗方便面吃得正香,马平川睡眼惺忪,顶着一头乱蓬蓬的头发进来。

马平川抓了一把茶丢进杯子:"你这边整到几点?"

"凌晨4点多,我现在眼睛都恨不得拿火柴撑着。"

"说了没?"

"没有,都是些硬茬,不见棺材不掉泪的主儿。"

"马队,你那边呢,整出点什么没有?"

"一张死鸭子嘴,一副死猪不怕开水烫的表情,耗着呗,看他能耗多久。"

一个警察进来,马平川问:"你那边说了没?"

警察:"一脸无辜,拒不承认,一口咬定是被人陷害。"

薛天:"今天还要不要接着审?"

马平川泡了一杯浓茶,说道:"审。"

问询室里,马平川举着手里的塑料袋:"这是在你家里搜出来的,别再跟我说你不知道。"

嫌疑人:"警官,我真是不知道,我跟你说过这是阴谋,有人想陷害我。"

"阴谋?有什么理由陷害你?无凭无据,我们也不会去搜查。"

第二章　诡异旧案

"反正我是清白的。"

"你不要嚣张，等我查出来看你还敢嚣张。"

"你去查啊，我不怕查，你们尽管查，查完还我一个清白。"

马平川克制怒火："不配合是吗？等着吧，等着把牢底坐穿。"

马平川回到办公室愤愤地把文件夹摔在桌上，端起浓茶喝了一大口，站在窗前，陷入沉思。

一个警察进来，说道："马队，殡仪馆那边来了几个人，就是前天他们报的那个失踪案，他们在小会议室等着。"

又是失踪案，唉……马平川喝了半杯浓茶，端着杯子朝楼下会议室走去。

会议室里坐着3个人，见马平川进来，那个年长一点的50多岁的男人忙起身相迎："是马队长吧？我是殡仪馆的负责人萧立问。"旁边两人，一个30多岁，一个20多岁。马平川的眼睛扫了一圈："坐，都坐下。"

倒几杯水来。没人应声，回头一看，尴尬一笑"都出去了"。起身站在门边喊道："张峰你上去叫薛天来。"

"叫薛天来干什么？"

"当然是记录，不然呢，我一个人合适不？"

"哦，明白，马队。"张峰小跑上楼去叫薛天。

薛天满脸疲惫梦游般进来："马队，那边我正忙着……"

马平川："谁是闲人？"

薛天："我不是这个意思，马队。你是头儿，反正都是你安排的事，做哪个都一样。"

萧立问："马队，看着你们忙得是……都不好意思打搅……"

马平川："有事找警察，这是我们的职责，只是抓紧时间大家都忙着呢。"

"马队，这就是失踪的李固，殡仪馆员工。"萧立问递过来一张李固戴着红花的照片。

一张会议桌，3人坐在对面，马平川和薛天坐这边，薛天在一旁负责记录。

马平川说："你们什么时候发现李固失踪的？"

小刘抢过话说："马队长，薛警官，是这样的……"

萧立问说："马队，他是李固的部门负责人主管小刘，没有比小刘更了解那天发生的情况。"

马平川示意萧立问别打岔，让小刘继续说。

小刘掏出手机打开通话记录，指着一串未接电话："马队长、薛警官，那天我打了100个电话都是关机。"

薛天说："说重点。"

"好，我把那天的事向两位警官说一遍。"

"那天本来约好9点李固要来给一个殉情自杀的女孩收拾妆容，女孩是一个富家千金，跟一个穷小子相爱，家里坚决不同意，女孩和小伙相约直播殉情，女孩喝下农药，小伙最后害怕地跑了，女孩死了，两人轰轰烈烈地相约殉情变成单向奔赴，活生生的女孩死了。

"女孩父亲是个富豪，为了留住女儿在人世间最美的样子，就给女儿订了最豪华的套餐服务，并让我们找最好的入殓师，李固是我们这里最好的入殓师，我就向他们夫妇推荐李固。

"头天约好的9点，但是9点30还没来，电话关机打不通，我是急得冒火。马队、薛警官你们不知道，我们这个职业很特殊，面对的本来就是悲伤人群，作为服务者我们要尽量满足。我们规定手机24小时待机，很特殊嘛，关了机有什么急事……"

正在记录的薛天打断小刘的话，说："说重点。"

马平川阻止薛天："让他继续说，多点细节也不是坏事，有助于下一步的侦破。"

"我那天是不停打电话，不停打电话，到了9点30分，李固还没来，女孩父母非常生气，我觉得圆不过这个场，才请示萧总，萧总想办法总算圆了这个场，现在想起来我都还后怕。"

"李固的亲人、朋友对失踪怎么看？"

萧立问迟疑片刻，说："李固哪有什么亲人，他只有一个儿子，是养子。不怕你二位笑话，我们这个行业特殊，朋友比较少，谁都有个顾忌嘛。"

马平川眼睛望向对面的李夏，从进来坐下，马平川发现对面这个青年就没抬过头，一直在笔记本上画呀画。马平川觉得奇怪说："这个青年……"

萧立问说："他叫李夏，是李固的养子。"

李夏不抬头地说："儿子。"

萧立问说："对，是儿子。李夏站起来跟马队、薛警官打个招呼。"

李夏不动，还是低头画呀画。马平川暗示薛天过去看他在画什么，薛天看见笔记本上是相当专业的人体骨骼画，每个骨骼还附有文字细节，看了让人叹为观止。

萧立问起身："马队，借一步说话。"

马平川跟着萧立问来到走廊那头，萧立问缓缓道来："李夏是李固捡来的，你也看出来了，李夏脑子有问题，别看他长得一表人才，可惜脑子有毛病，时好时坏。李固失踪的事，李夏不知道，好像根本没有那么回事。每次问他李固去哪里了？就回答：'他，不在家。'问不出来更多的了，唉，李固对这个养子是相当的好，为了李夏，他宁可不结婚，本来有人给他介绍对象，对方也中意，那人对李夏有点冷淡，李固从此不再谈婚姻。一个男人带着一个智力有问题的孩子，实在不容易。李固对他百般疼爱，亲父子也不过如此。"

"但是，你别说，这个李夏有时傻里吧唧，有时候又绝顶聪明。"

马平川说："比如哪些？"

"李夏小时候放在家里不放心，李固工作忙，情况特殊嘛，他就带着李夏来上班，所以从小这个孩子在这个特殊环境见惯死亡，很多工作自己看都看会了，来了不捣乱，一个人要么在李固旁边看着李固工作，要么一个人捧着一个本子埋头画画，刚才你也瞧见了。李固失踪那天，客户不依不饶盯着就要李固来给他们女儿整理妆容，没办法，我让他们去家里接李夏来。那天呀，我也是赌一把，实在没办法，找别的，女孩的富豪父母不干，李夏做得简直堪称完美，那富豪夫妇相当挑剔，他们看到女儿最后留下了最美好的样子，很是感动，不停地感谢李夏，如果那天不是李夏来帮忙，都不知道那家富豪要怎么折腾。"

马平川说："这孩子没读书？"

萧立问说："读过，听李固说过，李夏以前学习很好，每回考试成绩都是年级第一，班上的几个学生老是欺负他，后来老师出了个主意让他转到特殊学校去，李固带着李夏去特殊学校看，那些孩子围上来，李固觉得他不能让李夏在那里读书，一天都不能，拉着李夏就跑，那个接待的女老师不知所以，还在后面追……"

"李固说他不准备让李夏去学校读书，买来一堆课本书，最开始还找了一个家教来，后来他见李夏自己着迷那堆书，索性不要家教了，每天李夏背着书包跟着李固来殡仪馆上班。李固上班，他就再也没进过学校，但是一点没耽误学习，十三四岁就读完了高中课程。"

马平川叹息道："这孩子可惜了。"

两人回到会议室，李夏依然万分专注地画呀写呀。

马平川问："李夏，可以把你的画给我看看吗？"

李夏这才抬起头，停住笔，把笔记本递给马平川，这一看，马平川着实吃了一惊。确实是相当专业的人体骨骼画，每个骨骼清晰，就连米粒大的骨骼都做了完整标注。

马平川把笔记本还给李夏："李夏，你爸爸去什么地方了，你知道吗？"

李夏不抬头："他，不在家。"

第二章 诡异旧案

萧立问和马平川对视一下,马平川看李夏这边是真问不出什么情况,再看看时间也不早了,对萧立问说:"等一下薛天带你们去做个笔录,就可以回去了。"

萧立问小心问道:"马队,就可以啦?"

张峰迅速跑进来,在马平川耳边说:"那个叫申哥的松口了。"

马平川松了口气,接着说:"我马上过来。薛天,你带他们去做个笔录,做完笔录你赶紧上来。"

萧立问说:"马队,我们什么时候再来?"

马平川说:"等通知。"说完小跑着上楼去。

3人做完笔录,小刘问薛天:"薛警官,我们什么时候再来?"

薛天合上夹子:"马队不是说了,等通知。"

离开警队,小刘不高兴地说:"萧总,我觉得这些警察明摆着就是敷衍,都没问什么,就让我们走了,遇上这些案件,也就这几招了。"

萧立问说:"小刘,你说话注意点,你没瞧见他们很忙吗?李固这个案子毕竟只是失踪案,你没听见刚才那个警察火急火燎地叫他,在他们这里,怕要出现命案才会……"

小刘说:"出了命案才会什么?"

萧立问:"唉,当警察也不容易,办起案来没个白天黑夜。"

小刘又问:"萧总,你说出了命案才会什么,说半截子话。"

萧立问说:"出了命案才会出警。"

外面两辆车,萧立问让小刘送李夏回家,自己转身上了一辆黑色宝马车,小刘带着李夏上了白色车子,两辆车一左一右开走了。

傍晚,马平川走出警局,来到路边摊胖哥烧烤要了一盘炒米线,年轻女警卫慧突然出现在他身后。

"马队,一个人吃独食?"

"我说小卫,大晚上你不回家待着,你不会是来跟我争吃的吧?想吃什么，自己点，我请客。"

小卫落落大方地坐下说："马队，你就这么不待见自己？老板来两杯啤酒。"

马平川阻拦："不喝，我有事在身不能喝。"

老板望了望小卫，又看了看马平川，马平川："你看我干啥？"

小卫对老板说："啤酒不要了，我们喝茶。"马队，这都几点了，一个警察你这么敬业，怎么也要该犒劳一下自己嘛。"

"马队你别紧张，我请客。"

"我紧张？呵呵。"

小卫神秘一笑，端起茶水来："我告诉你点内部消息。"

"别，我不想听你那些八卦秘密。当然，如果你有案子需要分享，我也不介意听听。"

小卫："近点，再近点，我告诉你。"

马平川凑近小卫。小卫："马队，生日快乐！"

马平川端起茶水："忘了，这些乱七八糟的事把我整得灰头土脸，我都怀疑自己快得忧郁症了，来，喝起。"

突然，马平川背后伸出六七只杯子齐声喊道："马队，生日快乐！干。"

马平川回头，一众兄弟在背后，老周正朝这边走来，马平川眼睛湿润。

老周："这个场合我怎么能缺席？来，喝起。"

小卫大声招呼老板："老板，来一百串小牛肉串。老板，你这牛肉串是不是小黄牛的？"老板端着一个托盘："必须是，如假包换，我还倒贴你100块。"

大家起哄："哎，小卫，马队的生日你抢着请客，你是心疼他花钱？还是想提前演练家庭理财程序。"

小卫笑着说："是呀，请问诸位，这有什么问题吗？我要告诉你们这些宵小之人,我演练理财,我骄傲。"

大家笑成一片,欢声沸腾,七嘴八舌:"小卫,请我们去看电影《第三大队》,听说一个被开除的警察追凶10多年,好看得很。"

小卫看看马平川,说道:"做梦讨媳妇,尽想好事,要请,我也只能请今天的主角,你们跟着凑什么热闹。"

张峰说:"瞧,人家只请马队。"

小卫说:"请你,你敢去吗?"

张峰说:"男子汉大丈夫,有什么不敢?只要你敢请……算了……"张峰虚了一声,低调,低调,咱们不能抢马队的风头嘛,你们说是吗?"

小卫双手抱在胸前,拉开一副铿锵玫瑰的架势,挑衅一笑:"怎么,认怂了?"

张峰说:"好男不跟女斗,我挪这边跟老周坐一起,让你三尺又何妨。"

大家哄堂大笑,马平川不语,低头吃肉串。

在路边摊吃完肉串,各自散开。

这个热闹的路边摊离警局不过200米,马平川对老周说:"老周,我送你回家。"

老周说:"送什么呀,我刚好散步,如果你没什么事,我们先去局里我给你一样东西。"

马平川说:"老周,还卖个关子,给我什么?你不会是想贿赂我?"

老周说:"想贿赂你都没法,还差点经济实力。"

两人来到局里,老周没进警队,掏出一把钥匙:"走,上楼。"

马平川跟着老周来到三楼档案室,老周打开铁柜子,拿出一个厚厚的卷宗,拍得嘭嘭响,说:"再过几天我的退休通知就下来了,平川,它在我铁皮柜里躺了24年,24年呐……我呐,也跟着它睡了24年,惭愧啊,它让我职业生涯谢幕都没有底气了。叫你来是想把它交给你,万一什么时候你用得上……"

马平川说:"这个案子不是早就结案了?"

老周感慨地说:"案子虽然结案了,但是在侦破无结果的情况下结案的,结了,它也是一个悬案。这个案子当年轰动秋城,短短几个月,11个外出打工的人消失得无影无踪,失踪者和家属都需要一个真相,没有真相,我这里的刺拔不出来啊,它就刺在这里,20多年,我做梦都没安稳过。11个失踪人口和他们的父母儿女,需要真相,需要公道。这20多年我时常在想,这么多人消失,是死,是活?怎么就人间蒸发了呢?以前我相信天网恢恢,以前我相信,再狡猾的罪犯都会被蛛丝马迹出卖,可能是我错了。"

"我要退休了,当年这个案子是我经办的,我注定要背着这个悬案退休了,应验那句话,人强,强不过命,这是我的命啊。"

"什么命不命的,你一个老警察怎么也信这些?24年了,活着的想必早就回来了,没回来的,想来他……他们早不在人间了,再说这案子它不是……"

老周制止马平川说下去,苦笑几声。

马平川电话响起,是小石桥派出所陈所长打来的,告诉他抓到了一个儿童拐卖案嫌犯,正在做笔录,让他赶快过去一下,看看是否跟马平川他们追踪的景东人口拐卖案有关。

挂了电话,马平川说:"小石桥的陈所长打来电话,我要忙着赶过去。老周,卷宗先放着,过几天我过来拿,等你退休通知下来,叫上他们一起为你践个行,警队是你的老窝子嘛。"

别整那些,我现在最想的就是无声无息地消失。

老周走了几步停住脚,背朝马平川挥挥手。

凌晨4点10分,刑警马平川再次从这个梦境中醒来。

梦里是7岁的马平川。

他眼睁睁看着母亲发疯,把蚊帐撕成一条一条。

第二章 诡异旧案

马平川吓得连连后退，一脚踩翻脸盆跌在地上。母亲扑过来，马平川趁机扯下灯线，灯灭了，屋里漆黑一片。马平川爬到柜子里从里面扣上柜子门，不敢出声。

黑暗中的母亲站立片刻点亮马灯，一步一步朝着柜子走来，躲在柜子里的马平川缩成一团，不敢发出丝毫声响。母亲点亮马灯凑近柜子，一手提着马灯，一手使劲摇门，马平川在里面用手捂住嘴浑身发抖，惊恐万般的马平川从门缝看着母亲，母亲也在朝门缝里看，马平川屏住呼吸，母亲使劲摇晃柜子门，提着马灯走了。不一会儿房间里传来母亲的笑声，马平川轻轻爬出柜子，看见最惊悚的一幕：母亲正用枕头捂住两岁的弟弟重阳的脸，弟弟重阳被母亲活活捂死。马平川一声惊叫，母亲回头看见马平川，抱着枕头又追过来，马平川吓得往门外跑，门前左侧有个水井，见母亲抱着枕头追上来，马平川就跑到墙角一个草堆背后躲起来。看不见马平川，母亲停下脚步站在院子中间四处望，马平川伸头悄悄望，母亲抱着捂死弟弟的枕头站在井边，把枕头贴在脸上咯咯笑，纵身跳进井里，马平川扑向水井边，水井里翻起的水花已经复原。

呜……一股气浪挟风呼啸而来，漆黑的隧洞地面颤动起来，警察马平川差点被巨大气浪掀翻在轨道上，一个趔趄，他慌忙侧身死死抓住洞壁上的粗铁链，紧抓铁链的手磨破了，却不见飞驰的列车过来……

每回马平川都是被自己的梦吓醒，每次也都是在这个场景里醒来。

这个反复循环的梦令他不安，更让他不安的是，每回梦境结束时都是在这个漆黑、逼仄、狭长的隧洞里。

马平川一跳，差点从沙发上摔下来，才想起自己昨晚没回家，是在办公室沙发上睡的。马平川醒来后，陷入焦虑的不是反复循环的梦，而是半年了还没有头绪的拐卖案。他就这样靠在沙发上望着窗外。

天亮了，外面开始嘈杂，车流声，人声，早点铺子里的叫卖声……

薛天走进办公室："马队，你昨晚又没回去？"

马平川睡眼惺忪："整晚了，在沙发上睡的。"

薛天递过一袋早点："来，先垫垫，我给你泡杯浓茶。"

马平川说："还是你懂我。"

薛天做了个滑稽姿势说："当然，谁让咱们是CP组合，哈哈……"

一个年轻警察刚跨进门，八卦地问："什么，什么组合……"

薛天说："破案组合。"

年轻警察说："薛天，刚才你好像不是这样说的。"

薛天说："我说什么时候才熬到头。"

年轻警察说："好像也不是这样说的。"

马平川起身伸个懒腰活动筋骨，说："哪有什么到头不到头，这拐卖案还没理出头绪，好家伙，失踪案又来了，昨天才被高副剋了一顿，说派出所都能找到拐卖人口案的线索，刑警队倒抓瞎。把我说得脸都没地儿搁，恨不得钻地缝。高副让我们召开案情推进会，做出方案，把破案日期置顶，上级部门马上要来开展案件侦破追踪，进行专项巡查。"

薛天说："派出所那是讨了个巧，又不是追踪侦破……"

马平川拦住薛天，对他说："薛天你闭嘴，有本事你讨个巧看看，你怎么不讨个巧把追踪了一年多的拐卖案破了？"

薛天和年轻警察对望，两人颇有不服地回到自己的座位上。

下班后，马平川匆匆来到警队不远处的小吃店，要了一笼蒸饺狼吞虎咽，吃完扯张纸囫囵抹一下嘴："老板，给我打包一笼荠菜蒸饺。"

"好嘞！"忙碌的老板给他一盒打好包的蒸饺，马平川大步流星地走出小吃店，启动车辆，路灯下是行色匆匆的人群。

马平川驱车来到一个心理咨询室，他停好车，人还没进门就说："孟医生，没有预约就来，不会太突然吧？我是想赌一把，看看今天你有没有空。"

孟医生温柔把他请进去："看来你赌对了，马队，你怎么还有点赌徒的心态啊。"

"你算说对了，要不怎么说你是优秀的心理医生嘛。干我们这行，有时候是得有点赌徒心态。"

孟医生说："破案，靠赌？"

马平川有点不好意思地说："警队下面那家蒸饺做得很不错，给你带了点荠菜蒸饺，你上回不是说你喜欢荠菜的嘛。"

孟医生说："谢谢马队，看不出你挺细心的。"

马平川说："我就是一个大大咧咧的人，这不要求孟医生嘛，也要学着点。"

孟医生温柔一笑，指着那张特殊的治疗椅："来，躺下。"

马平川躺下，孟医生说："又做那个梦了？"

马平川说："是，这次跟上次间隔就是两个多月，以前半把年一次，这个间隔时间越来越短了。"

孟医生说："这次场景变化大吗？"

马平川说："差不多，反正最后要不就是那个大大的柜子，要不就是那个隧洞，这回是隧洞，那个逼真，一声汽笛，轰轰……你能感觉到列车卷起的气流，我差点被那股气流卷下去，如果不是抓住洞壁上的绳索，我觉得真要被甩出去，抓绳子的手掌都疼得钻心，太逼真了，根本不像是梦，每回做完梦我都会怀疑自己是否真有穿越什么的。"

孟医生笑了，躺在椅子上的马平川忽地坐起来："太逼真了。"

孟医生把一个沙漏倒置过来："好，没事，穿过前面的走廊，打开前面的门……"

孟医生轻柔的声音越来越远，马平川穿过一个长长的走廊，走廊尽头是一扇门，他站在那里不知所措，好像听见孟医生在说，走啊，不要停，朝前啊。他犹豫片刻推开门，看见一个小男孩站在河边，他过去牵着那个小男孩，小男孩带着他走，他们来到很宽、很高、深不见底的河岸，看见两条钢索横过两岸，钢索上吊着一个铁箱子，一个摆渡人站在对岸，男孩呜嗷呜嗷……发出声音，对岸摆渡人跳上半截铁箱关上门，"咣当"一声，半截铁箱朝这边滑来，铁箱滑在两岸中间，突然一阵大

·29·

风，飞沙走石，半截铁箱摇晃不已，那个摆渡人抓着铁箱随风摇摆，马平川的心提到嗓子眼，扭头看见小男孩气定神闲。风住了，"咣当"，"轰轰"，半截铁箱又朝这边滑来，铁箱快靠岸时，马平川看见摆渡人很像他父亲，虽然草帽遮住半张脸，凭着记忆，他觉得铁箱的摆渡人就是他父亲。半截铁箱刚抵岸，马平川一个箭步跳上去，身后的小男孩叫："不要上。"马平川不听小男孩的，一把拽住小男孩纵身跳上半截铁箱。河水猛上涨，惊涛骇浪如一个瓮城，高高的浪头筑起的四壁越来越窄，朝半截铁箱挤压过来，马平川忙拉着小男孩跳下半截铁箱，惊魂未定地立在岸上，小男孩挣脱他朝背后跑去。

突然，小男孩站住了，小男孩就站在马平川前面，马平川看见母亲抱着弟弟站在门口送别父亲去打工，两人默默站了许久也不说话，最后父亲说了一句："挣了钱就回来，给你治病。"父亲背上蓝黑格子编织袋大步流星地走了。

一只乌鸦扑扑飞过，接着两只、三只、几十只、几百只、上千只乌鸦由远而近，一群一群像潮水拍岸，又像一股一股黑烟，拼命压过来，遮天蔽日。黑压压的乌鸦在天空旋了几圈，呼啦啦"轰"地散开，铺天盖地汹涌而来，又旋风一样离去。

闷雷震天，震得屋顶瓦片簌簌响，漫天的黄尘白土疯狂卷起，对面的山不见了，近处的崖不见了，走在山路上的背着蓝黑格子编织袋外出打工的父亲也不见了。

尘土散去，小男孩站在那里，双膝开始不停地哆嗦，身子不由得打晃。急速流淌的血液快撕破血管，顶得血管在手臂上一块凸起，一块凹下，在每根血管里剧烈循环，血液冲破血管，如一条火龙喷出，火焰嗖嗖蹿上屋顶，一下围住他。马平川抓住小男孩的手，想带他离开这里，小男孩挣脱马平川，独自朝熊熊火焰中走去，马平川喊道："不要过去……"

突然，天地无声，蟒蛇成冰。

孟医生在旁边静静观察，她看着马平川一呼一吸，表情激烈，她见时间已到，轻声呼唤深层梦境中的马平川。

四周一片空旷，马平川又回到走廊尽头的那扇门，他推开门，又回头寻找小男孩，外面是虚空旷野，他终于推开门，眼前是那个长长的走廊，孟医生在远处看着他。马平川挣扎着醒来。

"我看见一个小男孩，带着我走，走啊……"

孟医生说："不急，一点一点来，小男孩是过去的你，你想摆脱他……"

马平川一脸沮丧地说："我失败了，我还是走不出来。"

孟医生说："不要心急，这次你已经很勇敢了，其实，我们不一定非要决裂，我们可以尝试着和解，跟那个小男孩，你的过去和解。"

马平川点头："这个坎看来我过不去了，我努力不去想过去，我以为我忘了，我可能真是出不来了。"

孟医生把沙漏放到一边，说："不要急，慢慢来，你已经做得很好了。"

马平川双手搓着脸，说："孟医生，你说得对，跟那个小男孩和解。"

"孟医生，一个从前的老刑警老周退休前给我一个卷宗，这个卷宗就是当年失踪的11个人的调查资料，他们全部都是外出打工人。8个月，就在8个月内，11个人不明不白地消失了。老周当时就负责这个案子，现在老周要退休了，希望我能接着查案，他说不想让这件事永远是一个谜，到底那些人去了哪里？死了？还是活着？为什么在短短的8个月里，集中消失？就是那句话，活要见人，死要见尸……"

"马队，我明白了，凡事都有由来，你的这个梦的循环间隔，比上次缩短的原因找到了，就是老周给你这个卷宗。"

"卷宗我还没拿到，那天跟着老周去取卷宗，突然有急事，我就先走了。"

"虽然卷宗没有拿到，不可否认这事在你潜意识里还是掀起了很大的波澜，只是你自己没有意识到，很多事都是在潜意识里无声息进行的，可是潜意识又无处不在，当你以为自己能控制情绪或者状态时，它又会跟你对抗，跟你博弈。"

"孟医生，谢谢你，每回从你这里出去，我都轻松好多，真的谢谢你。"

"谢什么，我们不仅是医患，也是朋友嘛，我也感谢你能信任我，把你内心深处的秘密和痛苦都倒出来，我们一起努力，祝你早日走出过去，告别从前，开启明天。"

临出门时，马平川站在门口，说："孟医生，替我保密。"

孟医生温柔地点头，说："放心，不是一直保着密呢吗？"

电话响起，马平川接起电话，说："谁……谁跳楼了？"

那边很嘈杂，突然的消息让马平川震惊不已，他有点回不过神来。

"老周跳楼了？为什么？什么时候的事？"

薛天说："3个小时前。"

马平川说："3个小时前？"

薛天说："别说我没打电话给你，你自己看看有多少个未接电话？"

马平川打开手机，上面10多个未接电话，马平川一下子有点蒙："前几天不是好好的吗？怎么出这事呢！"

孟医生不好意思："唉，这事怪我，治理过程中，一般我们都要求病人关闭手机，为了不受干扰，是我把你的手机调到静音，这事怪我。"

马平川连与孟医生告别都忘了，一溜烟朝停车地狂奔去，飞快地打开车门跳上车，一只手捏着电话，说："人在哪里？"

薛天说："已经送殡仪馆了。"

马平川心里说不出地后悔："没送医院？"

薛天非常生气地说："送医院？你不是不知道老周住在小区的16楼，再说他还是摔在水泥地上的，我一直在打你的电话，你不接，你神神秘秘到底在干什么。"

"现在你们在哪里?"

"在他家里,马上要赶去殡仪馆。"

"你们等着,我马上到。"

薛天沉重地说:"昨天他的退休通知才下来,今天就……"

马平川的心仿佛被一个炸弹炸得站不稳,昨天老周退休通知下来,他居然忘了去拿老周给他的卷宗,马平川恨不得扇自己几个耳光,他快速地朝老周家开去。

恍恍惚惚,马平川不断地问自己:这是真的?还是梦?怎么了,怎么会发生这样的事?他马平川宁可信自己会这样解决,也想不到老周会以这样方式来结束生命。

他也想不出到底发生了什么事,最让他悔恨不已的是那天老周给他卷宗,当时他也没太当回事,加上有事也就走了,他不敢往下想,他感觉自己的心被吊到了嗓子眼。

来到老周家小区楼下,围栏还没撤走,粉笔画的人形,看上去是侧趴着的,左手高举,右手别着,从白色线条上看,左手好像举着什么,右手被身子压住手掌……

马平川心里乱极了。小区路灯昏暗,血迹斑驳,侧趴的白色图定格了老周的生命。这一切来得那么突然,猝不及防。想起今天凌晨的梦,他心里万般不安,或许,真如老周说的,世上原来真有"命"这一说。

"马队长,你终于来了。"薛天的声音从身后传来,低沉却如一个惊雷震得马平川耳朵发麻。

"薛天,你听我说,是这样一回事……"马平川试图解释。

"马队长,不要说了,此时此刻,老周是老队长,虽然我参加工作晚了,没有机会当他的下属,仍不妨碍我敬重他。在我心里,没有什么事情比老周的死重要。"

薛天说完,没等马平川便走进了电梯。马平川追上去用脚拦住即将关闭的电梯，薛天沉默着，马平川有点尴尬地说："你听我说，我……薛天黑着脸：不用跟我解释，你是刑警队队长，你爱上哪就上哪，我，只是一个下属……"

气氛尴尬，出了电梯，马平川急急来到老周家里，小卫在屋子里陪着老周的老伴王娟和他女儿小晴。老周女儿抱着父亲的照片哭得死去活来。照片上的老周意气风发，目光坚毅，嘴角上挑，踌躇满志，站在高处凭栏远眺，那个时候的老周还是刑警队队长。

小卫照顾着小晴。王娟坐在沙发上眼神空洞，手里转着一个药瓶翻来覆去看，又打开药瓶把药片倒在手心上，扒拉着数药片。

王娟见了马平川像个孩子哭得稀里哗啦。拉着马平川泣不成声："马队长啊，我们家老周，昨天才退休啊，今天就……就这样了……"马平川说："阿姨，你就叫我平川，实在不好意思，今天下班后去医院做理疗，手机关闭到静音，没听到电话响，所以来晚了，实在不好意思，对不住了。"

马平川看似说给王娟听，实际上有意说给薛天和小卫听。

王娟把马平川带到卧室，拉开抽屉，里面是各种治疗抑郁症的药。指着满满一抽屉药，说："这是老周吃的药，他一直在跟病抗争。"老周的老伴泪如雨下，说出一个秘密，老周其实患上抑郁症很多年了，只是一直隐瞒着，他失眠睡不着，就起来想当年那个案子，一宿一宿地想……他就是过不去这道坎，一生就毁在那个案子上。

老周的老伴颤巍巍地拿到老周留下的最后手笔，上面写着：我苟活于世很多年了，今天是我退休的第一天，之所以选择退休的今天，是因为不想让人非议警察，但是我们也有扛不住的时候。我郑重声明，我的选择与任何人无关，保重，我的家人！保重，我的朋友！保重，我的战友！永远爱你们。下面落名：周为。

老周的名字上是一个红色印泥摁下的指头印，可以看出摁手指印时，老周心情很复杂，沾的印泥太多，大拇指印上面略轻，下面很用

第二章　诡异旧案

力，上面颜色淡，下面颜色较重，甚至有点力透纸背。

马平川望着"周为"二字上红色印泥摁上去的指头印，克制不住，放声哭了。马平川更难过的是老周得了抑郁症多年，他们居然没有一个人知道，也从来没有关心过他，觉得老周开朗幽默，没想到他一直在忍受着抑郁症的折磨。

屋里人们悲戚，王娟倒反过来劝他们，你们不要悲伤，老周不想看到你们太难过。

王娟说："我有种预感，他走这一步是迟早的事，只是没想到他这么狠，连一天退休生活都没享受过，我实在想不通，替他不值啊……"

马平川难过极了，心里五味杂陈："我以为老周对 20 多年前的案子已经释然了，成天都乐呵呵的，他给我们看到的他，是一个开朗的、坚强的他，没想到，他也脆弱啊，心里藏着的委屈已经是毒针，就像他说的，拔不出来了……"

马平川原本想和薛天、小卫一起陪老周的老伴和女儿去往殡仪馆，最后陪陪老周。

马平川突然想起出门走得急，忘了带上家里钥匙，他让薛天和小卫他们先去，自己去办公室拿备用钥匙。

来到办公室，打开桌上抽屉找到那把备用钥匙，却发现老周给他的那个厚厚卷宗已经赫然在里面。

卷宗上面放着一张 A4 纸，上面写着：当年我始终想不通……原以为时间会让我淡忘一切，24 年了，我还是在案子里打转，走不出来了，没办法……

当年到底发生什么事了？失踪者在哪里？作案人动机是什么？

为什么？为什么？为什么？

这"三问"，石破天惊，震得马平川心里巨浪翻滚，汹涌澎湃。

24年前，一桩失踪案轰动秋城。

不到一年时间，11个外出打工的青壮年再也没有任何信息，消失得无影无踪。

当时的秋城尚属于国家14个集中连片特困地区之一，每年外出打工的青壮年很多，政府也鼓励青壮年外出打工，这次外出打工人口失踪前所未有，第一是时间的集中，第二全部是青壮年。一桩人命案成为11个外出打工人失踪消息满天飞的导火索。

大年三十，外出打工两年未归的王双龙的媳妇柳眉跳井死了。

大年三十前10天，外出打工一年未归的王双龙还有其他人，一共11人被正式确定为失踪，还有10人陆陆续续失踪，但是基本上都是在这一年内。派出所干警把这个通知送到柳眉手上，柳眉当场就疯了，不哭，不闹，冷静地推开来的人："谁信？你们这些骗子，呸……"抱着2岁的小儿子，牵着7岁的大儿子来到路边，不停地问过路人："王双龙去哪了……王双龙去哪了？"从早到晚逮着谁就拦着问，后来大家看见她都绕开。柳眉疯了，不做饭也不睡觉，一天到晚在路上拦人问。两个孩子没人管，邻居悄悄塞些吃的给孩子，过了10天，也就是大年三十夜里，柳眉跳井死了，死前用枕头捂死了睡觉的小儿子。大儿子迷迷糊糊起夜，看见母亲披头散发追过来，被吓着了躲到柜子里，躲过一劫。

周为一行来到失踪者王双龙的家，小院门口已经拉起警戒线，线外里三层外三层挤满了看热闹的人。

周为环顾四周，指着地上已经用一块布盖上的尸体说："谁发现的？"

村民说："王双龙的大儿子。"

周为说："当时你们都不知道？"

村民说："半夜守岁的，守着电视看春节晚会的，都不知晓，他大儿子亲眼看着跳下去的。"

一个小男孩缩在墙角瑟瑟发抖，周为蹲下说："不要怕，孩子，等

第二章 诡异旧案

下你跟我讲讲。"满脸泪痕的孩子"嗖"地钻进人群不见了。周为叹了一口气，回头朝看热闹的群众："都散了吧，警察办案没什么好看的，天也冷，大家回去吧。"

周为和林法医一起进去，派出所陈所长跟在后面，两人进屋转了一圈问陈所长："被捂死的小儿子呢，在哪里？"

陈所长面色疲惫，打了几个哈欠说："我让他们送去医院太平间了。"

周为说："送医院太平间？"

陈所长说："是呀，这又是年三十晚，先送去医院太平间，再说一大一小两条命，大的这个孩子都吓傻了。"

周为说："怎么都要等法医来了再说吧？"

陈所长说："你说大年三十的出了这事太闹心了，我们过来的时候那个孩子早死透了，脸色青紫，太可怜了。"

周为说："陈所长，你昨晚什么时候知道的？"

陈所长说："快2点吧，应该是2点。"

周为说："林法医让我们去看看孩子的母亲。"

林法医掀开白布，周为和林法医蹲在一旁查看，林法医盖上白布脱下手套说："是水里溺水死亡。"

陈所长说："跳井自杀，他儿子亲眼看着跳下去的。"

周为说："办案程序的需要。"

现场解除警戒后，王双龙大儿子不知什么时候冒了出来，还是缩在那个墙角，两眼惊恐地望着这边。

周为说："这孩子怎么办？"

乡干部说："我们考虑了，据了解，柳眉有个妹妹在铜城，等下我们就联系，看他们愿不愿意收养这个孩子，如果不愿意，再考虑送福利院。"

下午，在派出所接待室一个火炉前，七八个人围坐着，上面水壶冒着腾腾热气。一个干警递过热茶，陈所长坐在炉子烟囱管道旁，双手抱着暖和的管道，干警端水来，陈所长指着桌上："我的茶杯。"干警倒了杯里的茶水，从铁盒里抓了一把茶叶丢进去，提着火炉上热腾腾的开水冲进去，水花和茶末旋转泛起沫，干警递过去，陈所长抱着管道的手腾出一只接过杯子，一口把浮起的茶沫吸干净了。

陈所长说："都到齐了，我正式介绍一下，这是副所长大洪，这是北甲镇纪委书记吴天，这是文书小张，这是村民老张，这是小春、小严，后面的是联防队的两个队员。你说这年三十的，我们这边出这事，真是……"

周为说："陈所长，你讲讲案情。"

陈所长说："昨晚，我在家里看春晚，小春就跑到我家里来告诉我王双龙媳妇跳井了，我说你怎么知道的，他说王双龙大儿子拍他家门……"

周为说："让他们来讲讲昨晚的情况。"

小春说："昨晚我们一家人都坐在电视面前把春晚刚看完，就听见外面一阵拍门声，我就想这大年三十的会是谁呀？就出去开门，一打开门，王志哭得话都说不清了，他扯着我衣服，让我去他家里，他妈跳水了。我吓了一跳，这孩子很灵醒不会乱说，我叫上我爹、小严，跟着王志来到他家里，他带着我们来到井边，井里黑咕隆咚，还好小严带了个电筒，朝井里照，没有人，但是我们发现井壁上的绳吊着的桶沉下去了，我们3个人一起拉，绳子上的桶死沉死沉的，拉上半截一看，柳眉脚朝上头朝下栽进桶里，头和肩膀就卡在桶里，我们一起把她拉上来，费了很大劲弄掉卡住她的桶，后来，就是你们今天看到的嘛。"

周为说："屋里那个孩子呢？"

小严抢过话头说："死了，我们进去人已经死了，小志说是他妈用枕头捂死他弟弟的。当时，我们只顾着弄掉卡在柳眉头上那个木桶，弄掉木桶才想起家里的孩子，我们又过去看看还有没有救，我摸了鼻子，没气了，应该早就没气了，你想当时小志去拍门春晚刚结束，我们过去把柳眉拉上来，弄掉木桶，怕有四十来分钟，整完才想起……

老张说："就是早，孩子也救不活了，谁想到这一家子，现在只剩下一个孩子……作孽啊。"

周为说："还得谢谢你们，及时把孩子母亲捞了上来。"

大家七嘴八舌地说："哎呀，这是一条命嘛，再说王双龙也失踪了，母子3人本就可怜。"

小春说："还好她头和肩卡在水桶里，如果不在桶里我们也没办法了。"

周为说："柳眉的病是什么时候得的？"

老张说："好多人说她就是王双龙被定为失踪人员那天疯的，我看早就不对了。3个月前他带着孩子去城里，我也去买化肥，就带上母子仨，我让她到时候在中医院门口等着，我再把母子仨捎回来。你们知道她说什么吗？"

大家问："说什么？"

老张表情诡异："她说，她会带着小志他们游回来，是'游'回来，当时我以为听错了，又问，她说是可以游回来的。听了这话，我悄悄看了看，是有点不对啊，以前红彤彤的脸，一半白一半泛黄，我心想会不会得了什么病，就问要不要在中医院挂个号看看。她不高兴了，说她好好的我咒她，我也不好多嘴，又让他们在中医院门口等我，办完事来接他们母子仨。柳眉说，不用来接了，他们很快就游回去了。陈所长，周队长，那天我真的有点迷糊，觉得怪怪的。后来我想一个人带俩孩子，父母都死了，无亲无故，经济压力也大，王双龙出去就没了音信，她一分钱都没得到过。你瞧，这些出去打工的哪个不是两三年回来一次，宽房大屋盖好了，这柳眉呢，一个人拖着两个儿子，又没什么手艺，说起来……"

老张打住话头："周队长，我是不是说多了？"

周为说："没事，我们就是要了解这些细节，细节越多我们办案越清晰。"

陈所长说："这个不就是一起自杀案？也没必要了解太多。你看吃饭时间都到了，我们先去吃饭。"

周为坐着不动，说："我不同意陈所长的话，我认为这些线索很重要，说不准跟王双龙失踪案子有联系，难得老张你们抽出时间来讲述案发现场情景，你们几个是案发后的见证人，所以你们的线索是重要的，老张你接着讲。"

老张说："柳眉是个苦命人，我跟她读书的班主任是亲戚，听亲戚说这个柳眉不得了，每回考试都是第一，可是家里穷得丢个石头都打不着东西，爹妈生病她得挣钱养家就退学了。班主任知道她退学了，就追到她家想狠狠骂她一顿，班主任进去后眼泪都落下来，留下200元钱就走了，什么话都没说。"柳眉站在路口送他，老师说，回吧。走了几步，老师才回头，这一回头他大哭。柳眉朝着老师背影跪在地上，笑……笑，眼泪是哗哗流，脸上还是在笑。"

"我的亲戚说这是他教过最好的学生，本来可以考进全国最好的大学……亲戚说他自己家境也很难，他没有能力供柳眉读书，但凡家里有点办法，他一定要让柳眉考最好的大学。"

周为越听越有兴趣："后来呢？"

老张说："柳眉退了学去打过一段时间的工，后来遇见王双龙，两人都是学习很好但家庭都穷，没多久就结婚了，说来也是怪啊，就在那年两人的父母全都死了。"

周为说："两个人感情怎么样？"

老张说："周队长，你问我这个真是问对人了，我们两家挨得近，王双龙和柳眉虽然没读大学，两个都是学习好的人，感情好得很，没孩子那阵，吃完饭两人经常手拉手到河边散步，在我们这里手拉手散步的少得很。"

周为说："刚才吴书记说柳眉还有个妹妹，在哪里？"

第二章 诡异旧案

老张说:"说起她妹就复杂了,家里两个女孩,还有家里实在太穷,就送给别人了。"

周为说:"送到哪里?"

老张说:"不晓得,听说有点远。后来就没见过了,送走的时候十三四岁。"

周为说:"十三四岁,也不算小了,能记事了嘛。"

老张说:"我听他们闲说,她妹走的时候,那个孩子朝家门吐了一泡口水,指着半死不活的父母骂,说以后他们死了她也不会来,说她以后拉屎都不朝这个方向,她要挣很多钱当一个有钱人。"

周为说:"送出去也是实在没办法,这个十三四岁的孩子怎么这样厉害?"

老张说:"那家人家也不富,也是个穷人家,只不过比他们家好点。她骂父母偏心,嫌她难看,柳眉才是他们亲生的,离开的时候走一步跺一脚,骂一句……"

"人是铁饭是钢。你们看看都一点多了,吃了饭又来?"陈所长摸着咕咕叫的肚皮说:"老张你们几个也一起吃饭,这大过年的,镇上饭馆也关门闭户,隔壁这家小饭馆是乡上吴纪委专门让他们来做的,来,来,大年三十出这事……"

一行人来到小饭馆,陈所长大声张罗。

周为又问老张:"如果是这个情况,这个妹妹恐怕不会收养王志?"

老张说:"谁说不是,我看这事搞不成。"

吃完饭,周为向老张一行道谢,老张3人也说,有什么需要他们只管说。

回到派出所,周为跟陈所长要失踪人员资料,陈所长问他要什么资料?周为说:"你这边的失踪人员的所有资料我都要,包括你们内部定性为失踪人员的会议记录。"

陈所长说："来，来，忙活了半天，坐下，抽根烟，喝口茶，休息休息再工作。我的马队长，雷厉风行，年轻有为，让我敬佩啊。你不休息，别人也要休息嘛，你要体谅他们。"说着大大打了一个哈欠，说："大家昨夜都没合过眼，出了这档子事，还是大年三十……这年三十的镇上出了命案，虽然不是凶杀案，可是它毕竟是在我分管的辖区，我还想着怎么向局里交代，年前县里刚开过安全专题会，这下好了，我原本还指望今年评个先进集体，现在泡汤了，再说那个失踪案，情况已经上报给局里了，这个案子与那失踪案有什么关系，如果有关系，只能说失踪者和跳井自杀者是夫妻关系。"

半躺在沙发上的陈所长突然直起身子，说："温局倒是说了，过完年再专题来讨论人口失踪那个案子。"

周为想陈所长说得也对，自己就是不会顾及别人，抱歉地说："是呀，陈所长说得对，我太急了，昨天夜里就忙碌一整夜，你们休息一下，我出去转转。"

周为让林法医先回去，林法医说："等下不是还要去看那个被捂死的小孩……"

周为说："这边事情完了，我跟着陈所长过去。"

林法医上了车，伸出头说："有什么事招呼我。"车子开走，路上卷起一股尘土。

火炉上的水壶冒着热气，缭绕的热气让人昏昏欲睡，周为看着东倒西歪的人，趁着大家休息，他来到柳眉家。门前的警戒线撤了，柳眉尸体已经被移走。

周为再次来柳眉家里，并不是要寻找自杀的细节，柳眉跳井而亡是毫无争议的自杀案。他真正用意是借此机会来王双龙家里仔细勘查，或许从蛛丝马迹里可以找到王双龙生活的痕迹，从王双龙的失踪打开一个口子。

第二章　诡异旧案

最让他不解的是短短几个月里，仅北甲镇上报的失踪人口就七八起，再加上其他乡镇的几个人，截至目前，水城已经失踪的 11 个人里，无一例外都是青壮年，到底发生了什么？

周为在院里四处看，院落不大但很干净，他来到水井边趴在井壁上朝下看，只看见自己的脸在水里。突然闪过一个身影，周为扭头没有人，他又趴下朝井里望，水里仿佛另一个世界，与王双龙失踪、柳眉自杀无关的世界。

周为看着水井中的自己，井里的人也凝视着他。

一定有蛛丝马迹，只要他在这里生活过，就有痕迹可寻。

堂屋门半开着，他探头看里面无人，回头也没个人影，踏进屋子，里面很黑，即便白天也半明半暗，屋里很乱，东西乱七八糟，衣服堆在纸箱上、凳子上。来到里屋，光线更暗，砖块垒砌的床占了半个房间。周为静静凝视，眼前浮现一个场景，柳眉拿着一个枕头朝熟睡孩子的脸上伸过去，小男孩没有挣扎，安安静静就死去了，他不会想到是自己的妈妈带走了他，一个两岁的孩子成了悲剧的殉葬品。

周为深深呼了一口气，来到堂屋，那个柜子就在堂屋侧面，乡上那个委员说，当时就是这个柜子救了王志一命。母亲拿着枕头要来捂死王志，刚好孩子迷迷糊糊起来尿尿，看到母亲的模样吓得跑到柜子里躲起来，才逃过一死。

周为看着那个柜子，柜子粗糙笨重，起码不下七八十年，柜子外面被岁月打磨得发亮。黑暗里，周为蹲下身子朝柜子门缝里瞧，这一瞧，吓了他一跳，里面有只眼睛也正对着他，他使劲拉开柜子，看见王志缩成一团面色惊恐。

小男孩爬出柜子，头发上乱蓬蓬沾着草鸡毛，周为扒下男孩头上的草说："你昨晚就是躲在这个柜子里面？"小男孩不吱声，一脸惊恐往后退。周为怕吓着孩子，站在门边招手说："别怕，孩子，跟我去吃东西。"男孩不说话，伸出藏在背后的手，手里捏着一个冷馒头。

"走，我们去乡上吃东西。"

两人来到乡上接待室，火炉边睡觉的人已经醒来，看见周为带着小男孩进来，妇女委员忙迎上去，咋咋呼呼地说："哎呀呀，我就说你这孩子跑到什么地方去了，叫你吃饭，我找遍了也不到你。周队长，你从哪里找到这个孩子？"

周为说："他家里的柜子里，躲在里面。"

妇女委员说："饿了吧，你这孩子，我打个转身你就跑了，我带他去隔壁吃点东西。"

"早上林法医和你们还没到，我们已经问过王志，他说母亲突然大笑，笑了又哭，就提着枕头追他，他害怕就躲进柜子，从里面插上棍子，母亲使劲拉扯掰不开，就起来走了。屋里传出母亲的笑声，他偷偷出来趴在门边看，母亲用枕头捂着弟弟的脸，他叫起来，母亲回头看见又追着跑出院里，他看见母亲站在院里，找不到儿子，抱着枕头跳井了。"副所长再次把早上的问话跟周为复述一遍。

刚才打开柜子门的瞬间，周为眼前浮现出昨夜的场景。

黑暗中的母亲站立片刻点亮马灯，一步一步走来，躲在柜子里的小男孩缩成一团，不敢发出丝毫声响。母亲凑近柜子门缝，一只手提着马灯，一只手使劲摇门。柜子里面的男孩用手捂住嘴瑟瑟发抖，惊恐万状。男孩从门缝看着外面的母亲，她狰狞一笑使劲摇晃柜子门，男孩在里面死死拉着柜子不松手，母亲提着马灯走了，房间里传来母亲的笑声。男孩轻轻爬出柜子，母亲用枕头死死捂住熟睡的弟弟，男孩吓坏了，母亲抬头看见男孩，诡异一笑，抱着枕头往门外追来，她追出门外找不到儿子，站在门口张望，突然，听见水井那头有动静，母亲猛回头，朝水井奔去，她把枕头贴在脸上，一脸慈爱温柔地回头瞧了一眼，纵身跳进井里，"噗通"一声，水井旋起的水花转瞬平静了。男孩扑在井壁上，惊恐，无助，拔腿朝屋里跑去，房间里的弟弟已经死了，男孩发出惊恐的刺耳尖叫……

第二章 诡异旧案

这个场景是周为在脑子里梳理过的,他在还原场景。此刻,周为也站在自己还原的场景里,默默地看着一切……

铜城,两个派出所干警穿过嘈杂喧嚣的城中村,来到一个僻静小巷,一个干警上前敲门,吱嘎,铁门打开条缝,一个弯腰驼背的男人伸出头,神色紧张:"找谁?"

干警退了几步,再看看门牌说:"96号,柳红是住这里吗?"

男人出来顺手关上铁门,站在门外说:"警察同志,你们找柳红有什么事?"

警察说:"我问你她是不是住这里?"

男人说:"是,是,我把她叫出来。"

男人奇怪,不把警察让进天井,转身打开条缝,伸进头喊道:"有两个警察同志找你。"里面传来声音:"警察找我?我可没犯什么事,警察怎么找上门来了。"

一个粗声大嗓门的妇女从里面出来:"大过年的,谁找我,找我什么事?"

警察说:"你是柳红?"

柳红打量着两个干警:"是的,你们有什么事?"

警察说:"你这地方让我们好找了一阵。"两警察把柳红家里出事跟柳红说了,让他跟着去一趟派出所跟那边通个话,具体的事情还要听水城那边怎么说。

柳红停顿了一下,干脆地说道:"好说,我跟你们去。"

男人从铁门里伸出头说:"要不要我跟你去?"

柳红说:"跟我去做什么,我又不是去坐牢?"

来到派出所,干警拨通电话,那边的吴纪委详细跟柳红讲述她姐姐柳眉家里突发的事情,两个干警已经做了一阵工作,才拨通那边电话。

柳红沉默一阵,对着电话筒:"我早就不是柳家人了,他们把我送给别人当牛做马，现在看我日子好过了，出了事就想起我来，这事也不要多说了，刚才两个警察同志也跟我说过这件事情，我想了一下，如果我不收养孩子，这个孩子也就到头了，好歹，我也算他的姨，这样我收拾一下家里事情过两天来带孩子，想来以前柳眉对我还是不错的，最气的是我那爹妈，活活把家拖成一个又穷又破的家。"

最后柳红问："我来水城的车票钱你们出吗？"

电话那头："没问题，你的车票，吃住我们都负责。"

柳红回到家里，男人追在后面问："什么事情？你也不跟我说就跟着警察去。"

柳红说："跟你说有个屁用，不过，好事情来了，我们要白捡一个儿子了。"柳红兴高采烈地比画起来。

男人说："啥儿子，你是想儿子想疯了？"

柳红说："我没疯，没赚到钱我不会疯，哈哈哈……"柳红放肆地笑得浑身打战。

男人有点不信："啥儿子，跟我说说。"

柳红说："收拾东西去水城接'儿子'。"她刻意把"儿子"两字说得很重，这突如其来的事情并没让柳红悲伤，反而让她异常兴奋，柳红哼着歌，脚步轻快地向前走去。

这时柳红心里的怨气终于消失了，柳眉的死让她说不出的轻松，在家里一直被爹妈压着，她嫉妒柳眉，柳眉不仅学习成绩优秀，还长得非常漂亮，柳红觉得老天不公，一个爹妈生的姑娘差别巨大，一个貌美如仙，学习优秀，一个相貌平平，学习很差，这是在她心里种下恨的最大原因。小时候曾经生出恶念，有一回她回到家里，突然很勤快地做饭菜，这个反常的举动让父母看在眼里，父母太了解她了，她偷偷来到灶台上把老鼠药放进饭菜里，把这碗饭菜端到柳眉面前。柳眉背着满满一大背篓猪草回来，在门前放下背篓把猪草倒出来，柳红叫姐姐赶快吃饭，她这一热情倒让柳眉不适应，问她："有什么事？"柳红说："没有。

第二章 诡异旧案

我就是觉得你挖恁大一背篓猪草，肚子怕饿了。"柳眉说："真是累惨了，饿得心慌，肚子早就咕咕叫了。"说着坐在小凳子上，抬起碗刚要吃饭，柳红一把抢过碗说："冷了，我重新给你添一碗来。"柳眉觉得妹妹今天很古怪，这个妹妹本来就是心眼很多的人，平时也不管姐姐。柳眉捧起新端来的饭大口吃。13岁的柳红差点把姐姐送走，没想到，姐姐还是走了，只是不是最嫉妒她的柳红，是她自己。

柳红没有半点悲伤，当听到警察讲柳眉死了这个消息时，柳红有点激动，一个她恨着、嫉妒着的人终于走了，再也不用恨、不用嫉妒了，一下子柳红浑身轻松。姐姐还是输给了自己，还连带捡了个儿子，想到这，她嘻嘻笑出声来。

她急忙买好车票，期待着后天快点到来，至于柳眉的死，她好像在听一个陌生人的故事，死，是她的命，就像当年父母把她送给这家人当儿媳，也活该是自己的命。那个时候的她还不满14岁。

"周队长，周队长……"

吴纪委的喊声惊醒了沉浸在昨夜场景里的周为。

吴纪委急匆匆进门，大声说："这下好了，王志的去向解决了。"

大家惊诧："柳眉的妹妹愿意收养王志？"

吴纪委说："早上我打电话请铜城派出所帮忙去找柳眉的妹妹，他们把她带去派出所告诉她这边发生的事，刚才就是铜城派出所那边打过来的电话，我跟她讲了这边发生的事情，我是没想到，她居然答应过来带走孩子，坐后天的车来。"

大家吁了口气，七嘴八舌地说："没想到啊，没想到，还想着这件事整不成了，只要她能把孩子带去就好，总比去福利院强。在福利院的孩子就是孤儿身份，去小姨家毕竟不一样嘛。"

陈所长说："所以，我们要相信大多数人是善良的。"

周为听了吴纪委的话也是替孩子高兴，毕竟世上唯一的亲人还愿意收养他。

妇女委员带着男孩进来了，陈所长对周为说："你要不要再问问这孩子？"

王志跟在妇女委员后面，低着头站在一边。

周为说："王志，你有几岁了？"

王志躲在妇女委员背后，直愣愣地看着周为。

陈所长说："这孩子被吓着了，遇上恁大的事，大人都撑不住，何况一个七八岁的孩子。这个大年是过得……唉……"

周为原本还想好好问一下男孩细节，但是男孩很怕，紧张、警惕，脸上流露出与年龄不符的成熟。周为在心里祈祷孩子以后能平安一生，一个七八岁的孩子，一夜之间成了孤儿，想到这里不禁嘘嘘。才当父亲的他心里更是有种强大的悲悯，看着孩子惶恐的表情，周为一阵悲伤。

大年初一的医院里，到处静悄悄的，能动能走的病人都回家过年了，病房里也空荡荡的。

穿过长走廊，太平间在走廊最后一个出口左转出去的一座平房里。还没走近就闻到一股刺鼻气味，临近太平间不知为什么平时见多了凶杀各种死亡场面的周为，竟然有点胆怯了。太平间管理人员带着他来到里面，进去第一间房里两具尸体，一大一小并排在一起，一个盖着白布的小小身体，不用说这就是被柳眉用枕头捂死的小儿子。管理人员掀开白布：一大早送来的，大天冷，我就没有放冷冻……周为止住管理人员的话，他弯下身子凑近小男孩，看得出来这是一个很漂亮的孩子，即便闭上双眼依然可以看见长长睫毛下细长的眼睛，仿佛还在熟睡中，小脸轮廓分明，脸色不是惨白，反倒是青紫，窒息而亡，脸色也会出现青紫色，摸摸小手，软塌塌，好像还在熟睡。

周为走过来，紧挨着旁边是柳眉的尸体，掀开白布，柳眉神态安详，脸色惨白，早上林法医在仔细查看时，他并没有认真看，真如老张

第二章　诡异旧案

说的,这个柳眉真是一个美丽女子,只可惜真是红颜薄命,周为也觉得今天自己很奇怪,一个从不信命的人,却陷入一种茫然。脑子里好几次闪过,"命"这个字。

望着死去的柳眉脸上平静,没有挣扎,无喜无悲,周为想起王双龙,喃喃念道:失踪?自杀?孤儿?管理人员耳朵有点背,大声问:"你说啥?"周为摇头:"我跟自己说。"管理员不解地望着他:"你大声点说,听不清。"

周为拉上白布,一个悲剧似乎就在这一刻落幕。

出得门来,外面已然大雪飘飞。

周为仰头看着漫天飞舞的雪花,但愿他们一家人在那边团聚,只可怜这个王志了,一夜间家破人亡。王志那躲躲闪闪的恐惧模样又出现在他眼前,一家四口原本应该是幸福的一家,现在人间只剩下王志这个可怜的孩子。

突然,周为想起什么,加快脚步朝王双龙家走去。

小院已铺上一层薄雪。瑞雪兆丰年,本来今年应该是一个好年辰,但是对于王双龙这一家人却是死亡绝响。大雪飞舞下的小院格外的美,然而,这一切已经物是人非。

周为来到水井边,蹲下身子伸手扫开围栏上的薄雪,光滑的井壁露出,这是一口很老的水井,也许有 50 年,也许七八十年,水井在院子的右侧距离堂屋 3 米,靠着堂屋搭出一个棚子,棚子下面是一个石碌,这个石碌少说也有五六十年。据陈所长说,王志回忆当时情景,他跑出来就是躲在这个石碌背后,母亲站在院子中间找不到他,还走过来,走到石碌前就停下脚步,又来到院子中间到处望,最后,抱着枕头朝水井跑去。躲在石碌后的王志听到"噗通"一声,悄悄从石碌背后探出头,母亲已经不见了。他慌忙跑到水井边,吓得瑟瑟发抖,趴在井壁围栏上朝水井里喊:"妈,你不要死,不要死……"

周为走到院子中间,眼前再现当晚的场景,柳眉从堂屋出来站在门

· 49 ·

口，并不是大家传的披头散发，从她尸体上可以看出她头发梳理整齐，头发有点乱是头栽进木桶，头和肩膀卡在里面，大家砸烂木桶把她弄出来，才导致头发有点乱。周为来到石碌背后，看着柳眉缓步到院子中间，四处张望，来到石碌前不见王志，又来到院子中间寻找，神情紧张四处看，突然朝着水井跑过去纵身跳进水井……周为退到墙角看着场景里的人。

早上周为和林法医查勘了柳眉尸体后来到屋子里，有一点让他们感到匪夷所思，在屋子正中墙上有一个奇怪的花框，最外面一圈是几百朵白色的花围成，中间是几百朵粉色的花，最里面那圈几百朵艳艳的红花，框子中间却是空的，花早已成干花，只是花香不散，浮在半明半暗的屋子里。跨进门那一瞬，他和林法医都被这香味击了一下，他俩互相对视一眼，林法医说："有点不一样。"

周为说："什么不一样？"

林法医说："这花呀，没有照片反倒是用花来围成个镜框挂在墙上？猜不透柳眉想什么。"

周为摇头叹息道："想什么都不重要了，一夜之间，这个家就没了……"

周为再走进堂屋，凝视着墙上那个奇怪的花框，框子中间空着，周为摸了一下，那些干了的花簌簌掉落，就如同这个家一样瞬间就散了。

从这个花框看，柳眉是一个热爱生活的人，怎么就疯了？一个疯女人带着两个儿子，王双龙从出去打工就再无音讯，柳眉是靠什么生活？

周为转身出屋子，抬头看见小男孩正在水井边发呆，小男孩看见周为，扭头就跑。

"王志，别跑呀。"周为追出小院，王志早不见踪影。周为站在门口，一筹莫展。

小男孩可怜，一夜之间天崩地塌，母亲死了，弟弟死了，自己成了孤儿，换作任何人都受不了，他才是一个七八岁的孩子，他为男孩的未来担忧。

周为走出小院,朝派出所去,他要忙着赶过去跟陈所长要那些失踪人口的资料。

走到一块杂草丛生的荒地旁,一个小脑袋突然伸出来,周为一看:"王志,你怎么躲在这里?"

王志不出来,站在杂草中间朝他招手,别说,这个孩子还很有点反侦察能力,躲在杂草丛中拦自己,不注意根本看不出里面站着一个人。

周为扒开杂草来到王志面前,王志凑近周为小声说:"他们是坏人。"

周为说:"孩子不能乱说,你看家里出了事,大家都来帮忙。"

王志说:"他们都是坏人。"这回男孩没有躲闪,目光坚定地望着周为。

周为想着孩子可能是被突如其来的事情吓着了,才会说些词不达意的话。

男孩扯着周为衣角:"蹲下。"周为和男孩消失在草丛里。男孩不放心又起身四周瞭望一圈,蹲下来悄悄说:"他们都是坏人。"

周为说:"王志,你几岁了?"男孩诧异地说:"我8岁了。"

周为看着刚经历万劫不复的小不点孩子,很是心痛,有点不知所措:"8岁,一个小不点。"

王志说:"我不是小不点,我已经很大了。"

周为说:"你才8岁,什么是坏人,什么是好人,你懂吗?"

王志说:"我就是懂的,他们都是坏人。"

周为拍着孩子心疼地说:"不要怕,孩子,他们联系好了,你在铜城的小姨过两天就来带你,不怕啊,不会把你送去福利院的,你要放心,有叔叔在呢,不要怕。"

周为做梦也没想到,在这一片杂草荒芜的破地基里,他听到了一个惊天秘密。

王志说:"叔叔是好人,我信你,我才告诉你。"

现在周为有点吃惊了,他发现眼前这个孩子有着不寻常的冷静,条理清楚,做事周全谨慎,不像一个 8 岁孩子,倒像一个 18 岁的人,在巨大悲伤面前也保持着冷静。

周为也压低声音对孩子说:"王志,有什么事你要告诉叔叔,不要怕,叔叔就是抓坏人的,有什么都可以跟我说,叔叔向你保证,一定会保密。"

王志说他 6 岁时,爸爸王双龙跟着几个人出去打工,妈妈一个人带着他和弟弟,爸爸出去就没有回来了,后来家里有人来,后来就只剩一个警察叔叔来送米送吃的东西,后来白天来的次数少了,就是夜里才来……

"夜里?你一个小孩子瞌睡多得很,夜里来人你怎么知道?"

"每天晚上我都要起来撒尿,我妈嫌烦就让我一个人睡在旁边的小屋里,我害怕,晚上就在柜子里睡,在柜子里睡觉我就不怕了。你去家里看见我躲在柜子里,就是那个柜子。有一回,我刚撒完尿,看见那个叔叔在我妈房间里……"

周为说:"你看见哪个叔叔?"

王志说:"一个警察叔叔。"

周为说:"王志,是哪个警察叔叔?"

王志沉默一下说:"早上跟你一起来家里的叔叔。"

周为心头一惊:"跟我一起来的有好几个,是哪一个?"

王志说:"是陈叔叔。"

周为说:"派出所的陈林叔叔?"

王志说:"是的,就是陈叔叔。"

周为说:"孩子,你是亲眼看见?这事不能乱说。"

王志说:"我没有乱说,就是他。"

周为倒吸一口气,着实把他惊了一跳。难怪,他今天就是觉得怪怪的，哪里不对说不上来，就感觉陈林很着急把尸体尽快处理，一直强调一个自杀案，开始他还以为是大过年出这事情搁谁都烦。

细思极恐，他感到后背一阵发凉，仔细一想，今天有很多地方不对。第一，不让孩子单独与自己接触，总是找理由把孩子带走，让他没有跟孩子接触的机会，并且，还原当时案件情况，都是几个人转述，大家众口一词，说是孩子说什么……周为就没有机会听孩子怎么说，要么众人虎视眈眈，让孩子说话。第二，联系铜城的柳红感觉迫不及待，从表象来看，他们对孩子关心、关照细致入微，照理说这个柳红10多年跟他们不联系，就是联系也需要时间，奇怪的是他们很快就联系上了，并且对方也爽快答应收养孩子。第三，在接待室的人说的事情几乎都差不多，极力描述这个家庭的贫困。柳眉家里也不是他们描述的贫困，东西也收拾得规整，从井里打捞上来的尸体，头发稍显凌乱，但没有他们说的夸张。

总之，疑点重重。

想着想着，周为不由从荒草丛中起身，又被王志一把拽了蹲下。

王志说："我一直跟着你，想跟着去医院看看我妈和重阳，没有人的时候我就跟你说，我看见有人在后面跟着你，我就不敢说了。"

周为想起，陈林原本要陪着去医院，周为坚持自己一个人去可以了，陈所长还有点不快地说："你一个人去行吗？要不，让洪副所长或者小张跟你过去？"

周为说："怎么不行，你们忙吧，你那头的事也忙得很，我一个人去就可以，我想来也来了，干脆去瞧一眼，不然回去林法医要说我不负责任了。他经常说我粗枝大叶，丢三落四，不适合当警察。"

哈哈哈，这个林法医钻牛角尖。两人笑了。

周为并不知道有人跟踪他，但是已经察觉到不对了，管理员诡异的表情，好像知道他会去，好像早就等在那里，顺理成章地领着他去太平间。周为越想越觉得事情并非那么简单，但他实在难以想象这个陈林竟然趁人之危，在王双龙失踪后频繁往来他们家里。

"通了"，周为说了一句。

荒草里的王志满脸疑惑地说："叔叔，什么通了？"

周为一笑，说道："所有事情都通了。"

有些事，周为是不能给孩子说的，但是王双龙以失踪上报结案，周为始终认为草率了，凭什么认定失踪？所以周为一直盯着要失踪人口的资料，他就是想寻找蛛丝马迹。

"叔叔，我还能再跟你说些事吗？"

"孩子你大胆说，有叔叔不要怕，叔叔一定会把坏人抓起来。"

王志信任地点头，说："还有……还有……"

"还有什么？"

男孩突然沉默，脸上满是悲伤："叔叔，我可以不说吗？"

"孩子，你可以不说，不管你说与不说，叔叔都觉得你是一个好孩子。来，让叔叔拉一下你的手。"周为的手伸过去拉住孩子的小手，望着周为，孩子眼里泪水哗哗流下，咬住嘴唇不哭出声，浑身颤抖。周为拍着孩子双肩，又抱了他一下，从荒草里站起身说："孩子，记住有叔叔不要怕。"周为说着掏出一支笔掀开孩子衣袖，在男孩胳膊上写下一个办公室的电话号码，告诉男孩："有什么事你就打这个电话就能找着我，好吗？"男孩拼命点头，周为转身要走，男孩突然说："叔叔，我还有要讲的。"男孩又扫了四周一圈，两人默契蹲下，男孩鼓足勇气说："叔叔，还有张爷爷他们都来过我家里，他们……他们是晚上来……"

周为再次震惊，瞪大眼睛："你确定是晚上来的？"

男孩点头："我确定，我在柜子里睡觉嘛，后来，我撒尿也不敢出声。"

男孩的话震得周为差点跌坐在地，他扶着男孩瘦弱的肩膀说："看着我的眼睛，告诉我，这些都是你亲眼看见的？"

男孩望着周为说："都是我亲眼看见的。"

周为说:"那你妈跳水井,你最先跑去的是这个张爷爷家,他家离你家不是最近的,还隔着三家,为什么最先去叫张爷爷?"

"我亲眼看着她捂死弟弟,我太害怕了,我就往张爷爷家跑去,我就想着他们会救我妈,他们不会让我妈死,他们3个都来过我家。"男孩补了一句:"是晚上。"男孩扑在周为怀里浑身哆嗦着,无声地哭泣,周为紧紧搂着男孩:"不怕,有叔叔在,不要怕。"

"可怜的孩子……"周为眼里滚出几滴眼泪,他抹了眼泪,望着男孩:"孩子,你才8岁,现在叔叔要把你当成一个18岁的男子汉。接下来我告诉你的事,你要记住,不能告诉任何人,刚才我写在你手臂上的电话号码不要让任何人知道,你要把他记下来,如果有什么事,你找一个有电话的地方打给我,记住,不能让任何人知道这个电话号码,明白吗?"

男孩说:"我明白,记下电话号码,有事找电话打给叔叔,不能让任何人知道这个电话号码。"

周为欣慰地笑了,说:"聪明的好孩子。还有要记住,不能在陈叔叔那里打电话,在他们面前你就像早上一样不要跟我说话。"

男孩说:"我记住了。"

两人从草丛里站起来,男孩站在那里不动,说:"叔叔,你先走,我等一下走。"

周为朝男孩挥挥手,转身消失在巷子转角处。

周为脚步飞快,穿行在这个看似平静的小镇上,一切看似如常,喜庆年味充斥在空气中,此起彼落的炮仗声在提醒活着的人们,昨夜,这个镇上一大一小两个生命已经听不见炮仗声了,他们也将消失于人间,去跟或许死去的男人相聚,一家三口相聚了,丢下一个孤零零的孩子流落人间。周为心如芒刺,一方面是男孩说出的惊天秘密让他震惊不已,心如鼓锤;另一方面可怜这个八岁的孩子,承受着一个成年人都受不住的打击，孩子的冷静、聪明也令他吃惊，不多的话语把一切说得很清楚。无疑，这是一个很聪明的孩子，如果有一个完整的家，前途不可估量。

现场在男孩的叙述后，周为脑子里有了一个清晰的画面。

路上，周为再次还原场景，这次的柳眉不再蓬头垢面，而是一脸温柔，面带微笑，美丽温婉，款款走来……

"周为。"突然，一个声音从车里传出来。周为一惊，陈林坐在车里喊他："快，上车来，你去哪里了，我们找了你好一阵。"

周为上车坐在副驾驶位："找什么，一个大活人还会丢了？更何况咱们是干什么的？鬼都不怕，还怕什么。"

陈林说："难说，你去哪里去这么久。"

周为说："四处转转。"

陈林说："我要说你了，今天气温0度，还下了一阵雪，我还以为你去趟医院就转回了，你倒好，一去不回，我跟你说了这是自杀案，不是凶杀案，见你一直没回，我不得不出来找你。怎么样？在医院里看见了柳眉捂死的小孩？"

周为说："看见了，还有大人。"说着周为瞟了一眼陈林，就这一瞟，他捕捉到一个细节，陈林眼神躲闪了一下，这一下被周为牢牢记下。周为确信男孩说的是真的。

周为有意叹口气，说："小孩脸色都紫了，唉，太可怜。"

陈林说："谁说不是。"

周为说："今天在接待室里，大家都说到这个柳眉是个美人，早上林法医在查勘，我也就没仔细看，在医院里我仔细看了，死了都那么漂亮，可以想象活着真的是很漂亮了。"

陈林说："那是啊，如果不是家里穷，这个柳眉早就是一只飞走的金凤凰了，还会留在这个穷乡僻壤？"

周为说:"金凤凰,什么意思?"

陈林说:"字面上的意思,你没听老张亲戚讲那个成绩相当好,继续读书考个好大学没问题。这些臭男人经常开玩笑,说柳眉要是生在大城市,参加选拔香港小姐都上得去。"

周为说:"评价很高啊。"

陈林呵呵一笑,岔开话题说道:"柳眉妹妹后天过来太好了,这个孩子的着落就解决了,不然只能去福利院,大家都为这件事情操心呐。"

"这孩子也是机灵鬼,出了事去叫老张他们,因为他家人强马壮,老张家听到柳眉出事,3个男人就来到现场,大冷天人家先把柳眉打捞上来才去报警,哦,是先打捞……如果是别的人肯定先报警,谁都怕惹事嘛。"

周为说:"是呀。我都看见了,镇上干部也真是热心好干部,急急帮着联系孩子小姨,这大年初一,谁都顾不上过节。"

陈林说:"唉,遇上这事没办法,干了这行当,就要为民嘛。"

周为强调:"为人民服务。"

两人都笑了,停下车子来到派出所里。

在陈所长办公室,周为坐在办公桌对面:"失踪那8个人的资料给我一份。"

陈所长说:"怎么又说起失踪案子?今天不是为自杀案来的吗?先把这事整停当,失踪案不急了,我头疼得很,都不知道怎么跟领导汇报。唉……点子背,走霉运,大年三十就出命案……"

"你不瞧见啦,今天,不,从半夜就开始乱到现在,大家都没停,一大堆事情,又是春节……等把这些乱七八糟的事情处理好,过了春节,一上班我就让他们把8个失踪人口的资料整理出来交给你,放心,我做事你还不相信?"

"凡事有个轻重缓急,现在的主要矛盾是王双龙这一家子的事,你帮我想想，老弟，基层不好干啊，有事找警察，说得轻松，落只猫，丢只狗，哎呀，你不在基层，你不晓得一天婆婆妈妈的小事，当然遇上今天这样的人命大事更是不幸，得，还是做点婆婆妈妈的琐碎事。"

周为说："今天就吴纪委来，书记、镇长都没见人影。"

陈所长说："老弟，你有所不知，书记、镇长跟着县里领导赶去兰山铅锌矿，那边出事了，保密，保密……瞧，大年三十王双龙家出事……前两天兰山铅锌矿上又出事……今天难啊，一开年就……什么乱七八糟的事都凑一起了。"

周为临走时说："这边的事你们继续辛苦，我就先撤，柳红来接孩子时候，我再来，要见证一下，到时再过来。"

周为回到家，老婆、女儿去了娘家。

周为进门脱鞋看见鞋柜上老婆留下的字条：回来过妈家吃饭，我带小晴先过去。

周为把纸条丢进垃圾桶，在黑暗里坐下，不开灯，他很想静静捋一捋，今天的案件让他难过，王志的话让他内心巨浪翻卷，眼前的人和事一幕幕动起来：柳眉那张美丽面孔，被捂死的弟弟重阳，还有有勇有谋的王志，3张面孔在他眼前排列组合，组合排列，最后定格在一个男子身上。

周为从包里拿出一张照片放在茶几上，他闭着眼睛，脑袋里是一张幸福的全家福，根据时间判断应该是在王双龙外出打工前拍的照片，妈妈抱着弟弟，爸爸抱着王志，一家四口很是幸福。

这张照片是他从王双龙家里拿来的。

林法医在外查勘尸体，周为进屋子查勘，在柜子上有一个塑料相框扑在上面，他拿起照片看见的是一家四口，他端详照片上的女人、男人，发现相框后面还有张一模一样的照片，取出来装进口袋，再把相框扑着放在柜子上。

第二章　诡异旧案

他坐在黑暗里默默念道："王双龙，你到底死了？还是活着？"

"如果你死了，你们一家三口也算在大年初一团聚。如果你还活着，到底去了哪里了？"

陈林一行人，走马灯一样转动起来，陈林油腻地嘻嘻哈哈："基层工作不好做，我们要为民服务嘛，哈哈哈，为民服务……"那些人一个一个浮现……他们嘴里说些什么，周为听不见了。

他看见，小小的王志站在一片荒芜草丛里，孤独而勇敢。他看见，王志瘦小身影在荒芜草丛里跋涉，扒开草丛满脸汗水，抹一把汗水继续朝前，小小背影在漫天大雪里，一步一步奋力前行。

"他们都是坏人，他们都是坏人……坏人……"王志的声音在耳边回响。

"咣当"，门开了，王娟抱着女儿站在门口，肩上背着的大挎包滑到了地上。

王娟头一甩，横眉冷对："不开灯，一个人在干什么名堂。"也不让周为抱女儿，进门把脚上两只鞋甩得东一只西一只，光着脚抱着女儿骂道："大年初一把我们扔家里，我不说了，嫁给你当警察的我认了，可是你也太不把我母女俩当回事了，回来也不去接我们，我明明写了字条，放在鞋柜上，你一进门就能看到，可见，你心里只有你的工作……字条呢，我给你留的字条哪里去了？"

周为忙打开灯，从垃圾篓里捡出纸条，王娟叫道："周为，你不是人，我给你的字条不看不说，你，你还当垃圾丢掉？你这是不想过日子了……"

女儿被王娟的嗓门吓醒，"哇"的一声哭起来。

"大晚上，你喊什么喊，你就不能小声点，把女儿都吵醒了。"

"你还知道女儿，你心里还有我们吗？"

"怎么没有？没去接你们，是我有事。"

"什么事？回来一个人黑洞洞地坐在家里，一看就窝火。"

周为把照片递给王娟："什么事？人命关天的大事。"

周为指着照片上的人："我让你看看，就在昨天夜里，照片上女人跳井死了，死之前用枕头捂死这个2岁的孩子，照片上的男人年前外出打工就失踪了，现在这照片上的一家人，只剩下这个孩子，一个8岁孩子……成了孤儿。"

王娟去捡回刚才甩得东一只西一只的鞋子，放置到鞋架上，也算对自己的嚣张做了姿态。王娟小心地问："照片上这4口人就剩这一个孩子，以后孩子怎么办？他的亲戚呢？"

周为看着照片上的一家人，心情沉重："不知道他的亲戚能不能善待他。"

柳红回来了，镇上妇女委员问："你要不要到你姐姐家看看？"柳红说："有啥看的，人死了，看也没得意思。"妇女委员："要不要我带孩子来见你？"柳红说："算了，反正以后我也不会再回这个鬼地方，来也来了，就看一眼吧。"

柳红站在姐姐柳眉家小院外面，望着那口水井问带她去的妇女委员说："柳眉就是跳的这口水井？"妇女委员说："对，就是这口水井。"柳红说："傻逼，前面就有河，你不会去跳河，跳河好歹比跳井强，你死得憋屈，这个死法太憋屈。"两人来到屋里，柳红敷衍地在屋里转了一圈，出门时她看了五斗柜上相框里的全家福，指着照片上的男人问："这个死鬼就是王双龙？"妇女委员说："嗯，就是。"她又指着照片上的男孩问："这个就是王志？"妇女委员说："对呀，等下你就能见到他。"柳红说："没想到到头还得跟他们扯上关系，这个家就是一张狗皮膏药，扯也扯不脱。"

妇女委员带着柳红来到镇上的接待室，进门就瞧见照片上的男孩，男孩早就等着她的到来了。

柳红说："过来。"王志朝她走过来。柳红打量了一下，这个孩子看上去聪明，自己白捡个儿子是老天照应，她男人家里原来是开酱油作坊的，准确讲是一个黑作坊，再辛苦都不敢找人帮忙，怕制假造假泄漏出去吃不了兜着走，不仅搞砸生意，搞不好还要吃官司。

听见姐姐自杀的消息，柳红第一反应不是悲伤，而是窃喜、兴奋。在来水城的路上，柳红心潮起伏，柳眉的死与她无关，她满脑子就是这个孩子，不是亲情，不是怜悯，是老天送了她一个帮手。她坚信这个无依无靠的孩子，将来会是他们黑作坊的一个好帮手。8 岁……8 岁……路上，她掐着指头算时间，恨不得时间加速转动，再过一两年这个孩子一定能成他们黑作坊的同伙。

柳红和王志是在镇上接待室见的面，陈所长、洪副所长、吴纪委，还有负责接待柳红的妇女委员都在。在大家的注目下，柳红刻意柔声细语："王志，过来，到小姨这里来。"王志机械地走过去，柳红跟大家说："虽说第一次见这孩子，一见面我觉得熟悉得很，我姐姐太憋屈了，怎么就跳井了，呜哇……"柳红哭起来，周围的人不知所措，陈所长使个眼色，妇女委员上前劝慰安抚："节哀，事情已经是这样了，现在最重要的是活着的人还要好好生活。"柳红止住悲伤对王志说："来，让小姨看看你。"

柳红一下子抱住王志："以后就跟着我，你妈死了，我会把你当亲儿子，我会好好对你。"

大家都被柳红的深情告白打动，妇女委员也是满眼泪水，坐在一旁的几个男人都被眼前这一幕打动了。

一大一小两座新坟前，柳红站立片刻："柳眉，我来不是看你，我来跟你做个了断，你儿子我帮你带走，我俩恩怨了结，两不相欠。"

柳红和王志坐上开往铜城的车子，车子在嘈杂喧闹中启动，柳红朝窗外看去，再看坐在旁边的王志，王志回头张望。

柳红说："你在望啥呢？"

王志说:"我家。"

王志抬起手臂,周为写在他手上的那个号码不见了,他已经把这个号码刻在脑子里。他摸着写过号码的地方,使劲搓。

周为听到柳红已经带着王志走了的消息,一脚踢翻办公室的垃圾篓,气愤地给陈林打电话说:"陈林,你搞什么名堂?我跟你说过柳红来带孩子通知我一声,你不吱声……"

陈林说:"我这不是给忙忘了嘛,该打,该打,再说这个柳红来了第二天就带孩子走了,好啦,老弟就当我犯了一回渎职罪,等忙完这些事,补请你喝酒,到时我自罚3杯,哈哈哈……"

周为心里不爽,再问起失踪人口资料的事,那边咔嚓挂断,话筒传来"嘟嘟"声,周为拿着话筒,气不打一处来。

第三章　奇怪的养子

马平川一行人来到殡仪馆，老周已经送进火化炉。马平川仰头望着飘散的青烟："老周，去了那边如果寂寞，你就查查这个悬案吧，它不是一直悬在你心里吗？这边，我也查，我们一起……"

小晴抱着一个骨灰盒等在那里，看见马平川，泪水又汹涌而来。马平川责怪她们："阿姨，小晴，你怎么不等我们来就……你应该等我们呀，不是说好 10 点吗？你们怎么自己把时间改了也不通知我们，大家伙都赶过来了，唉，你瞧，警队在家的人都来了，不送老周我们心里不好过。"

王娟："老周早就说过，以后他死，不允许惊扰别人，大家都忙得很，悄悄化了骨灰丢进马桶一冲，完事。再说，他这走得不磊落，让我们这些活人心里……唉，不说了，我们提前火化时间是我太了解他这个倔老头，不依照他的话，在地下他知道恨不得跳出来跟我吵架，我们得遵从他呐，半辈子栽在这犟脾气上，现在就让他扬眉吐气一回。"

马平川退到远一点的空旷平地，抬头看去，巨大烟囱里飘出的青烟融进天空。

眼前再现前几天的场景……

马平川："老周，卷宗先放着，等你退休通知正式下来我过来拿卷宗，也叫上他们一起为你践个行，警队是你的老窝子嘛。"

"别整那些，我现在最想的就是无声无息地消失。"

老周走了几步停住脚,背着身子朝马平川挥挥手。

送完老周出来,在殡仪馆左侧台阶上,薛天突然停住脚步推了马平川一下:"瞧,李固的养子,怎么坐在这里?"

李夏坐在殡仪馆左侧台阶上,抱着一个骨灰盒。

黑色骨灰盒上是一幅白色线条勾出的画,左侧面是一个男孩坐在石头上,右侧面是一个骑车出行的男人,一只脚尖垫在地上,另一只脚斜蹬着脚踏板,男人身子朝前倾,左手稳稳扶着单车把,右手绕过骨灰盒正面伸到左侧面,右手提着的塑料袋里是两个面包、一瓶水,石头上男孩惶惶伸手去接。四个面上的画看似分离,却又紧密相连,几根线条,画得精彩纷呈,不禁泪水潸然。

马平川问李夏:"这是你画的?"

李夏抬眼看了两人一眼,双手紧紧抱住骨灰盒,突然,猛地站起来对着烟囱大喊:"睡觉。"

两人被李夏这个奇怪举动惊了一下。

薛天说:"这个骨灰盒是谁的?"

李夏说:"爸爸。"

薛天说:"谁的?"

李夏不耐烦地说:"爸爸。"

薛天说:"不对,太不对劲了,这个有点惊悚啊,有点惊悚……李固失踪还不知道活着还是死了。怎么就抱着个骨灰盒,有点惊悚。"

突然,薛天一副茅塞顿开的得意:"难道……他知道李固……会不会他……李固已经死了?"

"薛警官,刚刚才看见你们。"萧立问热情地跑过来握手。

马平川说:"不客气,我们一个老警察……"

萧立问说:"我知道,我特别安排李夏给他修复妆容的嘛,她老伴和女儿都很满意,你没看见,做得真好,安详得很,跟睡着一样。"

马平川说:"萧总有心了,非常感谢,这几天事情太多,李固的失踪案过两天我们过来再详细了解情况。"

萧立问说："我知道你们警察忙得很，要等你们不忙也难得，反正我们等着你们通知，要我们去局里还是你们来，我们都随时候着，需要我们配合叫一声。"

马平川说："李夏抱着骨灰盒坐在这里干什么？"

薛天说："难不成，他知道李固已经死了？"

萧立问说："这孩子脑子里想什么，实在难猜，我看他是想念李固，这个可能是他的特殊方式。"

薛天说："想归想，怎么抱着一个空的骨灰盒呢？是有点吓人。"

马平川说："李夏思路确实独特，你们没发现他画的看似一幅画，实则是一个故事……"

马平川话没说完，萧立问抢过话头："马队，你真是破案高手，还硬是让你说着了。"

萧立问话锋突转："现在已经是饭点，到我们食堂随便吃顿便饭，吃完饭我让一个老员工给你们讲讲他画的这个故事，我们就利用中午时间，我敢保证你们有收获。"

萧立问的话激起马平川的兴趣，他很想听听这个画的故事，作为刑警，马平川很清楚每个不起眼的细节或许都会成为打开疑案的突破口。早上忙着赶过来还没吃早点，肚子已经咕咕叫了，也正好了解李固失踪的情况。

萧立问说："马队，择日不如撞日，你就今天来了解有关李固的事情，想来是会对你们侦破李固失踪有帮助。"

马平川说："行呀，萧总，看不出来，你这一套一套的，整得比我们专业啊。"

萧立问说："哪里，哪里，我只是平时没事就喜欢看看追凶破案的悬疑剧，马队见笑了。"

马平川说："等下也叫上李夏一起，我也借此机会感谢李夏，为老周留下最后的尊严，也感谢萧总的有心周全，专门安排了最好的入殓师，我代表警队所有人感谢萧总。"

萧立问说："马队，你说这些就见外了嘛，我们本来就是服务行业，最要紧的就是几个字，'服务，服务，再服务'。这个时候家属本来就悲伤，我们要尽最大努力留下逝者最后的尊严。"

"马队，薛警官，你们朝前。"

来到办公区域，一楼左侧有个先进栏，马平川走近，第一排第一个人是李固的照片。

薛天说："李固，连续当了5年的先进工作者，不容易，一般的人连续当3年先进，这个连续当5年还是不多的。"

萧立问说："谁说不是，李固工作没得说的，任劳任怨，勤勤恳恳，不计较，老实本分。你说怎么就失踪了呢？一想这事我觉得想不通啊，没有理由，一个老好人，居然失踪……"

大家坐定后，小刘带着李夏进来。

萧立问："李夏过来坐我这里。"说着凑近马平川小声说："这孩子胆子小，害怕警察。"

李夏坐在小刘和萧立问中间，坐下他又从包里掏出笔记本低头画画。

马平川对李夏说："李夏，今天我们要谢谢你，你给警察爷爷遗体处理得真好，非常棒。"

李夏有点不知所措。

马平川说："刚才你为什么抱着一个空的骨灰盒呀，能告诉我吗？"

李夏说："等他回家。"说完低下头画笔记本上的人体骨骼，专注在他的世界里。萧立问让李夏收起笔记本，马平川摆手暗示着没事。

吃完饭，李夏跟着小刘走了。

萧立问说："马队，等下我叫来老员工老宋，他对李固的事情比我了解，刚才你们瞧见李夏抱着的骨灰盒上画的就是跟李固相遇的事情。这孩子说他傻吧，他又绝顶聪明，说他聪明吧，又看他傻里吧唧。有时候我都不知道这孩子是真傻还是装傻，话又说回来，天才和傻子本来就捅破层纸的事……"

此时此刻，马平川和薛天充满期待想听关于失踪者李固与李夏的故事。

门外来了一个人，就是萧立问说的老员工老宋。

萧立问说："快进来，老宋，这二位是刑警队的马队长、薛警官，他们来了解一下李固的情况，你重点跟他们说说李固是怎么捡到李夏的，又是怎么收养了李夏当义子。"

老宋左右看看："警官，说不好不要见笑，我很不会说话。"

萧立问说："你就原话重复李固跟你们说的就行。"

马平川说："对，就原话原说，不要紧张，我们就是了解一下李固的情况，随便聊聊。"

老宋记忆回到遥远的 90 年代。李固一直独来独往，平时也没什么朋友，他的生活很有规律，工作嘛，你们在一楼也看到了，经常评上先进是不容易的，人老实，话不多。

老宋回忆道："我记得那是七月半鬼节，李固来晚了 10 多分钟，一进来就神神秘秘笑。

"你笑啥呢？捡到金元宝啦。"

李固说："我捡到的比金元宝还贵重。"

大家不信，打趣他："还有比金元宝更贵的？李固，你摆谈摆谈。"

李固让大家凑近，神秘地说："我有一个儿子了，一个漂亮的小子，你们说算不算比金元宝贵？"

大家七嘴八舌地说："你说啥，你突然你有个儿子了？李固，你说你有了个儿子，我还说我有了个孙子。"

李固说："你们别不信，我说的是真的。"

老宋说："真假我不知道，我就晓得连婆娘都没得，怎么会整出个儿子？"老宋觉得好笑。

李固说："你还不要不信，我没婆娘，这回就是有个儿子了。"

老宋说："李固，你是想儿子想疯了。"

几个人七嘴八舌："怕是想婆娘想疯了，想出幻觉来了。李固，你是夜里想，还是白天想……"大家笑得前仰后卧。

李固上去几脚踢开他们："不信？我们打个赌，如果没捡到，我就是孙子。"

大家说："在啥地方捡的？"

李固说："挑水巷呀，就在早些年挑水的小房间旁边，我家门前往左拐30米的一个台阶上，骗你们我是孙子。"

工人说："有了儿子，还想当孙子？"

李固的话又引来一阵哄堂大笑。

老宋说："李固，你说的话，我也相信，你在哪儿捡的儿子，说给我们听听，下班我们一起再捡一个。"

工人说："我想捡个闺女，哈哈哈……"

早上，李固照旧早早出门，在挑水巷口转角处的一个小吃摊，要上两根油条、一碗豆浆，有时候要一碗酸辣饺面，吃完骑行朝着4公里以外的殡仪馆去，这个习惯已经保持了19年。这一天，一个小男孩打破了他保持了19年的生活。

这天天气热，李固出门早，小吃摊人很少。摊主："怎么吃？"李固从自行车上下来："老样子，油条、豆浆。"李固坐下来刚要吃，瞥见一个五六岁的小男孩坐在台阶上可怜巴巴地看着李固，李固四处望了望："小孩，你家大人呢？怎么不管，一个小孩放在外面，偷小娃娃的多得很。"

男孩不说话，可怜巴巴地望着李固碗里的东西，李固跟摊主说："来两个肉包，一杯豆浆。"李固提着包子、豆浆骑上车，在男孩面前伸一只脚垫在地上，把包子、豆浆递给男孩。

李固说："小孩，你家在哪里，大人叫什么？你是走丢了找不着大人啦？"孩子怔怔地看着他，不回答，再问，还是不回答。李固："你这小孩，你认不得自己家呀？"男孩不答话，打开袋子吃包子。李固要忙

第三章　奇怪的养子

着去上班，对小孩说："小孩，你就坐着不要动，等你父母来找。"刚要走，李固又回头对男孩说："小孩，不要动就在这里等大人来。他伸在地上的那只脚一蹬，骑车走了。"

李固下班回来天色半黑，小男孩还坐在台阶上打瞌睡，李固叫醒男孩："小孩，你是找不着家里大人啦？天都黑了你还在这里？"

男孩开口："坐在这里，等爸爸。"

李固："不要急，你爸爸在哪里？我带你去找。"

小男孩："爸爸。"

李固猛回头，只见小男孩朝他喊爸爸。

李固泪水出来，他转过身偷偷抹去，把男孩带回家，让小男孩吃饱，然后给他洗澡，洗完澡李固用自己的衣服包裹着男孩，把男孩头发擦干，男孩很乖巧地缩在李固的衣服里，一双漂亮的大眼睛看着他，李固："小孩，你叫什么名字？"男孩不说话，李固伸出双臂："来，过来。"小男孩居然乖乖走过来，李固搂着男孩，左看右看心生喜爱。李固发现男孩长得非常漂亮，高鼻梁，大眼睛，就是不爱说话。李固把男孩放在椅子上坐着，蹲在他面前："明天我送你去派出所，你爸爸妈妈会去找你，不要怕。"男孩愣愣望着他，还是不说话。夜里，李固看着熟睡的孩子，心潮起伏，内心澎湃。

李固翻来覆去，期待明天，又害怕明天……

派出所在一个僻静转弯处，第二天一大早，李固带着孩子来到派出所，一个民警正打水回来，见李固带着一个孩子，一脸迷惑："有什么事？"

李固说："民警同志，这个孩子是我昨天在挑水巷口上捡到的，早上出去就在那里，晚上回来还在那里坐着，我把他带来派出所，丢了孩子谁家都急，我想送在这里最安全，孩子爸爸妈妈等下肯定会到派出所报案。"

民警放下手里的水壶："昨天……没有人来报案丢孩子呀，一般情

| 灼日刺青

况都会来报案。"

李固把孩子推到警察跟前，男孩转身扑进李固怀里，紧紧抓住他的衣服。

李固说："有没有可能是父母故意丢下？"

民警说："不可能，一般不会，再说这孩子……父母怎么会舍得丢了。"

李固说："民警同志，我要忙着上班，孩子就交给你们了。"

李固把男孩抱在警务室的椅子上，告别民警准备要走，男孩跳下来追着他出门。李固不知所措，他再次把孩子抱到椅子上，刚转身，男孩又跳下跟在他身后。李固走一步，孩子跟一步，他停下，孩子也停下。

李固说："哎，你这小孩赖上我啦。"

警务室里电话响起，民警接起电话："陡街聚众斗殴？现在我这边走不开呀。"

电话那头："什么事都放下，这边情况紧急，忙着过来，要快。"民警："是。我马上过来。"

民警："你叫什么？"

"李固。"

"我这边有紧急任务要出警，这个小孩你能不能先带回去，他父母来了我们会联系你，请你帮我们先照看一下，我要马上出去。"

李固说："行，你去忙，我先把孩子带回去。到时你们联系我。"

李固话还没说完，民警已经开动警车，警车闪动着灯光朝陡街而去。

李固站在派出所门口，回头，孩子站在他身旁，李固把男孩又带回家，在门口顺便买了点面包和汽水，对男孩说："我要急着上班，你在家里乖乖等着，饿了吃面包，渴了喝汽水，困了睡觉，不要乱跑，等我回来。"男孩安静目送李固出门。

晚上下班，李固回到家，男孩很乖，静静地坐在地上看金庸的武侠小说《射雕英雄传》，那是李固家里唯一的书，男孩回头朝李固喊："爸爸。"李固又被这声"爸爸"感动得一塌糊涂。李固认定这是上天送给他的儿子。

一个星期过了，派出所民警把李固找去，说孩子的父母没有来过。

李固以民警工作太忙为理由，自己的工作还算固定，故向民警申请暂时他可以帮着照看，孩子跟他也有缘分，孩子父母什么时候来，他就把孩子交给他们。民警对李固情况做了调查了解同意他的请求。

派出所寻找过孩子父母，却毫无结果。男孩父母也从没找过孩子。李固问民警："这孩子会不会是拐卖来的?"民警说："我们在查。"

两年后，李固在派出所和社区的帮助下正式收养了男孩，给男孩起名：李夏。

后来，李固发现男孩有点问题，不爱说话，喜欢一个人待着，但李固还是很高兴，他已经很满足了，他认为李夏是老天送给他做伴的。有了李夏，他的生活发生了翻天覆地的变化，沉默寡言的李固，乐此不疲开启了又当爹又当妈的模式。李固对李夏的呵护，远不止亲父子的关爱，因为李固让他曾经死去的心，重新活了过来。

车子行驶在路上，薛天说："这个老宋讲的这些事，对案情没什么帮助，啰哩啰嗦，听了半天，听来听去也就是李固怎么捡回李夏，我们又不是来听故事的，我们是要了解案情，浪费了怎长时间，还不如李夏那幅画上的故事深远。"马平川说："我不这样认为，我倒是觉得有收获，至少捕捉到一个点，当初是什么人把他丢在那里的。"

"如果丢他的不是他的父母，那会是什么人呢?"

薛天不同意马平川的看法，说："我认为就是父母丢掉的。"

"你凭什么这样肯定?"

"李夏脑子有问题，父母不想要，只能带到人来人往的路口，希望被人捡走，说不定他的父母一直在偷偷守着，看谁捡走孩子……你不要笑，我来警队还是做足了功课的。"

"做了什么功课？是悬疑电影还是悬疑小说?"

"马队,你老是要把人抵到墙角,你不能给我留那么一丁点面子?"

"不过,有一个点你说得对,李夏的画逻辑非常清晰,几笔就把一个陈年旧事表达得清清楚楚,从这一细节上来推断,有时候又觉得李夏或许不像我们看到的……"

"我觉得李夏是在弱智和天才间切换的人,你看见他那不离手的笔记本,上面是人体结构、骨骼、器官,每样都很精彩,就连注释都做得无懈可击。"

"对,他不是完全的智力问题,他的智力会切换。我想李固的失踪,或许我们可以从李夏这边寻找突破口。"

"我们问了几回,都没什么结果。"

"耐心,我们缺乏的是耐心,太急,让他心里瞬间筑起防火墙,他躲得更深,我们要慢慢来。"

"你是觉得他对我们缺乏信任?"

"不是对我们,是对所有人,他都保持着一种警惕,谁也不知道这孩子小时候到底经历了些什么,慢慢来吧,李夏这边是一个突破口。"

"刚刚你说是他父母丢的,应该不是父母,再丑的孩子在父母心里也是个宝,何况这个小子明眸皓齿,模样出众,要吊打好多所谓的小鲜肉。"

薛天说:"啊呀,我的马队,原来你也在偷窥李夏的玉树临风?"

马平川说:"扯淡,在谈李固的案子,东扯西扯,还八卦上了,薛天,要不怎么说你没个正形,一谈正事,你的脑子就出乱码,我真想一脚把你踹下去。"

薛天嬉皮笑脸:"我还有更八卦的,你要不要听?"

马平川闭上眼睛不理,薛天偷瞄一眼:"我再分析一个案情疑点给你听听。"

听到案情疑点,马平川一下精神头上来:"你有什么疑点?"

薛天:"有呀,不瞒你说,那天在警队我第一眼看见李夏,有点像一个人,今天看见他抱着骨灰盒坐在台阶上,一刹那……我还是觉得他

第三章 奇怪的养子

像一个人。"

马平川："像一个人？像谁？"

薛天："像……你。"

马平川被薛天的贫嘴气得哭笑不得，恨不得一脚踹过去："滚犊子。"

薛天说："我滚了？谁跟你分析案情，谁跟你鞍前马后……"

下车来，马平川低头朝着驾驶室里："我送你一个雅号。"

薛天伸出头满脸期待地看着马平川，说："什么雅号？"

"八卦·薛尔摩斯。"马平川甩下这句话，朝办公楼去。

薛天看着马平川的背影说："你送的这雅号也太'雅'了。"

夜色如水，马平川一个人还在办公室。

他拉开抽屉，打开老周留给他的卷宗，这一看把马平川吓了一跳，卷宗里的资料除了 11 个失踪人员资料，在王双龙的那叠资料里夹着另外几页颜色发黄的笔记，上面老周清楚地记录了 1994 年大年三十的一桩跳井自杀案的几个疑点，他和林法医当时查勘情况属于溺水窒息而亡，确属自杀，上面写着陈林、老张、小春、大有、吴纪委，还有好几个人的名字，这些名字后面都打上了问号。

"2122718"，是周为当时留给王志的那个号码。

1994 年大年三十，几个人证实春晚刚播完柳眉跳井自杀……

自杀？自杀？自杀？

车祸？车祸？车祸？

存疑点

大年初一早上 7 点，和林法医一起去查验尸体，查验结果是自杀。

林法医先回，我再查，存有疑点，在于证词太完美，无懈可击，环环相扣。

1994年正月十五元宵节，一人再去，无收获。

1994年二月二龙抬头，一人再去，有收获，路上车祸，记录丢失不见。

马平川深深吸了一口气，感觉自己快要坠入一个深不见底的黑洞，他看见自己在跌，跌，跌……没有地，漆黑一片，黑暗中的他惊恐万分。

关上卷宗，细思极恐的往事浮现，王双龙、柳眉、王志、重阳，这些名字遥远，却又那么近。

走出大门，外面下起阵阵细雨。

马平川在雨中踩着影子走，突然，一把伞伸过来，马平川回头，小卫举着伞："怎么，不欢迎我？"

"你这丫头，跟踪我？10点了还不回家。"

小卫一笑："我怕你想不开嘛。"

没有什么想不开想得开的，前几天还跟我们一起欢着的人，转眼就化成一股青烟，我是为老周抱不平，一生人都活在那些无头案里，追凶查案，案没查清楚自己差点死了，那次车祸肋骨断了几根，腿里打上好几个钢钉，几乎残废。

小卫说："残废？看不出来。"

马平川说："他是撑着的，怕别人看不起他，才调去后勤管档案，那阵子见了人都躲着走。唉，小卫，你年龄小，没见着当年那个老周，当年的他是一个叱咤风云的人物，你想那时没有几个警校的毕业生，老周就是唯一一个警校刑侦专业毕业的，很受器重，29岁当上刑警支队队长，当时是公安系统最年轻的刑警队长，谁想到结局会这样……"

小卫说："你也比我大不了几岁，我见证不着，你也见证不着，怎么说的你跟老周一样大，好像你们是生死弟兄，一起破案，一起追凶……"

马平川笑了："我是听口口相传，还有推理……"

小卫："怎么老是要透出一股'爹味'，相当爹啦，见人就克制不住的'父爱如山'。"

两人相视一笑。

路灯下，两个撑着伞的背影缓缓而行。

雨伞下面小卫说："老周的死，不要太难过，或许这样他才能真正轻松、解脱。"马平川抬头看着沥沥淅淅的雨："或许是吧。"

突然雨大了，伞下两个背影在雨中奔跑起来。

第四章　不速之客

　　殡仪馆接待室里10多人叽叽喳喳，一个男人指着墙上标牌："你们服务宗旨'没有最好，只有更好'，有什么套餐？""我们看看。"女员工捧着宣传册做介绍。

　　老男人打断女员工："不用介绍，你就说哪个套餐最贵，我们就选那个最贵的。"

　　女员工："你们哪个说了算？"

　　老男人手一挥："我说了算。"

　　那边的喧闹人群立刻安静下来，期待着男人下面的话。

　　女员工："张老先生是你家老爷子？"

　　老男人："是我老爷子的老爷子。"

　　那边人群哄堂："他是重孙子，他说了算，他是老板，有钱。"

　　老男人一脸得意："姑娘，你帮我们挑选一个套餐，怎么豪华怎么来。但是，你听好，我有一个要求，找个最好的化妆师，把老祖从妆容上减去一半年龄。老祖活了118岁，我这重孙辈都五六十岁了，我们就想把丧事当成喜事办，热热闹闹把老祖送上西天。"

　　旁边一个年轻员工"噗嗤"一声忍不住笑了，重孙回头："哎，小姑娘你别笑，我们不怕出钱，我们出得起钱，我们就是想好好孝道老祖，让他老人家可以年轻点去往西天。"家属群里再次一阵哄堂大笑。

　　重孙也欢天喜地："你们笑啥笑，这个主意不是大家出的嘛，要让老祖精神抖擞地去见先祖嘛。"

女员工说:"家属,这个不是钱不钱的问题,这个有点不太好办。"

重孙说:"你们的服务宗旨上怎么说来着……"

女员工为难地笑着,小刘过来亲切说道:"这位重孙先生……"人群里又是一阵笑声。

小刘说:"我在门口就听见你感人肺腑的提议,这样,我们必须要找最好的,我跟你说,不止找最好的妆容师,还要找一个天赋异禀的天才修复大师来服务你的老祖,才对得起他老人家118岁的福气。"

重孙说:"这就对了,我就说可以的,这下你们哑口了吧。"

小刘说:"但是,我也有个但是……"

众人凑近,小刘狡黠一笑说:"我们这边一定尽力,但是老先生高寿太高,骨头外面就是一层皮,他脸上已经没有肌肉,修复起来可能会与你们要求有点差距,到时候希望大家都理解包涵。"

重孙回头看看大家幽默说:"行,同意你的'但是'。"

小刘也没见过这么无解的要求,凭着自己的三寸不烂之舌化解了家属心里的疑云。张老先生家属走后,他陷入焦虑,自己夸下海口到时怎么圆。他安排了李夏为张老先生整理妆容,也把家人的要求告诉李夏,他让李夏复述一遍,李夏复述不出来。小刘心想死马当成活马医,管它的,过了今天再说。

下班时,小刘见李夏还没走,说:"李夏,走了吧,明天来整。"

李夏说:"不走。"

小刘说:"你不走,我要走啦。"

李夏说:"我不走。"

小刘说:"但愿这一家子不要跟我们过不去,什么服务,就是当孙子,呸,还是重孙。"小刘焦虑不安地走了。

李夏一个人坐在房间里,张老先生遗体在一旁,先是用手在张老先生骷髅般的脸上摸,眉骨、鼻子、耳朵、脸颊、下颌,一遍又一遍。李夏闭上眼睛,大脑里是老先生各个岁数的模样,面部骨骼在李夏脑子里透视出来，他大脑里似乎有一台像素极高的相机，"咔嚓，咔嚓，"定格下张老先生每个时期的模样，只是李夏大脑里的顺序是反向的，从118岁往回，一直到20岁左右，每个时段的模样都印在了李夏大脑里，他开始工作……

　　第二天一早，小刘心里惦记着张老先生家属提出的刻薄要求，早点也没吃，急急赶到殡仪馆，昨天他回家想想，还是要跟其他几个师傅商量一下，大家出出主意，怎么才能过这一关，即便是忽悠，他为自己夸下的海口心惧，昨天那一大家子虎视眈眈，目光咄咄逼人，真是财大气粗钱壮胆。小刘后悔自己昨天的冲动，为了忽悠重孙订最贵套餐让自己陷入深渊，他着急得很，不知道怎么才能圆这个被他吹破的牛。

　　李夏起身远远近近地从各个角度观看张老先生，然后，收拾工具，脱下工作服，再看一眼张老先生，此刻的张老先生已然改模换样。

　　小刘见房间里灯亮着，就推开门，李夏正在脱下工作服，小刘踏进门，走近安详仿佛安睡的张老先生，惊得他有点不敢相信眼前的一切。此刻的张老先生，已经不再是一具枯骨，而是一个熟睡的壮年人，比那个重孙还年轻，小刘被眼前这一幕整得有些不知所措，高兴又不敢相信，有一种梦游的感觉。他自己掐了一把，疼得跳起来，小刘说："李夏，这是你做的？"李夏说："是我做的。"小刘说："你昨天整了一晚上？"李夏说："是，一晚上。"小刘抱住李夏泪眼迷蒙地说："李夏，你真是我的福星，来，受小生一拜，哥哥有礼了。"

　　10点钟，浩浩荡荡的一个大家庭来了，小刘见状，得意地整理了一下衣服，职业化地笑着去迎接。

　　小刘在前面引领一家子来到门口，故意卖个关子："我们尽力了。"一行人在小刘带领下缓缓来到房间，大家惊呆了，一个半大孩子说："太老祖变样子了，太老祖睡着了。"一下子鸦雀无声，重孙大呼："像，太像了……哪个手机里有老祖50岁的照片？"有人拿出手机翻出张老先生50岁的照片，大家惊呼："真的太像了，太厉害了，谁做的呀，简直

第四章 不速之客

是奇迹。"

重孙激动得热泪盈眶："告诉我，是谁做的？我要当面感谢，老祖这下可以体面西去了。"

重孙让小刘一定要请出李夏，小刘怕这个阵势吓到李夏，他在前，李夏在后，重孙一把拉过小刘背后的李夏："你，厉害，真厉害，你还原了老祖最辉煌的时代，那个时候我们家业鼎盛，是老祖创下的，当然后来也是老祖手里衰落的，再后来，是我，我重振家业，大家都说我是最像老祖的，你们看过来……"重孙靠在张老先生头边闭上眼睛，这一看，还真是很像他的老祖。一个员工忍俊不禁，小刘忙示意他不要笑。重孙大手一挥，说："没事，这是白喜事，就图个欢欢喜喜把老祖送上路。我没骗你们吧，这小老师还原老祖后，你们看到了没？我，老祖，我俩简直就是复制粘贴，老祖不是后继有人了嘛。"

小刘也被重孙的滑稽幽默逗笑了，这场景哪是死别场景，反倒是一个开心秀场。重孙把李夏拉到中间："小老师，你站好，这个仪式感是必需的，请受我们一家人一拜。"说着率众人给李夏鞠了一躬。然后从包里掏出一个大红包，死活要塞给李夏。重孙说："这是喜丧，一定要拿着，老祖才安心。"小刘接下红包塞在李夏手里，带着李夏退出门外。

一大家子继续围着张老先生比各种姿势拍照，大家欢欢喜喜，谈笑风生。

在警队办公室，马平川把李固失踪案的追踪任务交给薛天和小卫。

马平川说："李固失踪，本来不应该是一个复杂案子，你想一个老实巴交的人，工作认真负责，任劳任怨，社会关系简单，又没有什么外债，生活基本两点一线，跟儿子相依为命，仇杀？绑架？好像都不成立。"

薛天说："前几天你不是说，丢弃李夏的父母是什么人？这是一个点。我在想会不会是蓄意报复，他们找到了李夏，李固不给，谈判不成就心生恨意……"

马平川说:"如果亲生父母找上门来,那不是应该感谢李固帮他们养育儿子?即便李固不还,也没有理由采取极端的方式。一切需要证据说话,大胆想象,小心求证,今天起,李固失踪案就由你们接手。"

"案子难度不算大,但现在问题的关键是,李固在世上唯一一个最亲密的儿子似乎还不知道李固失踪,这个就有点诡异了。但是你们还是要想办法从李夏身上入手,毕竟他整天跟李固在一个屋檐下生活,是李固唯一的亲人,你们也不要急,急了适得其反,毕竟这孩子有别正常人。"

接手了李固失踪案,薛天听了马平川的建议,和小卫两人来到殡仪馆找李夏,想从李夏开始调查。两人穿着便服出发前往殡仪馆,刚好遇上一大家子家属围着张老先生喜笑颜开地拍照。

小卫觉得奇怪:"他们在干什么?人死了家里人怎么那么高兴?"

薛天奇怪探过头去,小刘见二人面露好奇:"薛警官,这是老爷子的家人。老爷子118岁,家里当成喜事办,你看,一家子可高兴了。"

薛天说:"118岁,我从来没见过百岁老人,我进去看一眼,看看118岁是个什么样子。"

小刘带着两人进去:"他们听说118岁老人,想过来沾沾喜气,不影响你们一家人吧。"

重孙兴奋热情:"不影响,你们看吧,五代同堂了。"

两人进去,小卫压低嗓音:"啊呀,这个老人118岁?"

薛天也吃惊:"不像,我看就五六十岁。"

小刘说:"这是李夏的杰作,昨天到今早上,我也没想到这个小子还藏着一手。"

重孙炫耀着又把脸凑到张老先生旁边:"哎,你们看,我跟老祖像不像?都说是复制粘贴。"小卫"噗嗤"笑出声。

出门来,薛天说:"小卫,这种场合你怎么能笑出声来。"

站在走廊里的小卫更是止不住地笑:"我本来想憋着,可我憋不住,这个人真的太像他死去的老祖,问题这种像……哈哈,它充满了喜感,我实在憋不住，我也知道这种时候不能笑，可一看见那个人跟他老祖靠在一起的模样，差点没狂笑了。"

小刘说："他们家人都当成喜事来办，没事，别在意。"

两人说出来意，小刘告诉他们李夏昨夜忙到天亮都没回家，他让李夏回家睡觉，李夏不回去。

小卫说："那他在哪里呢？"

小刘说："估计去了山坡后面的苗圃园了。"

薛天说："他去那里干嘛？他不是不想说话，不愿意跟人相处？"

小刘说："具体我也不大清楚，发现李固失踪后，萧总带着大家先排查一遍。那天我才第一次见到李固这个唯一的朋友，平时各忙各的也没什么往来，只听人说李固介绍他来这里上班的。李固这个人没有朋友，这个工人是他唯一的朋友。我们干这一行本来就没几个朋友，李固更是一个沉默寡言的人。后山坡离这边有点远，一般很少往那边去，后山坡苗圃园才建起来不久，上面有个小屋子，晚上好像他也是住在里面，没事的时候李夏会去那里玩。"

小刘问："需不需要告诉萧总一声，让他过来？"薛天让他不要惊动萧总，他们来查案，需要萧总帮助时候他们再找他。

小刘有事匆忙离开，告诉两人朝后山转过去，见了岔道朝左转就到苗圃园了。

两人还没到，就看见李夏举着一个网在扑蝴蝶。园艺工祝奎在一旁蹲着看李夏跑来跑去。看见两人过来，祝奎一脸诧异，忙迎上去："你们是走错路了？这上边经常有人走错路。"

薛天说："没走错，我们是警察办案，来找李夏了解情况，刘主管告诉我们李夏在这里。"

祝奎说："我知道，李固失踪的事嘛。李夏，过来，来这边。"李夏朝这边看了一眼，继续去扑蝴蝶，追着蝴蝶跑来跑去。

祝奎说："警察同志，我去叫李夏来。"

灼日刺青

薛天拦住："没事，让他玩，李夏跟你关系好像还挺好的。"

祝奎说："这孩子不说话，这里有问题，他不怕我，喜欢来这里玩，也不是来找我，主要是扑蝴蝶呀，捉虫子……"

薛天发现李夏身上背着一个小帆布包："如果没猜错，那个包里放着一个笔记本。"

祝奎说："警察同志，你猜对了，这孩子身上不离那个笔记本，也不晓得上面写的啥，密密麻麻，看不懂。"

祝奎把二人请进小屋："两位同志，进来，外面热得很。"

薛天打量四周："你晚上也住这里？"

祝奎说："是啊，晚上也住这里，横竖是一个人，住在这里清净。"

薛天说："我们过来原本是找李夏，但是，你是李固为数不多的朋友，我们就先跟你了解一下李固的情况，看他在失踪前有没有跟你接触过，有什么不正常表现。请问你的姓名？"

祝奎说："我叫祝奎，祝福的祝，光明的明。"

小卫拿出笔记本记录。

薛天说："你跟李固是什么时候认识的？"

祝奎说："3个多月前认识的吧。"

薛天说："你们认识不久，关系好像还不错。"

祝奎说："我跟李固算是有缘分，我们认识时间不长，但是合得来，李固没得朋友，我也没得朋友。我这个工作都是他帮我找的，原先他是帮我找了做火化工，李固跟我说那个工种工资高，我这人胆子小，不像李固啥都不怕，我不想干，李固真是一个好人，又找了领导说情，帮我找了现在这个工作，工资比那个工种低得多，但我喜欢，自由自在，不用跟人打交道，就是把地里的东西摆弄好。警察同志，不怕你们笑话，我这个人不喜欢社交，怕跟人打交道，这个工作很适合我。还提供免费住处，我很满足了。"

薛天说："说说你跟李固是怎么认识的？"

祝奎说："有一回我坐黑车被骗，10块钱的路程，他们要收我50

第四章　不速之客

块，我不下车跟他们理论，这一帮人硬拽下我，正准备劈头盖脸要打我，李固刚好从旁边路过，就站住问什么事，几个人说我坐车不给钱，我说我给了，那几个人说没给，李固说你们几个人打一个人不公平，问他们多少钱？小伙说50块。李固没说话，掏出了50块钱甩给他们：'够了不。''够了，够了。'几个人上车开着车子跑了。"

祝奎把钱塞在李固手里，感激地说："兄弟，我就是不服气，明明讲好的10块，到了就想敲诈。"

李固说："算了，这些家伙横得很，出门在外能少一事就不要多一事。"

祝奎说："这些人不要脸，上车说好10块钱，下车就要50块钱，明摆着就是打劫抢人。"

李固是一个热心肠，就邀我一起到前面馆子喝上几杯。

来到馆子，李固要了几个菜，叫来两杯酒："兄弟，今天有缘遇上，来，干了。"

两人喝得尽兴，摇摇晃晃走出来，李固："兄弟，你要待多久？"

祝奎说："我是想来找一个朋友，但是他在哪里我也不晓得，只有走一步看一步，待多久也说不清楚。"

李固说："你如果还要在这里，就来挑水巷36号找我，我住就住在挑水巷，后会有期。"

祝奎说："后会有期。兄弟，你慢点。"

李固说："没事，走啦。"

这个就是我跟李固认识的过程，那天如果不遇上李固，我怕是要被那些人打得头破血流。

薛天说："李固失踪前跟你见过面吗？或者说李固失踪前有什么反常行为吗？"

祝奎说："我跟李固有一段时间没见面了，别看都在殡仪馆工作，他上班很忙，不像我清闲，李固下班就忙着回家做饭，他要照顾李夏，平日里也很少出门，他说李夏一个人在家他不放心。有一回我说：'有什么不放心，一个大小伙不要太娇惯，惯出一身毛病麻烦得很。'李固一下冒火了：'你懂个球，你不懂，就别乱说话，闭上你的嘴。'李固是个好脾气，那天突然发脾气，我不晓得哪句话说错，好像自己也没说错啥嘛，李固反应这么强烈，吓了我一跳。场面有点尴尬，李固那天不知怎么了，弄得我几天心里都不好受，又想不出是那句话惹恼他。认识李固3个多月，我是第一次见他发火。李固话少，性格也好，那天就像被人下蛊一样，一下子变了一个人。警察同志，这算不算反常？"

薛天说："李固发脾气是多久的事情？"

祝奎说："1个多月前。"

薛天说："其他还有什么？"

祝奎说："就是这些了，警察同志，李固刚失踪那阵子，他们开会也把我叫去，那天我就说不晓得，啥都没说。"

薛天说："殡仪馆这边处理得当的，失踪跟凶杀案不同，一个员工好端端突然不见了，也许活着，也许死了，谁都说不准，多提供点信息少点查案时间。"

祝奎说："是，是。"

薛天留下电话号码："今天先到这里，如果想起什么你打电话给我。"

小卫说："还要找李夏吗？"

薛天说："改天吧，看他玩得正欢。小刘不是说他忙碌了一夜，让他放松一下，我们就不打扰他了。"

夜深人静，祝奎心里烦闷，在小屋里走来走去。

关于他跟李固的相识，他并没有跟警察说实话。

他怀疑白天来的便衣警察也许是来试探他的，难道他们发现了蛛丝马迹？嘴上说是来找李夏，但是却针对自己，会不会借找李夏来麻痹他，让他放松警惕，想到这里，祝奎有些胆战心惊了。

一幅很遥远的画面出现在眼前……

第四章 不速之客

茫茫夜色中，两个年轻人在桥头上告别。月亮映照下，两人成一幅剪影。

一个人说："这次分别，此生永不相见。"另一个人也说："这次分别，此生永不相见。"两人站在桥头凝视片刻，各自转身消失在沉沉夜色里，桥头上空荡荡……

在另一个陌生县城里，年轻时候的祝奎出入录像厅、歌舞厅、赌场，终于败光了身家。风月场的女人也离他而去。祝奎最后落得一个孤家寡人，终日醉酒、躲债，过着惶惶不可终日、东躲西藏的日子。

一个漫天大雪的日子，祝奎提着一个酒瓶边喝边走。

一辆疾驰而来的车驶过，祝奎摇晃着突然串出，车子一个急刹吱吱滑出去，车子把他撞飞出去，车里一个男人紧张伸出头骂道："他妈的，大半夜还来个碰瓷的。"

看着祝奎没动静，车里下来两个男人，戴着帽子、口罩，捂得只剩下一双眼睛。两人看着躺在地上一动不动的人，不由慌张。

高个子："半夜三更，你他妈的碰瓷呀。"胖子："他妈的，一个醉鬼。"胖子紧张地凑近看，祝奎头上一缕血顺着脸流下，伸手摸鼻子。胖子惊恐地叫道："死了。"高个子四处看，面色紧张。两人在雪地里跺着脚，四处张望。高个子："他妈的，今天真倒邪霉了。"胖子抖索着指指后备箱："不会是那个来索命？"高个子眼里露出一股凶光骂道："索你娘的命，瞧你那尿样。"

两人四处看，大雪漫天飞舞，两人上车想逃走。

突然高个子一把拦住胖子，用嘴示意不远处的一个杆子说："那边有监控。"

两人又回到祝奎旁边，围着他转了两圈。高个子："搬上车。"胖子去打开后备箱，高个子骂道："你他妈没看见监控，你作死，快点抬上后座。"胖子不情愿，高个子目露凶光说："你他妈的听我的，趁车子挡着监控看不见，先搬上去再说。"

灼日刺青

两人把祝奎塞进后座，车子缓缓开动，如柱的车灯照着漫天漫地的皑皑雪地。

胖子开着车，心慌意乱，不停扭头朝后看。

高个子故作镇定："你看啥看，好好开车。"

胖子说："哥，这个倒霉鬼在后面，我怎么觉得后背发凉。"

高个子说："尿样，是你心理作怪。"

胖子说："真的哥，我真的背脊发凉，要不到前边偏僻地儿把他撂进沟里，大半夜神不知鬼不觉。"

车子走了一段，路上越来越僻静。

高个子说："路边停下。"

两人下车把祝奎抬出车来，准备扔在旁边的沟里。

这个时候，一辆车子开过来，两人赶紧把人拖在车门边。

路过车辆车窗打开，里面人问道："车子坏啦？"

两人一起答道："没有，我们撒泡尿。"

车辆开走了，两人正要把祝奎扔在旁边沟里。

高个子想了一下说："不能够，如果被人发现，从监控里就能查到我们车子的经过，怕今晚的事都要被带出来。"胖子说："哥，怎么办呢？"高个子说："打开后边放进去，等下一起填了。"胖子有些害怕："这个……"高个子说："都做了，反正一个也是这样，两个也是这样。"胖子耸了耸肩。高个子说："你他妈的尿啦？"胖子说："怕个球，走。"

车子开到山脚一个偏僻地停下，雪已经停了。

两人下车四处观察，回来打开后盖提出两把铁锹到一个隐秘的凹坑前。

高个子用铁锹刨了几下："还好土没冻起来，毛四，快点挖。"

两人吭哧吭哧挖，坑挖好了，两人又来到后边，打开后备箱，胖子一声惊叫……

祝奎酒也吓醒了，还有点懵，愣愣地睁着眼睛望着胖子。胖子扭头惊呼："哥……哥，诈尸啦。"高个子大惊失色："这厮没死？"胖子："你三更半夜碰瓷呀，害得我们差点被你吓死。"高个子说："别跟他废话，算你运气不好，你得死。"

祝奎双手抱拳："兄弟，你们是哪一帮？我跟二位无冤无仇，为啥要绑架我。再说我也身无分文，二位图啥？"两人吓得退了几步，高个子说："你是什么人？"祝奎说："一个穷愁潦倒之人。"胖子说："哥，别跟他废话，他在拖时间，快点捆上。"

高个子从车里扯过一条绳子，两人把祝奎捆上，掀开祝奎旁边一个编织袋，从后备箱里边抬出一具尸体。

来到坑边，胖子说："哥，我觉得这个人太鬼怪了，要不要把他也弄来一起填了，俩人做个伴？"

高个子说："这人确实太诡怪，给我脑壳都整乱了，早知道会出诡怪，说啥也不能接这活。"

高个子说："我们拿多少钱办多少事，不要找事，带回去交给驼背。"

两人回到坑边把土填平，又扒雪来盖住新填的土，胖子在后面用一个树枝荡平脚印，车子轰的一声开动。

今夜注定是祝奎倒大霉的一天，喝酒醉了也不知走到哪里，反正到处一片白茫茫，哪里都不像路，哪里都似路，稀里糊涂到哪里也不知道，看见一辆车子过来，想上前搭个车子，没想被车子一下撞翻，好在雪大车子速度不快，当时晕晕乎乎，听见耳边有人说话，还以为自己搭上了顺风车，便放心睡去。

清醒过来，他在后备箱里用捆住的脚拼命蹬，让他做梦也想不到是，已经逃脱追债的那些人，现在又要被送回去。祝奎这下明白了，刚才被埋掉的想来也是被高利贷追债的，祝奎心里万般惊慌，心想这下死定了，逃都逃脱了，竟然误打误撞又被人送回去，祝奎长叹："索命的来了，还命的时候到了……"

两人把祝奎带回交给驼背的时候，驼背哈哈大笑："小子，你欠债就想跑路，你看连老天都不让你跑，逃脱了老天都要把你送回来，这回看你是还钱，还是卸下你的双脚？"

在一个废弃冷冻厂的地下室，驼背面露凶狠地站在祝奎面前，祝奎扑通跪在驼背跟前："我还，我一定还，你老人家宽限我几天，我去找人筹钱来还，还不上任你处置。"

驼背说："跑，看你能跑到哪里？"

祝奎说："不能够了，驼爷，你一伸开手掌，逃到哪里都还在你的手掌心里。不逃了，真的不敢逃了，求驼爷网开一面，大人不记小人过，我来世给你当牛做马。"

驼背："哈哈哈……捆起来。"

驼背的笑声毛骨悚然，在阴暗潮湿的地下室里回荡。祝奎心里绝望到底了，他在驼背这里前前后后借了90万，想扳回赌输的钱，结果照样血本无归。驼背派人上门要债，他从后门悄悄跑了，本来已经买好去水城的车票，天下起大雪道路不通，要等雪化了交通才放行，祝奎心里烦闷便在小旅店楼下买了一瓶青稞酒，在街边看着大雪纷飞，想着自己也做过有钱人，现在沦落到这个地步，便冒着大雪边喝边走，也不知走了多远，反正人越来越少了，车也越来越稀，他也不知要走向哪里，手里酒瓶里的酒早已空了，他提着空酒瓶，踏着积雪摇摇晃晃朝前走。后面一束灯光射过来，祝奎想搭个车便跑过来，哪不知脚下一滑就扑上来，"嘭"，被微型车撞开，没死，又被微型车里的两人把他送入才逃离的虎口。这次，他认命了，他不认命都不行，这回是大限了。

驼背一行人匆匆离开，留下两个手下人。天快黑了，一个出去撒尿，剩下一个人，那人东张西望，突然靠近问："你去过缅北吗？"

祝奎紧张地看着他："你是谁？"男人说："刘春，记起来没有？"

祝奎说："变化挺大，都认不出了，你啥时候跟的驼背？"

刘春说："人生何处不相逢，没想到他们带回来的人是你。"

祝奎说："我他妈的背时倒霉，跑都跑了，自己又赶着送上去。"

刘春说："哥，上回在缅北你救了我一命，我一直没忘，今天我救你出去，还你这个情。"刘春用刀挑断祝奎手上的绳索。

祝奎说："兄弟，你怎么办？"

刘春说："我也跑，我早就不想跟着驼背干了。驼背早晚要进监牢，他现在已经开始沾毒品生意了，这个废弃的冷冻厂就是他们的交易地方，我不想坐牢，等下我们一起动手，咔嚓……"刘春做了一个手势。

出去外面的男人回来，一进来就大声嚷嚷："哎呀，他娘的这雪下得好大……"话还没说完，刘春从背后一棒打去，男人倒地。在刘春带领下，两人在雪地里找了两根树枝，边走边扫除脚印。

祝奎以为这回死定了，没想到居然遇上在缅北救过的刘春，绝处逢生，从冷冻厂逃出来。两人在山上躲了几天，等到雪化了，下山在路边搭上一辆微型车，直接朝车站去。两人在车站分开，祝奎要去水城，刘春要回老家，两人告别，坐上车子朝着各自的地方奔去。

路上他一直在想，他一生的穷与富都是赌来的，既然老天没让他死，他还得再赌一把。自己已经没有退路，他要去水城，找当年在桥头分手的故人，尽管约定此生不见，约定算个屁，找到他，自己就有生路了。

祝奎来到水城，在城边上租了一间房子住下，每天睡到吃午饭才起床，一个人这里转转，那里转转，也不知道要去什么地方找，像一个无头苍蝇到处晃悠。

人海茫茫，他寻找的故人，现在他也不知道是个啥模样，他只能凭着从前的记忆、身高、口音等来寻找，这无疑是大海捞针。有时候，祝奎也觉得这样的寻人方式很荒唐，夜深人静，往事又一遍一遍地闪过，跟着刘春从驼背的冷冻厂逃出来后，他相信自己能找着那个故人。

一转眼，祝奎来水城4个月了，他要寻找的故人没有半点踪影。他照常整天晃悠在各种场合，希望能与那个故人重逢。

身上的钱已经快用完了，找人还遥遥无期，祝奎心里不由烦恼，一个人来到城边的小餐馆，要上一碟花生米，一盘回锅肉，一盘地三鲜，打了两玻璃杯苞谷酒，慢慢喝着、吃着。小馆子里只剩他一个人，他还在慢慢喝着。小餐馆老板都打了几回瞌睡，他还不走，小餐馆老板娘不高兴地说："大哥，我们要关门了。"祝奎抬头四处望，才发现小餐馆里只剩他一个人了，他问老板娘："几点了？"

老板娘说："快10点了，你一直坐着不走，我们得守着，娃娃在家里，我们都没法回去陪。"

祝奎说："晚了……晚了，我以后来照顾你们生意。"

老板娘一边关门，一边瞧着出去的背影骂："什么人嘛，48块钱坐了一晚上，还当自己是有钱人，谁稀罕你来，呸。"

祝奎来到一座五孔桥前，想起当年他和故人分手的情景，一轮月亮，两个人，站在桥头，一个人说"这次分别，此生永不相见"。另一个人也说"这次分别，此生永不相见"。

桥上也是空荡荡的，跟当年情形很相似。祝奎一步一步走到桥上，他来来回回在桥上走啊走，他不知道自己要寻的故人在哪里。他凭自己的判断，故人是要来水城的，他曾经说过他是要回水城去的。现在他也说不准故人来水城没有，还是虚晃一枪，去了别的城市？这个谜团越来越大。

祝奎来寻故人，全凭一个"赌"字。赌徒的本性就是赌，什么事都要赌，都敢去赌。他从16岁出门就开始了"赌"。从冷冻厂死里逃生，他更相信只有"赌"才会赢。

正在这时，对面也有一个男人慢慢独步。祝奎心想，难道也是跟他一样逃债的苦恼人？他也朝着桥那头走去，两人在桥的中间擦肩而过，借着月色他看了男人一眼，这一眼，他惊了一跳，难道……难道是故人现身了？满心疑惑，走到桥那头，他又折回头朝这头走来。果然，男人也转身从那头朝这头走来。

"天意，天意啊……"祝奎心里大呼，内心一阵狂喜，老天不亡我，看来，我有生路了。

深夜2点的桥上，两人从两个方向来回走了7次。走第5回的时候，祝奎心里已经有谱，每回面对面擦肩而过，他都看对方面目，面目不太

第四章　不速之客

清晰，那没关系，重要的是身高体态，走路的姿势，这个祝奎记得清楚。

走第6个来回时候，和男人擦肩对过去的祝奎有意停顿一下，男人没有停下，照旧走。

走第7个来回时候，两人擦肩对过，再走几步，祝奎停住脚叫了一声："东哥。"那个背影也停住脚。祝奎扭头，站着的背影肩膀一边高一边低。他抑制着内心的狂喜，背影停顿一瞬，头也不回地朝桥那头走去……

老天把故人送来了，我不能让他走了。他大步追上："老哥，你，这大半夜，你一个人来桥上……走走？"

男人转过身："我就想一个人走走，怎么，不行？"

祝奎说："哪里，哪里，我刚才认错了人，把你当成我很久没见面的一个哥们儿，你不怪我吧？"

男人说："不怪你，夜半三更一个人在桥上走，认错人正常得很。"

眼见男人要走下桥去，赌徒祝奎害怕男人又要消失在茫茫人海，他一旦走了，就再也找不到他了。从小出来混的祝奎何等精明，上前拦住男人："老哥，莫不是遇上烦心事？没事，谁会夜半三更来桥上散步？"

祝奎急切拉近关系："不瞒老哥讲，我也是遇上了事，心里烦闷化不开才来走走，看见老哥从对面过来，我就想有缘人啊，你想，在这三更半夜都能遇见的，不是有缘人是啥嘛？老哥，要不我俩到桥底下喝上一杯？"

男人此刻确实烦闷，正想喝酒，正在愁大半夜哪还有酒卖，只见祝奎从裤兜里拿出一瓶酒，变戏法一样摸出两个纸杯："一个人喝酒无趣，正好遇上老哥，你说我们是不是有缘人？"男人："哎呀，那就不客气了。"

两人来到桥底下，祝奎用牙齿咬开酒瓶盖，往纸杯里满上酒，举起杯子："老哥，你贵姓。"

男人说："李固。"

祝奎说："我叫祝奎。来，干一口。"

李固说:"干一口。"

祝奎说:"老哥,在啥地方高就?"

李固说:"高就什么,混口饭吃,在殡仪馆上班。"

祝奎心惧说:"在殡仪馆?老哥啊,你阳气重,在那个地方要阳气重,才镇得住,你不怕啊……"

李固说:"我不怕,有什么怕的,人比鬼可怕。来,喝起。"

祝奎试探地跟李固说起寻找故人的事,李固说:"你不知道他的样貌,这人怎么能找到?"

祝奎说:"我只能赌,我赌,我可以找到那个故人。"

李固说:"老弟,我佩服你是个敢赌的人,这点我不如你。你是一个人,我家里还有儿子,我现在没有心气了,只想着跟儿子平安无事,安安稳稳地过日子,这样就烧高香了。每天就是上班挣钱,存点钱留给儿子,就够了。我在殡仪馆工作,我知道人不就是那么回事,再强到头来也就是一把灰。"

在第3回从桥上擦肩对过,祝奎喊了一声"东哥",李固停了一下脚步,就是这个细节被祝奎抓住。他在赌,眼前这个男人,是自己苦苦找寻几个月的故人,得稳住他。因为以前他一直叫故人"东哥",从李固的反应,可以看出他心里藏着的惊天秘密,李固肯定不会相认,但是没关系,祝奎既然敢赌上未来的日子,他就有让故人妥协的手段。

两人在桥下喝呀喝,李固话少,多半是祝奎在说话,从他来寻找朋友的艰难,来了几个月还没半点音讯,他想知道这个朋友现在过得怎么样,希望他能过上好日子。祝奎的话是有意说给李固听的,他见试探无果,深知才相遇,李固哪能就承认自己是那个故友。祝奎在心里说:不急,只要知道他在什么地方,还愁没有办法让他承认是故友?他坚信自己一定能拿捏住这个不寻常的故友。

天色渐明,两人告辞,临别前李固把自己的住址和电话号码留给祝奎,转身而去。祝奎一直看着李固的背影消失在远处。

一夜没睡的祝奎兴奋异常,呵欠连天地回到出租屋。进了房间,从

第四章　不速之客

枕头套里摸出一叠塑封的老身份证，睡在床上摆弄手里的身份证，一张一张叠起来，又翻过来，手里拿着身份证："总算找到你了。"随后高一声低一声地打起了呼噜。

3 天后的傍晚，祝奎在巷口买了点水果，买了两条卷烟，急不可待地来到挑水巷 36 号李固的家。

他敲李固家的门，门开了，李夏站在门口说："我不认识你。"李夏要关上门，李固忙着过来，见是祝奎，热情地让他到屋里，跟李夏说："这是爸爸的朋友。"李夏捧着一个笔记本走开了。

祝奎把水果、香烟放在桌上："老哥，给你和孩子的一点心意。"

李固说："人来就好，你看还讲究什么，快坐下。"

祝奎说："这个地方还不好找，我问了好几个人才找到这里。"

李固倒了一杯水："兄弟，你过来先打个电话，跟儿子说过我不在家，陌生人不能开门，所以刚才他不认识你……"

祝奎说："没事，这孩子单纯得很。"

李固叹口气："唉，怎么说呢，我儿子有时候很聪明，有时候……这里又会堵，堵上的时候就有点不灵，但是不堵的时候，他脑子灵得很，灵得让你想不到。等下你看他描那些东西，反正我是看不懂，看不懂我还是觉得好。"

祝奎试探地说："他妈妈呢？"

李固说："哪有什么妈妈，这个家里就俩大老爷们儿，就是我跟儿子。"

祝奎说："哎呀，瞧我该掌嘴。"

李固带着祝奎来到李夏的房间，推开门，祝奎吃了一惊，四壁墙上，凡是有空的地方全部贴上了人体图，大的、小的、中的，贴得满满的，房间里两张床，一张是李夏睡觉的床，一张钢丝床上铺满人体图，有局部的，有完整的，各式各样。李固让李夏喊叔叔，李夏机械地喊一声："叔叔。"便又埋头绘着他的人体骨骼图。

祝奎赞叹："这个孩子太聪明了。"

李固说："他心里明白，就是不爱说话。"

两人说了一会儿话，祝奎告辞了。李固把他送到门外："下回来，记得打电话，你有空又来玩，反正家里没别人，跟李夏熟了，我不在你也可以过来玩。"

李固的话正中下怀，祝奎心里一阵狂喜，暗自告诫自己："不要急，稳住，稳住……"

从那以后，祝奎成了李固家的常客，李固有了唯一的朋友。

端午节李固让祝奎来家里吃饭，祝奎到后，李固还没回来。祝奎买了一只烤鸭，买了卤牛肉，又买了些粽子，还特地买了一瓶上次在桥底下喝的"葡泉大曲"。李夏已经不怕他了，还让他看他绘的那些图。祝奎剥出一个粽子给李夏先吃着垫底。

李固回来刚好看见这一幕，看着祝奎跟李夏很和谐，心里充满感激。

祝奎把菜摆放好，叫李夏出来吃饭。李夏在桌前坐下，祝奎把两个鸭腿撕下来给了李夏。祝奎对李夏的好，李固心里一阵激动，自己没有朋友，无意交了一个朋友对李夏这么好，心头一热："老弟，来就来，还买菜，我的工资不低，你又要租房，在这里也还没个工作，坐吃山空我寻思着也不行，你找的故友也不知什么时候才能找得着，我有个想法你看行不？这一段时间，我们那里正在招人，你想不想来？殡仪馆听上去挺吓人，其实根本没什么好怕的。"

祝奎说："殡仪馆呀？"

李固说："对呀。我们那里现在正在招人，满了还不一定整得成。"

祝奎说："不会是干火化工吧？"

李固说："还真让你给说着了，就是这个工种，你别小看这个岗位，工资高也不算累。"

祝奎眼前闪过很久以前的一幕幕，心里害怕地说："这个岗位不行，我胆小，我天生胆子小，一见到尸体我腿脚就发软，我有几斤几两我明

第四章 不速之客

白，我吃不了这碗饭。"

李固想起后山坡的一大片苗圃园，他说："你看，在苗圃园工作可以不？这个工作工资低，清闲自在，一般人都不会朝那边去。还有个小房子，你可以住那里，不用去租房，还可以省下些钱。"

祝奎说："苗圃园，这个工作好，不晓得要不要人？"

李固说："明天上班，我去问问领导。"

两人你一杯、我一杯，喝得脸上油光发亮，面如红云。

这个时候，祝奎起身上厕所，一样东西从包里落在李固脚边，祝奎醉眼蒙眬地去厕所，回来，落在地上的东西已经被李固捡起来放在祝奎的酒杯旁。

祝奎说："酒喝多了，这东西掉出来也不晓得。"然后，一只手捏着身份证，一只手端起酒杯："来，敬老哥，我的亲哥。"

两人继续推杯换盏，祝奎暗中观察，李固没什么反应。祝奎在心里骂道："李固你这个老狐狸，你还装……接着装，我看你9条尾巴藏在哪里。"

他假装手滑，橡皮筋捆着的身份证又落在李固的脚边。李固弯腰捡起身份证，看了一眼："我说老弟，这个身份证太老了嘛，早就用第二代身份证了，你这个……你看，这都20多年了，他们是你的家人？办新身份证不是要交出老身份证吗？怎么一个个还能留作纪念？哈哈哈……丢了丢了，带着做什么嘛。"李固说着就把身份证丢进垃圾篓。

祝奎慌忙从垃圾篓里把身份证捡起来，继续暗示李固："这个身份证要保管好，是老身份证，老身份证有老身份证的用途。"说着用纸擦了装进口袋里。

李固快速换了话题："我还说明天找领导讲你去苗圃工作的事情，还不行呢。"

祝奎说："为啥不行？"

李固说："明天放假，端午放3天假嘛，你忘了？"李固拍了一下自己,"我忘了你没上班,不要多心。"

祝奎说:"怎么会呢,感谢都来不及,没有工作,我找人的计划怕要落空。"

李固说:"是嘛,先找个工作,慢慢找人。"

走的时候祝奎故意把那叠身份证忘在饭桌上,出去5分钟,又回来敲门取身份证,身份证还是安然无恙地在桌上,好像李固并不在意桌上的身份证。

扔出一个重磅炸弹,居然没有起作用,祝奎有点怀疑自己的自信了,难道真的找错人了?几次的试探,李固都没露痕迹,好像对身份证无动于衷。他想起桥上那个身影,一高一低的肩膀,这些……难道都错啦?

回去的时候,祝奎心生恼怒,明示暗示,这个李固都不动声色,藏得太深了,现在还不能急,急了弄砸盘。

祝奎又来到桥上,走来走去,他要好好理一下思路,回想那天夜里桥上的情形,一个细节都不放过。他要将每个蛛丝马迹从头过一遍。没理由呀,可能在做最后的挣扎,看他能扛多久!

回到出租屋里,祝奎嘴里骂骂咧咧,伸手掏那叠身份证,突然,他把自己吓了一跳,装在衣服口袋里的身份证不见了,口袋空空如也。一时间,祝奎呆住了,他再次返回李固家里去找身份证,身份证还在饭桌上。李固亲自把身份证交在他手里,自己又把身份证装在衣服左边内包里,怎么会丢呢,除非真的是见鬼了。

桥上也不可能,十一二点桥上鬼影都没有,别说人了,他从李固家里出来没有停留过。

祝奎实在想不通,到底在哪里丢的那叠身份证,惊慌失措地赶去桥上,找了一遍又一遍,心怀侥幸,却一无所获。这个重磅炸弹丢了,他冒着危险赌上性命的逃亡,也将毫无意义。

身份证的诡异消失,让祝奎坐立不安,一夜未睡后,决定绑架李夏,一定要行动起来,逼这个老狐狸现身。

3天端午假期,祝奎万般煎熬,好不容易等到李固去上班,祝奎买

第四章 不速之客

了些零食来李固家里，带着李夏出去玩。他把李夏带回自己住的出租屋里，这个地方杂七杂八住了很多外来人，他要把李夏藏在一个意想不到的地方。这几天他已经踩好了点，他要逼出李固，如果李固再不现身，大不了鱼死网破，反正自己的人生已经是这个鬼样子，即使死，他也要把李固拖下地狱，谁让当时他俩是从地狱里爬出来的。

祝奎现在已经摸清楚，李夏只要有那个笔记本就不闹，看着李夏把笔记本装在不离身的帆布包里，祝奎阴险地笑了，心里骂："这个傻子。"

李夏从来没有到过这个地方，东张西望，一切都很新鲜。他带着李夏吃东西，李夏吃得很高兴。路过一个文具店，又买了两个笔记本给李夏，李夏开心极了。

不远处是他跟李固相遇的五孔桥，祝奎突发奇想，告诉李夏来桥上玩一个游戏。听到玩游戏，李夏很高兴。他让李夏从对面走过来，自己从这边走过去，李夏按照他说的，两人来来回回走着……祝奎的电话响了，是李固打来的，李固高兴地告诉祝奎，经理同意让他去后山坡的苗圃园上班，李固还告诉他，经理让他去干火化工说可以多挣钱，李固说朋友胆子小，如果能去后山坡的苗圃园是最好的，人家经理没多想就同意了，只是说苗圃园工资低……

祝奎挂了电话，马上心生一计，决定暂时放弃绑架李夏的计划，先去殡仪馆苗圃园上班，再决定下一步行动。

他告诉李固，他带李夏出来玩一下，等下吃了饭就把李夏送回家。李固很是感谢。

趁送李夏回家，祝奎到处找那叠身份证，恨不得满屋子翻个遍。李夏进屋就痴迷钻研墙上那些图，也不问祝奎在干什么。一无所获的祝奎沮丧恼怒，但见李夏从里面房间出来，马上强作镇静，一脸堆笑。

李固和祝奎两人站在苗圃园小房屋前面，李固介绍得兴高采烈，祝奎听得心不在焉，现在他心里想着的是无故消失的身份证，让他内心着实不安。

夜深人静，万籁俱寂，祝奎翻来覆去，那叠身份证到底落在什么地方了，越想越迷糊。

半睡半醒中，一座矿井井口旁边竖着一块黑板，上面隐约可见用粉笔字写的"出入平安"。

矿灯照射下的矿洞里，3个人一前两后地走着，来到一个拐角处，前面那个人放下手中的工具，弯下身子正准备拆除液压柱，后面一个人突然一锤子砸在了那人头顶右侧，那人无声无息地倒下了，帽子滚落在一边，帽子上的灯光照着倒在地上那人的身上，他蜷缩侧趴在地。后面的人撬动顶壁，顿时，"哗啦"一声，一堆煤块落下正好埋住那人头部。矿井的安全员听见了动静，矿道深邃，声音若有若无。

"怎么回事？"安全员隔空问。

"矿顶塌了，有人被砸伤了。"这边的人答。

伤者被抬上车，两人跟着紧急送往县医院。路上，有个人发现伤者发出微弱的喘气声，两人互望一眼，做了一个手势。在夜色掩护下，伤者的最后一口气，被永远捂在了两人拉起的被子下。

小屋外面黑咕隆咚，祝奎满脸惊恐从桌子下找出一塑料袋冥纸，来到房屋背后，一堆一堆排着点燃，他在齐齐排着的 11 堆烧纸前走来走去，看着最后一缕火焰熄灭，才回到小屋。

在苗圃园上了两个星期的班，心里愈发煎熬，一想到那叠莫名消失的身份证，祝奎心里有一万只蚂蚁在爬。不行，不能等下去了，他决定约李固来小屋里。他觉得身份证的消失，李固有重大嫌疑，此事肯定与他有关，他盼着下班时间快点到来。

李固刚给一个逝者整理完毕，他站在旁边凝视逝者片刻，满意地脱下手套，提上工具箱回到自己的工作室。他把工具箱放在进门靠墙的铁架上，进到里间脱下蓝色工作服放进铁柜子里，来到外面工作台边一个水龙头前洗手，准备下班回家。

祝奎站在门口探头探脑，李固看见说："你怎么想着过来，工作还习惯吧？"

第四章　不速之客

祝奎说:"习惯得很,我就是想好好感谢你,你帮我找的这个工作又轻松又自由,要不你就到小屋喝上两杯才回家。"

李固说:"你知道我要回家做饭,李夏在家呢,你习惯就好,改天到我家里喝吧。"

祝奎站在原地,心里很是失望,只有等着了,事情不凑巧也没办法。

祝奎没想到,这次见面竟然是他和李固见的最后一次面。

直到几天后,被行政管理部的叫去问话,才知道李固失踪。这个石破天惊的消息,砸得他五脏六腑都移了位。好在游走江湖几十年,应对这些人他游刃有余,滴水不漏。

李固失踪,最难以相信、最痛苦的是祝奎。如果不是警察来找他调查,他真还不相信李固的失踪。他甚至想到李固会不会知道被盯上了,有意遁身,跑到哪里躲起来了?转念一想,又觉得不会,李固是一个千年老狐狸,但有一点,他对李夏是真好,为了李夏他不会选择这种方式躲起来。

李固的失踪,意味着这回的"赌",一败涂地。祝奎感到阵阵心绞痛,他为自己赌上的未来,成为一个最大的笑话。

让他几乎疯了的那 11 个身份证,随着李固的失踪,身份证的价值烟消云散。

一切都结束了,如一个白日梦。

第五章 僵局

在殡仪馆监控室里，薛天和小卫正在调看李固失踪前的最后画面，奇怪的是监控上并没有李固下班出门的画面。两人又让值班人员调出来仔细查看，还是没有李固的出门镜头，画面上其他员工都有，包括萧立问都有出门的画面，两人陷入迷惑。

最大的疑惑是至少6个员工都确凿证实，李固失踪的头天，他们都看见李固骑上摩托车回家……

突然，薛天和小卫异口同声：摩托车棚？

两人来到摩托车棚，却看见诡异的一幕，李固的摩托车摆在那里好好的。小卫一脸惊异："奇怪，为什么摩托车在这里？几个人分明看着他下班就骑摩托车走了？"

两人朝摩托车车棚走去，路上小卫埋怨地说："薛天，这么重要一个细节我们都忘了，怪不得马队骂我们，心里没有蛛丝马迹，眼里就没有。"

薛天说："谁也没告诉我们他骑摩托上下班呀，压根就不知道摩托这事。"

小卫说："别犟嘴，马队听见要把我俩骂得狗血淋头。说白了，估计还是我们对这个失踪案的重视不够。"

薛天说："小姐姐，你站着说话腰也不疼？我也为我俩说句公道话，马队有偏心，我最烦的就是什么失踪案，难破不说，侦破出来，领导也

第五章　僵局

不会觉得你厉害。我宁可接手凶杀案，刺激，侦破了，很快就出人头地。这个破案子，我们缠在上面快 10 天了，不是在殡仪馆，就是在去殡仪馆的路上，问题还是毫无头绪。我都不知道明天案情汇报，我俩拿什么汇报？我都有点怕见马队了。"

小卫说："我也怕汇报嘛，没头绪，丢人。"

薛天说："照理，这个案子不难，问题是最重要的突破口都卡死了，都给堵得死死的。"

说话间天色已晚，两人来到警局附近的小吃摊，老板热情招呼："二位今天要点什么？"薛天说："老套件，砂锅米线，20 串小肉串。"

两人坐下，小卫说："快，接上，刚才说到堵死，在哪里堵死？"

薛天说："还有谁？李夏嘛，那个傻大个儿，他最应该知道真相的。最奇怪的是父亲失踪，李夏跟没事一样，太奇怪了。我总觉得他知道真相。"

小卫说："你说有没可能……李夏杀了李固？"

薛天说："没有证据的假设不能乱说，那天我们去殡仪馆送老周，出来看见李夏一个人坐在台阶上，抱着一个骨灰盒……"

小卫惊诧地说："骨灰盒？"

薛天说："请注意，是一个空骨灰盒，李固才失踪几天，抱着空骨灰盒，上面他自己画了跟李固相识的过程，那天马队我俩还听了殡仪馆员工老宋说了李固捡到李夏的故事，啰里吧嗦，我跟马队说，老宋的故事远没有李夏画在骨灰盒上的故事精彩。"

小卫说："真的？"

薛天说："真的，马队对我说的话都大加夸赞……"

"夸赞你什么……"

两人回头，马平川站在身后。

薛天搬个椅子让马平川坐下，跟老板说："再来一份。""好嘞！"老板的声音热情洪亮。

薛天说："我和小卫在分析案情，这不是明天要汇报嘛，我俩着急呀。"

3个人坐在路边摊上,马平川说:"怎么?真相快浮出水面了?"

薛天说:"这倒是没有,李固的失踪看似平常,实则一点也不平常……"

马平川说:"你这不是屁话嘛,有哪一桩失踪案是平常的?"小卫一脸崇拜地看着马平川。

马平川说:"说这几天的收获。"

薛天说:"今天我们又去了殡仪馆监控室查看李固失踪那天的监控,奇怪的是,在监控上并没有李固骑摩托车出门的画面。我俩又让值班人员调出来仔细查看,反反复复看了好多次,还是没有李固的出门镜头。那天出过门的所有员工都有,包括他们的经理萧立问都有出门画面……最大的疑惑是至少6个员工都确凿证实,李固失踪前一天,他们都看见下班后李固就骑上摩托车回家……"

"原来一直疏忽了他的交通工具,今天知道他是骑摩托车上下班,我们想起摩托车棚,看见诡异的一幕,李固的摩托车摆在那里好好的。我们调查问询,几个人都看着他下班就骑摩托车走了,你说,大家眼见为实,怎么摩托车又放在摩托车棚里?这个疑点,有点惊悚。"

"你们那个疑点先放一放,你俩想不想知道点刺激的重大线索?"马平川神秘地望着两人,两人目光齐刷刷向马平川望去。

"不瞒你们,我一直关注李夏的病,我认为只有从李夏身上能打开一个口,他是最有可能知道真相的人,他愿意开口一切就好办了。今天早上我去找了权威专家,专门了解李夏这个病的情况,你们说巧不巧,这个医生就是李夏的主治医生。"

穿着便衣的马平川跳下车,医院人来人往,挤挤攘攘,一个医生低头看着手里的单子,马平川快步跟在医生后面:"神经科在哪里?"医生头也不抬:"你是要找神经内科还是神经外科?"马平川说:"我找神经内科。"医生指了一下说:"7楼。"马平川点头致谢,电梯门正要关上,马平川伸出一只脚拦住电梯门,里面两个病人很不高兴地低声说道:

第五章 僵局

"什么素质,电梯门都关上硬要掰开,出了事谁负责,几分钟都等不了。"马平川说:"这不没出事吗?"两人还在叽叽歪歪,马平川不理会,电梯停下他一个箭步冲出,左顾右看,寻找神经内科牌子。

他询问小护士:"请问王云飞教授在哪里?"正说着,走廊上一群年轻人簇拥着一个富态的老医生过来。小护士说:"王教授来了,中间那个。"

马平川迎上去,王教授停下脚步,让身后学生回去,热情跟马平川握手:"马队长,李主任跟我说过,走,去诊断室说吧。"跟着王教授来到诊断室,王教授把李夏的情况跟马平川做了详细介绍。李夏确实有孤独自闭症状,但是,王教授强调,李夏有天才特质,记忆力非凡,只要过他眼的没有记不住的。他不傻,只是更愿意活在自己的世界里。

"李夏的情况在我意料中,从第一次萧立问带着他们来做笔录,我就觉得李夏这个孩子不寻常。今天让我吃惊的一个消息是,李固得了肺癌晚期……"马平川拿出李固诊断书复印件说,"有了这个点,或许就能打开李固失踪案的一个窗口,至少我们不会是无头苍蝇。"

在王教授办公室里,李固神情紧张:"王教授,我不怕死,我也是早该死的人,一想到我死了李夏没人带,我就害怕,这个就是我真正怕死的原因。真的,我说的是真话。我单位上没有人知道我得了肺癌晚期,我一个都没说,我给你说是因为,一直是你帮李夏治疗,你了解我们父子……"

确实如李固所说,殡仪馆一个人都不知道他得病的事,就连他唯一的朋友祝奎也不知道。

薛天说:"这个消息太打头了,这样说来,就有可能是骗保,知道自己病情后,忙着买保险,然后玩消失,来个意外,给李夏留下点财产……"

马平川说:"我查过了,他没有买过任何保险。"

小卫一脸钦佩地说:"原来我们误解马队了,你在暗中帮我们找到一个重要线索。"

103

马平川说:"不是暗中帮,是明里明面帮。"

薛天说:"太感谢马队了,你是我亲哥,有了这个重要信息,等于找到了水落石出的关键。下一步怎么办?"

"晚上盯着李夏。"

薛天吃惊:"你怀疑李夏?"

在殡仪馆里,马平川把李固的医院诊断书放在萧立问的办公桌上,萧立问大惊失色,大呼不可能。

马平川说:"一切都有可能。"

萧立问说:"李固这个秘密捂得太严了,滴水不漏,马队,我有点蒙了,他身体非常好,怎么会这样呢?他也太把我们当外人了,一直也没见他有什么不正常。"

马平川说:"也许李固有自己的苦衷,才隐瞒病情,他最担心的就是李夏,所以他去找了李夏以前的医生,向医生表明他的担忧。"

萧立问陷入不安,作为李固工作单位的领导,对于这桩失踪案子他也忐忑,毕竟是自己的员工,还是一个连续5年获得先进的优秀员工。此刻,他的内心也是百般滋味。马平川非常理解萧立问,这么久跟萧立问的接触,他觉得萧立问还算一个不错的领导,关心爱护自己的员工。李固失踪后,他主动积极配合,本来一个好端端的员工突然失踪已经让他不安,现在,又突然得知李固已是肺癌晚期,这让他有点难以接受。

萧立问要打电话给小刘让他过来,马平川阻止了,说:"我们过去,还要看看李夏现在的情况。"

马平川、薛天、小卫3人走出办公室,这回萧立问破例没有把他们送出来,一个人歪在沙发上,好像还没有从刚才的事情中缓过来。

他每天正常工作,谁会想到他已经是肺癌晚期?怎么就这样了呢?萧立问一脸困顿,自言自语。

小刘似乎永远都在忙,看见马平川3人,老远就跑过来说:"马队,两位警官,今天你们又过来,有什么需要我这边配合?"小刘招牌似的笑容可掬。

马平川看着忙碌的小刘说："能耽搁一下吗？看你现在有点忙啊。"

小刘爽快地说："没问题。"

3人跟着小刘穿过长长的走廊，走廊尽头有一道门，光线从那扇门里穿出，马平川突然晕眩，走廊晃动，他扶着墙壁。小刘说："马队，你不舒服吗？"马平川镇静片刻："没事，走。"他努力克制自己，踩着还在摇晃的走廊地面，尽量不让别人看出他的异样。

来到一个休息室，小刘递过矿泉水："马队，有什么事需要我配合？"

马平川说："李固失踪前一天，你们都看见他骑摩托车下班？"

小刘说："我们都看见的，当时看见他下班骑摩托车走的有好几个人，要把他们叫来吗？"

马平川说："行，你把他们叫来问几个问题。"

小刘出去，薛天说："不是说来问李固得病的事，怎么又问摩托车的事？"

马平川说："有什么不一样？"

薛天说："肯定不一样嘛。"

小刘带着四五个人，马平川一一询问："李固出事前一天，你看见他下班骑摩托车离开殡仪馆的吗？"

"是的，我看见李固骑上摩托车走了。"

几个人的回答一致，每个人还说出李固离开的时间，几点几分走的。马平川说："谢谢你们提供的证据，你们忙去吧。"

几人出去后，马平川说："刘主管，出事头天，监控上怎么没有李固下班出去的画面？"

小刘说："画面？应该有啊！"

马平川说："本来是应该有，所有人都有，唯独李固的画面没有，你说奇怪不？"

小刘说："有可能是监控坏了，我们这里的监控以前经常坏。"

薛天说:"监控室的值班人员说,去年才换过新系统,以前是经常坏,换过就没出现过坏的情况。"

小刘说:"哦,我不知道监控换过了。"

马平川说:"这个你肯定不知道,只有监控室的人员才知道。"

马平川起身对薛天和小卫说:"你们跟刘主管谈谈刚才的事,我出去转转。"

小刘说:"马队,我让他们陪你去。"

马平川说:"不用,我就是随便转转。"

马平川走出休息室,那扇逆光的门,长长的走廊,让他感到似曾相识,一阵晕眩,走廊尽头那扇逆光的门里走出来一个人,走廊地面又轻微晃动起来,马平川背靠着墙,人影走近,他定睛一看,是李夏。李夏背着不离身的帆布包,手里提着一个工具箱从马平川旁边走过,马平川看着穿过走廊的李夏的背影,若有所思。

薛天说:"刘主管,李固失踪前有什么异常?"

小刘说:"上回在警队好像说了,不过没关系,我再向两位警官说一遍。"

"那天是一个殉情自杀的富豪女儿要火化,哦,就是那个直播自杀的,还闹得满城风雨的那个女孩,他家定了一个最豪华的套餐服务,要求最好的入殓师为他们女儿整理妆容。李固是我们这里最好的入殓师,我就跟李固商量这件事,女孩后天火化,但是明天一早9点整理妆容,李固说没问题,他会早早地到。我说也不用太早,9点,这个时间点是富豪夫妇选好的,李固说没问题。"

薛天说:"这个情况上次在警队你们已经说得很清楚了,我们现在想知道的是,李固更早些的状态,有什么异常?"

小刘说:"没有,好像都是这个样子,李固话少,反正就是那个样子,也没有什么不一样的。"

薛天和小卫相视,小卫说:"你们知不知道李固患病的事?"

第五章 僵局

小刘说:"患病,什么病?"

薛天说:"肺癌,晚期。"

小刘说:"啊,什么时候的事?我们怎么一点都不知道。"

薛天说:"你们这里都不知道他得了病?"

小刘说:"没有一个人知道,我今天才知道,真是太突然了,这些事情怎么一出一出的。"

薛天说:"李夏知道吗?"

小刘说:"应该不知道,你看他懵懵懂懂的,估计不知道,如果李夏知道怕不会这样平静。"

这边薛天他们在询问小刘,那边马平川正在摩托车棚转悠,四处查看,在李固摩托车前蹲下,仔细观察,摸出手机咔咔拍照。他起身来到大门前,顺着监控方向观望,很明显,每个出入大门的行人车辆都必定会被监控捕捉下来,为什么李固下班出殡仪馆大门的图像没有?根据薛天他们说的,仔细对比了时间节点,没有删除痕迹,这就诡异了,到底李固发生了什么?绑架?马平川立马推翻自己这个念头,一个入殓师,他得罪了谁?现在的李固到底死了,还是活着?

身着便衣的马平川站在监控下面,对着监控看了很长时间。监控室里的人员立马警觉起来,虎视眈眈地盯着站在监控前面的马平川。马平川朝摄像头做了几个怪相,监控室人员也在监控室里跟他对峙,马平川不知道监控室人员的警觉,在附近走了几圈,朝后山坡走去。

马平川来后山坡时,祝奎正在苗圃园里干活。他只有拼命干活才能让自己心里稍微平复些,因为李固的突然失踪,他内心巨浪翻卷,原本酝酿好的一个计划彻底泡汤,为此,他一蹶不振。

李固失踪了,现在祝奎身上已经没有秘密,他真的成了一个苗圃园的工人,但是他不甘心。

李固失踪了,祝奎不知道以后怎么办。是走,还是留?走,又能去哪里?留下,还有什么意义?

也许现在驼背还在满世界找他,又过了几个月,高利贷估计已经滚到他不敢想象的数字，现在就是把他杀了，也还不上从驼背那里借出的高利贷。

马平川来到苗圃园，祝奎正在地里抱着一抱万寿菊，他站在地里警惕地望着来人，他还不知道马平川是警察。马平川从小刘和薛天他们嘴里知道这个在苗圃园上班的工人是李固唯一的朋友，并且相交不久，他想再来看看，祝奎没有谈及李固失踪的事。马平川轻描淡写地说："你一个人种这么一大片万寿菊？这个花观赏价值不错，使用价值也不错。"

马平川指着小屋："你晚上也是住在这里？"

祝奎说："是啊，晚上住这里。"

马平川说："一个人住这地方，还是要胆子哦。"

祝奎说："没得啥怕的，我不怕这个，世上没得鬼，只有鬼怕人。"

祝奎这句话让马平川心生疑窦，薛天和小卫来过，他跟他们说自己胆子小，李固先是想帮他争取火化工的岗位，因为工资高，他不肯去，说自己胆子小不敢干火化工……刚才他无意说的话让马平川脑子快速运转，或许，这是一个漏洞。

他来小屋门前，祝奎跟在身后，马平川摆摆手："你忙你的，我随便看看，在远处就看见一片万寿菊，随步过来看看，看着不远，走起来还是有点距离。"

祝奎抱着手里的万寿菊又钻进苗圃园。马平川在小屋门口转，围着小屋转了一圈，他发现小屋背后有11个烧过的纸堆。又不是鬼节，怎么小屋后边会有11个烧纸的痕迹，痕迹很明显，显然是最近一两天烧的。马平川蹲在地上看纸堆痕迹，突然，祝奎不知什么时候出现在身后："这个是我烧给先人的纸堆。"耳边突然响起的声音吓了马平川一跳，邪乎，这家伙像鬼一样，什么时候来到我身后都没察觉，他想，自己是警校科班毕业的警察，还不如一个苗圃园工人。

马平川的疑惑更大了，眼前的苗圃园工人，分明是一个心思缜密、胆大的人，为什么跟大家都说自己胆子小？再说李固刚认识祝奎不久就失踪，马平川觉得这个人疑点重重。看上去老实，实则很多时候都有很

第五章　僵局

强的警惕性和隐藏感。

看着抱着万寿菊的背影，马平川有种预感，也许，眼前这个人是揭开李固失踪的一把密钥。

那边，听完李固失踪前就得绝症的消息，小刘似乎还沉浸在悲伤中。沉默片刻，小刘说："这个消息真的让人难以置信，萧总知道这个事情了吗？"

薛天说："知道了，我们先去他办公室告诉了他这个消息，诊断书复印件都给了他一份。"

小刘说："那萧总，他知道这个消息，态度……"

薛天说："他呀，他的反应比你更强烈，也难怪，突然听到这个消息谁都难以置信，这个李固也是沉得住气。"

小刘说："是呀，啊呀，他每天上下班很正常，李固本来就是一个闷葫芦，大家就没有在意他得病这事……"

"薛警官，有件事我不知该不该跟你们说？"小刘表情纠结地说道。

薛天说："你说。"

小刘说："李固失踪后，萧总安排我接连3天送李夏回家，晚上让我守在他家附近，看看有没有什么异常。"

薛天说："这个萧立问还很有点警察素质。"

小卫说："那盯到什么没有？"

小刘说："我盯了3个晚上，半夜3点10分拍到几张李夏回来正在开单元门的照片。"

薛天说："照片呢？"

小刘说："我没注意，一不小心稀里糊涂把照片给删除了。我恨不得扇自己两巴掌，我辛辛苦苦蹲守3晚上的成果被自己弄丢了，我本不好意思说，但是为了你们能尽快破案，我还是跟你们说一下。"

大家陷入短暂的沉默中，小刘打破沉默说："二位警官，我提供的只有这么多了。"

薛天电话响了："哦，马队，我们这边也差不多了，好，我们出来。"

小刘要送，薛天拦住说："你去忙，我们还会来。"

小刘说："没事的，二位警官，你们有什么需要我们配合，我们一定尽力配合。"

回到警队，3人在一块大黑板前分析案情，李固名字拉出一个箭头写上李夏的名字，现在加上一个箭头写上祝奎的名字。

"哦，马队，你原来是去苗圃园转了一圈。"薛天搬过来一把椅子给马平川让他坐下。

"我又在摩托车棚看了看摩托车，我也在想，李固那天出大门的画面去哪里了？你们不是查了，时间衔接也正常。"马平川说道。

小卫说："我们又回到这个奇怪的点，李固明明在大家眼前骑摩托车出去的，这个监控唯独没有他的画面，假设有，那么这个画面哪里去了？再说，几个人都看见他骑摩托车出去的……"

马平川说："我在祝奎住的小屋后看见地上有11个烧纸留下的痕迹，还有，你们想一下，他认识李固不久，李固就失踪，你们说他跟你们说自己胆子小，不敢干火化工的事……"

薛天说："是啊，有什么问题？"

马平川说："我走上去，没暴露身份，只说上去走走，说到你一个人住在里面不害怕吗？他说，世上没有鬼，只有鬼怕人，他什么都不怕，这话说得有点狠。"

小卫拿出记录本递给马平川，说："马队你瞧上边记录着的，薛天你记得他当时说的话吗？"

薛天说："怎么不记得，那说的是言之凿凿。"

马平川说："这个人反侦察意识很强，很警觉，我仔细观察了一下，他虽然人在那边苗圃地里，我总觉得他背上长了一双眼睛，在观察我的举动。"

薛天说："如果他真的有问题，我们再去会打草惊蛇，只能在暗中

第五章 僵局

观察，查找线索。"

小卫说："刚才刘主管跟薛天和我们悄悄说了一件事，李固失踪后，萧总让他去蹲守李固家，他半夜3点左右拍到李夏出去回来的图片，他蹲守了3个晚上，3个晚上李夏这边都有动静。"

薛天说："有点邪乎，拍下来又稀里糊涂删除了，有点说不通，不符合逻辑啊。"

小卫说："怎么说不过？人家原本可以不跟我们说的，这是萧立问单独安排他去的，据说还给他双份加班费，如果不说，我们根本不知道。"

薛天说："既然无意删除，又说出来干嘛？"

马平川说："多个查案的点，总比没有好吧。在李固这个案子上，我们对他的过去知之甚少，了解的都是他的现在，并且情况还模糊不清，知道的只言片语都是轮廓性的资料，还断断续续。我想，这个李固过去恐怕也不简单，先了解他过去的身份，我们就多一点把握。"

接下来，我们要深挖一下李固的背景。李固是塔城人，但是来水城已经20多年，塔城那边警队我有个同学，我跟他联系了把李固的照片传过去，让他帮着查一下李固在塔城时期到底是干什么工作，有没有职业，我们对李固的过去一无所知。

薛天说："二十几年以前，资料都没进电脑系统，难查。"

马平川说："他有他的办法，现在我们按照原来的方案该干嘛干嘛。"

薛天说："李夏，还蹲守？你不是说要从李夏这边入手？"

马平川说："蹲呀，今晚就蹲。"

小卫说："苗圃园那边怎么办？还要不要再去？"

马平川说："去，肯定要去，但是不能明里明面去，他防着我们，成天跑到那里盯着，就算我们耗得起，既然已经知道你们身份，已经打草惊蛇了，你们再去，只会让他更警惕，浪费时间，现在时间紧迫，我们没时间来耗了。"

在殡仪馆办公室，萧立问接到马平川的电话："马队你好，有什么事需要我们配合，我们一定全力以赴。"那头马平川："是有件事需要你们帮着处理一下。"

萧立问说："没问题，没问题。"

马平川说："你们苗圃园那个祝奎，他是李固的朋友……"

萧立问急切打断："是啊，他是李固唯一的朋友，他，有什么问题吗？前不久才来上班的。"

马平川说："这个……怎么跟你说呢？"

萧立问说："马队，警民一家，李固本来就是我们的员工，我们也希望尽快找到真凶，有什么需要你只管吩咐，我们定当全力配合。"

马平川说："你想个办法，帮着我们盯一下祝奎，最好能上班时间都看住他，把他的情况认真记下告诉我。你不要问为什么，以后我会告诉你的。"

萧立问说："我什么都不问，我向马队保证。"

马平川说："萧总，这件事不能告诉任何人，除了你安排这个人。"

萧立问敲击桌子，略作沉思："马队，我有一个最好的人选，保证不会误事，并且嘴严实得你不放心都不行。"

"谁啊？"

"李夏。"

"李夏行吗？他情况那个……怕不行。"

"马队，他一定行，你放 120 个心，小刘很机灵，但是小刘太忙，还有小刘过去很是唐突，我也想过找一个花工跟他一起劳动，但是，花工素质不高，怕弄不好打草惊蛇。"

"李夏？虽然王教授说了他的确非常聪明，但是万一他脑子切换不过来，把事搞砸了怎么办？"

"马队，你相信我，我了解李夏，再说他怕生人，恰恰他跟这个祝奎在一起很开心，估计以前祝奎跟李固经常在一起，所以他喜欢跟祝奎在一起，我会找一个恰当的理由让他们在一起，这样祝奎也不会起疑

· 112 ·

心。李夏这边你就放心，我会交代他怎么做，这个孩子可以做到滴水不漏，他的天资非比寻常。"

"好吧，萧总，就拜托你了，这件事情一定要……"

"我一定做到保密。"萧立问刚要放下电话，又想起一件事，"马队，我问一下，李固检查出肺癌晚期，会不会是自杀？"

"在没查出结果前，一切皆有可能。总之，活要见人，死要见尸。"

"马队，我明白，你放心，我一定办好你交给我的这件事，也祝你们早日查出真凶，将其绳之以法。"

第六章　疑云再起

夜色朦胧，一个戴着帽子和口罩的身影悄悄来到李固的住处，摸出一把钥匙试了几下把门打开了，闪身进了门。

进到房间，黑影站在门边打开手电筒扫了一圈，屋里还跟李固在家一样整齐不乱，他轻手轻脚来到李固的房间，李固床铺很整齐，黑影四处寻找着什么东西。找了一阵，他来到李夏的屋子，李夏床铺上是空的，四壁墙上贴满各种各样的人体图、骨骼图等，黑影在墙壁前走来走去，后退时不小心碰到门后一个人体骷髅模型，黑影惊悚一跳，发现是模型才松口气。

黑影看到李夏的床上，一个笔记本放在上面，里面还夹着一支笔。黑影把手电筒含在嘴里，打开笔记本一看，全部是密密麻麻的图，黑影见没他要找的东西，就把笔记本摔在床铺上，又转身来到外面的屋子，打开抽屉仔细找，就连厨房、卫生间都找了一遍，黑影寻找无果站在屋子中间沮丧。

"他，不在家。"李夏的声音突然在身后响起。

黑影一惊，吓得退了几步，回头见李夏站在背后望着他，黑影不敢多留半分，夺门而出，跑到一个僻静处，黑影缓下脚步，刚才那一幕还在他脑子里回放，房间分明没有人，这个人是从什么地方冒出来的？莫非真的见鬼了？想着刚才的场景，黑影惊悚地望着李固家的窗口，大口喘气，摸了一下捂得严严实实的面孔，朝小路走去。

第六章　疑云再起

李固失踪后,李夏夜里不在睡床上,改在床底下睡觉。李夏觉得床底下睡觉最安全,床铺成了工作台,摆满各种人体图。每天晚上休息的时候,李夏就钻到床底下,每晚睡觉前,他就在心里跟李固说:"我睡觉了,你也睡了。"

李固失踪前不久,每天吃饭的时候都要跟李夏说同样的话,他给李夏夹了好多菜,李夏也会给他夹菜。看着碗里的菜,李固的泪水滚落出来。

"爸爸哭了,有人欺负你吗?"

李固摇头:"没有,谁也不会欺负我,我是高兴。"

李夏不说话,低头吃饭,吃完饭,李夏把碗底给李固看,李固拍了李夏的头一下说:"儿子,吃得真干净。"

李固起身来到卫生间,蒙住脸泪水却止不住流下来。李固进去很久不出来,李夏一边拍门一边喊:"爸爸出来。"

李固擦了泪水,整理一下情绪,打开卫生间门,李夏望着他,李固笑道:"你这样看我是什么意思?"

李夏说:"我要记住你。"

瞬间,李固差点又忍不住想哭,他努力镇定自己:"儿子,来坐到桌子这里。"李夏又坐回位子上。父子俩中间隔着桌子,桌上是饭菜,李夏的吃完了,李固却一筷子没动。他望着李夏,隔了一阵说:"李夏,如果有一天爸爸突然不见了,你害怕吗?"

李夏说:"害怕。"

李固说:"如果有一天你见不到爸爸不要怕,每个人最后都不能永远陪着每个人,爸爸不能永远跟你在一起,你也不能跟爸爸永远在一起,说不准哪一天你醒来就看不见爸爸了,这个时候不要怕,因为,你看不见爸爸,爸爸是能看见你的,只是爸爸换在别的地方看着你,看着你吃饭,看着你睡觉,看着你学习。不管你多大,爸爸都跟你在一起。只是,以后的在一起跟现在的在一起不一样,以后,可能爸爸看得见李夏,李夏不一定看得见爸爸,但是,儿子,不管看得见看不见爸爸,有一点你一定要记住，爸爸一直在你身边，天天都跟你在一起……"

李夏说："可是，为什么爸爸会不见？"

李固说："因为每个人都不能永远陪着每个人，他们都得去一个地方，很远的地方。"

李夏说："爸爸不在，我可以睡在床底下吗？"

李固说："可以，但是你要在床底下铺上毯子，不然身上会疼。"

李夏说："可是，我还是想看见爸爸。"

李固说："看不见爸爸不要怕，你心里默念：'他，不在家。''他，出门了。''他，一下就回家……'他就在别的地方看着我。"

李夏说："可是，我还是想看见爸爸。"

李固说："儿子，爸爸教你一个办法，你如果实在想看见爸爸的话就拿起笔，画一个你，画一个爸爸，这样你就能看见爸爸了……"

李夏说："画一个我，画一个爸爸，我就能看见爸爸了。"

李固笑了，笑得泪水飞溅地说："儿子，好样的。"

自从李固失踪后，李夏坚守李固跟他说的话，每个人问他李固去哪里了，李夏都回答说："他，不在家。"因为李夏深信爸爸不会丢下他，他一定有别的事，他有一天会回来，到时候李夏要给他厚厚一叠画，他记住李固的话："画上画一个我，画一个爸爸，你就能看见爸爸。"

李夏每天都要画一幅画，奇怪的是李夏的画永远是一个样。刚到殡仪馆上班时，有一回他在人家一个骨灰盒上画出他和李固，黑色骨灰盒上是一幅白色线条勾出的画，左侧面是一个男孩坐在台阶上，右侧面是一个骑车出行的男人，一只脚尖垫在地上，另一只脚斜蹬着脚踏板，男人身子朝前倾，左手稳稳扶着单车把，右手绕过骨灰盒正面伸到左侧面，右手提着的塑料袋里是两个面包和一瓶水，台阶上男孩惶惶伸手去接。

李夏来到空旷的台阶一侧坐下，他相信李固正在看着他。

这个场景正好被从殡仪馆出来的马平川和薛天看见，他们送走老

第六章 疑云再起

周，一直看着老周化为缕缕青烟，两人才怀着沉重的心情走出殡仪馆。他们看见李夏抱着骨灰盒坐在台阶上，薛天觉得很诡异，李固是失踪，怎么李夏就抱着骨灰盒，还在骨灰盒上画了诡异的一幅画。薛天觉得诡异，马平川看事情的点却不同，他认为李夏的画藏着玄机。马平川看到了上帝给李夏打开的另一扇门，另一扇门里的李夏聪明极致。

这个骨灰盒让他差点惹下大麻烦。那天，李夏工作完后他来到一个房间，看见房间里面放着一个骨灰盒，李固已经不见几天了，李夏很想念，但是他记住李固跟他说过的话，突然，李夏觉得应该在这个盒子上画上他和李固，他要让李固看见李夏很想念爸爸，想得要死。李夏就坐了下来，气定神闲地审视片刻，后来他觉得黑色盒子用白色颜料画出来最干净，他就在上面画下李固和他最初认识的场景，他坚信李固能看见，就来到台阶上坐下，他想爸爸李固正在看着他。

马平川和薛天刚走不久，小刘气急败坏找到李夏，怒气冲冲大声喊道："李夏。"吓得李夏像犯错误的孩子见到老师一样，马上站了起来。小刘不知如何说："李夏，你这个骨灰盒是死者家属专门定制的，不是路边货，你，你居然在上面画画，你到底在想什么？"李夏惊恐后退，小刘又接着说，"你知不知道现在人家等着要用，你要急死人，如果不是看你前几天帮了忙，我真的立马就……"

小刘把李夏带到萧立问办公室，小刘说："萧总，李夏惹大祸了。我没招了，你看怎么办。"

萧立问说："什么事？"

小刘指着李夏说："这个李夏不知道什么时候，悄悄把这个骨灰盒画上画，你看……"

小刘一把抢过李夏抱着的骨灰盒放在萧立问办公桌上："你看，这就是他的杰作。"

萧立问起身仔细看了看："画得很不错啊，我觉得很有创意，这有什么问题？"

小刘哭笑不得："哎哟，萧总你都说什么话，他惹大祸了，人家专门定制的,不知道他怎么找到的这个骨灰盒,他,竟然私自在上面鬼画桃符,乱七八糟整些上去,现在好啦,人家家属来了,在那边等着的,怎么办?我是无解了。"

萧立问说:"大惊小怪,给他重新定一个,一点小事,我还以为什么天大的事情。"

小刘说:"哪还有时间重定?再说就算重新定制,费用怎么办?这个骨灰盒可是9800元的价格。"

萧立问说:"小刘呀小刘,我怎么说你好!你这个人聪明机灵,工作能力强,就是格局太小。你要把格局放大啊,瞧你遇上点事就慌成一团,不就是一个骨灰盒嘛,画了就画了,我看倒是画得挺好的,再说李夏这孩子在上面画画不就是想父亲,你一急把这点屁事放大得了不得了,你马上联系厂方再做一个,费用我来处理,鸡毛蒜皮的小事。"

小刘气冲冲地抱起骨灰盒转身出门,李夏跟在后面,萧立问叫住他:"把这个骨灰盒放在最醒目的位置,说不准这个才会成为个性定制的抢手货。"

两人一前一后走到楼下,小刘气冲冲地把骨灰盒塞到李夏手里,指指上面办公室,愤懑道:"上面那个疯了,被你这张无辜的脸迷惑了,这么严重的事情他都不以为然,居然为你说话了……李固失踪,你的好日子倒来了,你说你给我们惹祸,他都站在你这一边……呵呵,会不会,难道他真的被你这个小子迷住啦?"

萧立问来到接待厅,李夏画的骨灰盒被放在最醒目的位置。他走近了,仔细观看,又退远几步看,此刻,萧立问心里已经有了一个想法。立刻请一个作家把李固和李夏相识的故事写得荡气回肠,然后把这些文字做成精美轴卷,骨灰盒就与轴卷合二为一,浑然天成。

大厅左侧,一个独特设计抢占了视觉制高点,只要跨进接待大厅,就能看到一个布置精美的高台上,轴卷与骨灰盒融为一体,下面写着:留下一生最动情的时刻,记住岁月来来往往。

萧立问绝妙的策划,高端醒目,每个来接待大厅的家属亲人,看见这个亮眼的骨灰盒,都要驻足。此刻,这个被解读过的骨灰盒似乎寄托着家属们对逝者的最大尊重和祭奠。一时间,家属亲人们趋之若鹜,订制这种骨灰盒已然成为殡仪馆开创的一个火热业务。

看着一张张订单,小刘又高兴又焦虑,这么多订单怎么办。这个业务让原先的收费成几倍增长。小刘问萧立问:"难道让李夏来画?现在这个订单太多了,他一个人肯定是忙不过来的。再说,李夏过来画骨灰盒,他现在做的事情谁能替代?"现在的李夏一战成名,一次是顶替李固为富豪女儿整理妆容,再次是为118岁许老先生还原50岁那惊世骇俗的一幕。这些让李夏想低调都无法低调,但是,萧立问是何等的厉害,在他的谋划下,李夏成了一个半神半人的存在。萧立问肯定不会让李夏去画骨灰盒,而放弃他的妆容整理师业务,在萧立问眼里,这是一个亏本买卖。

听着小刘问出幼稚的问题,萧立问哈哈一笑:"哪个画的有什么关系?他们在乎的不是这个,他们只在乎上面内容是不是他们需要的。"小刘点头附和。

萧立问请了一批画工,开始无限制地绘制中,就这样,一个别出心裁的业务如火如荼地开展起来。

一个死局,都能走活,真正的化腐朽为神奇。小刘不得不承认萧立问头脑聪明,心里骂道:"老狐狸,太厉害了,太狡猾了,跌下去都能抓把土,李夏在骨灰盒上乱画的事,原本是一个死局,竟然让这个老狐狸给搞得风生水起。"骂完再想,觉得还是应该好好跟着他学几招,以后自己坐上经理位置才稳当。

李夏不知道李固去哪里了,但是李固跟他讲的话他都牢牢记住了。夜里,他钻到床底下,在逼仄的空间里,他的思绪停顿在他最初认识李固的那一天,这段记忆深刻在大脑里,不褪色,每当想念李固时,他在床底下,两眼盯着头顶床板,反复念:"他,不在家……""他,出门了……""他,一下就回家……""他就在别的地方看着我……"在一遍又一遍

灼日刺青

念叨中进入梦乡。

根据小刘提供的线索,李夏基本上是凌晨3点有动向,薛天和小卫两人今夜就要去李固家门口蹲守。车子开到马平川的住处,薛天让小卫在车上等着,他要去给马平川送一个文件袋。

小卫下车去买点吃喝的东西为夜间蹲守做准备。

小卫来到一个小卖部买了几瓶饮料,又买了面包和几包零食,付完款提着一塑料袋东西朝车子走去。走到灯光暗淡的小巷,3个混混就跟在她身边,一个左边,一个右边,一个在后面,3人对小卫形成一个半包围,小卫耳朵上戴着耳机,装作不知道,哼着歌自顾朝前。3个混混越走越近,几乎跟小卫擦肩。小卫停住脚步,取下耳塞:"干嘛呢,这么不懂事。"

一个混混突然蹿上前,一把抢了小卫手上的塑料袋:"美女,你买的这些是什么鬼东西,全是素的,咋就不整点荤的,哈哈哈……"旁边两个混混也嬉皮笑脸,小卫镇静地把耳机装进小背包,厉声说:"还来。"几个混混七嘴八舌:"美女,过来,哥哥带你玩。"小卫怒火中烧,声音更大:"把东西还给我。"混混:"还以为是啥好东西,你这些都是垃圾食品,小孩不能吃垃圾食品,吃了影响发育,走,跟哥哥喝酒撸肉串去,哈哈哈……"说着几个混混做着各种表情,小卫站住脚,几个人围着小卫。瘦高个:"美女,走,跟哥哥撸串去,不要这样紧张嘛,我们都是良民,哈哈哈……"小卫抢过塑料袋要走人,一个胖子拦住:"拿了我们的东西就想跑?"小卫:"呸,这是我的东西。"几个混混又围起来,一个混混伸手来抢小卫手上的袋子,小卫一脚飞过去,那人跌一马趴,在地上喊道:"教训这个婊子。"小卫听见这句话,先前的隐忍一下子放开,站在那里:"谁敢过来,我废了他的手脚。"另外两个人见状扶起地上的混混:"这个小妮子是狠人,我暂且饶他一回,走。"几个人狼狈地跑了。

小卫捡起地上的塑料袋,朝着车子走去。薛天早已坐在车上等得不

第六章　疑云再起

耐烦了："就这点时间,你都坐不住?"小卫把吃的东西甩在后座："我去买吃的。"薛天说："你不会遇上流氓了吧?"小卫："是呀,遇上啦。"薛天凑近看了看小卫："谁遇上,谁倒霉。"小卫噗嗤一笑。

两人在对面找了一个用红漆写的大大"拆迁"二字的一所房屋,住户已经搬空,他们挑了一间房子,从窗口那边刚好看得见李固家。薛天扒开塑料袋："别说,你还想得周到。"

小卫煞有介事地举起一个望远镜,动作可笑："薛天,我怎么觉得今夜的蹲守有点滑稽呢?这就是马队说的……破案?哈哈,一开始马队说要来蹲守的时候,我还觉得相当的严肃,现在想想……哈哈,是有点好笑啊,关键是,这就叫蹲守,蹲守一个傻小子?"

薛天说："看来在警校上学时没少翘课,一个人民警察的觉悟怎么就这么尴尬呢。"

小卫说："我就是觉得有点好笑,感觉不是来蹲守,倒像两个低年级小学生背着家长偷偷谈恋爱。"

薛天说："这么说,你是愿意啦?"

小卫一脚踢翻薛天："卑鄙薛天,我让你胡言乱语,快点求饶,否则,吃我一顿铁拳。"小卫飒爽英姿做出格斗姿势,望着跌坐地上的薛天。

薛天说："我求饶不是怕你,我是看在我兄弟马队面子上,万一,我说的是万一,万一有一天你被我兄弟收入门下,到时候,我怎么也得叫上一声'嫂子'……"

小卫羞涩地骂道："薛天,你是找死。"两人在房间里追打起来。

两人打到窗口处,突然停住,小卫拐了薛天一下："瞧,有动静。"他们朝对面看去,李夏正从家里出来,身上穿了一件带帽的黑色卫衣,两人面面相觑,小卫："难道,李夏……真的有点问题?不会吧?"薛天说："管它有没有,我们得跟上。"

借着月色,两人看了一下表,表上指针正是凌晨 3 点,两人一惊,小卫说："看来刘主管没有说谎。"

薛天说:"走,跟上。"

两人跟着李夏走出挑水巷,出了巷口,李夏的脚步加快,李夏快他们就快,李夏慢他们就慢,一直走啊走,稍不注意,穿着黑色卫衣的李夏融入茫茫夜色里,两人立在小道上,突然,李夏匆匆身影又出现在马路对面。薛天和小卫不敢眨眼,连忙跟上。

小卫说:"会不会李固玩假失踪?李夏夜里跟他去接头?"

薛天说:"也不是没有这个可能。"

小卫说:"李固失踪了,李夏跟个没事人一样,我早就觉得不对劲,你想朝夕相处的父亲突然不见了,自己该吃吃该喝喝,怎么也解释不通呀,并且他比一般人更依赖父亲,李固对他的好大家有目共睹。"

薛天说:"等着吧,等着真相揭秘这一刻。"

两人跟着李夏穿过大街小巷,在五孔桥边李夏停住脚步,李夏一级一级踏着台阶,来到五孔桥最高的台阶坐下,李夏从那个不离身的帆布包里取出一个牛皮纸叠成的船,慢慢展开,一条60公分的船立在桥头,李夏抱着船,喊道:"一二……开始出发。"从桥这头走到桥那头,几个来回,李夏站立在桥中间,夜色漫漫,笼罩了这个孤独的青年。

躲在不远处的两人不解地望着李夏的举动,小卫说:"他这是要干嘛?"薛天说:"等着,快揭秘了。"

李夏来到桥下,顺着石阶往下走到离河面很近的地方,他把手上的船放进河水,嘴里念道:"他,不在家……""他,出门了……""他,一下就回家……""他就在别的地方看着我……"

看着小船顺水而去,李夏想起父亲李固,这是李夏小时候李固经常带他来玩的地方,以前李固带他来,每次都和他玩一个游戏,李固从桥那头,李夏从桥这头,李固喊一二,两人一起出发,走到桥中间时两人要同时停一下脚步,然后又朝前走,来来回回,两人一直走到浑身冒汗,李固喊:"停。"李夏就像被定身法定住,一动不动。李固哈哈哈笑:"傻小子。"

五孔桥对于李夏有着特殊意义,他非常想念李固,睡在逼仄的床

第六章 疑云再起

底下他不停念:"他,不在家……""他,出门了……""他,一下就回家……""他就在别的地方看着我……"现在越来越难入眠,李夏想起五孔桥,那是父亲带着他玩游戏的一个地方,他要折一艘船,把骨灰盒上的画画到船上,他要把船放进河里,他笃信,在这里父亲能看见他,看见船上的画。

最初,他把跟李固认识的过程画在骨灰盒上,他是想让父亲看见他,但是李夏想不到,这个骨灰盒被陈列在接待大厅,人们蜂拥定制成为商品,这让李夏万般沮丧,这是他和父亲的约定,只能属于他和父亲李固。他固执地认为成为商品的画,父亲在茫茫人海里就找不到他了。李夏着急了,父亲找不到自己了……怎么办?他失眠了,他盯着床板一遍又一遍念道父亲教给他的话,但是这回不管用了,他还是睡不着,想啊想,突然他想出一个办法,把画在骨灰盒上的画,画到纸船上,去五孔桥那里放在河里,这样父亲就看得见他了。李夏兴奋地从床底下爬出来,一个人坐在床前,用厚厚的牛皮纸折啊折,折出一艘,两艘,三艘……用白色颜料在船身画下那幅永不改变的画:父亲骑车递给他水和面包,他正在接过来……

李夏拿着纸船从桥上走到桥下,看着纸船随水而去:"他,不在家……""他,出门了……"一遍又一遍。

不远处,隐藏在黑暗中的薛天和小卫对李夏的这般行为很是不解。夜半三更,就是为了来这里放只纸船?

李夏走了,薛天追着小船跑了几步,小船很快消失在茫茫夜色里。

两人站在暗夜的河边,薛天非常不解地说:"这小子,三更半夜来这里就为了放一只船?"小卫说:"不然呢,你不是说快揭秘啦?"薛天说:"呵呵,你还说李夏要跟李固接头呢?"薛天一脚踢飞石块,石块噗通飞进河里。蝉鸣此起彼伏,两个黑影随着李夏来时的路沮丧往回撤。

第二天,薛天和小卫趁李夏去上班,悄悄来到李夏家里,两人来到李夏的房间,四壁上贴满人体图、骨骼图,完全的、局部的,还有床铺上放着几十个叠好的牛皮纸船,两人被眼前这一幕震惊,这哪是一个傻小子嘛，分明是一个高人。

小卫拿起床上的牛皮纸船展开，船身画着跟骨灰盒上一样的画，他们一张一张地打开，全部都画着一模一样的画……小卫拿着牛皮纸船，泪水止不住哗哗流。薛天说："怎么啦？"小卫说："我们才是傻子，李夏比我们都懂得这份父子情，你看，船上的画跟骨灰盒上的一样。"

薛天说："我们都不知道他内心是什么样的，至少有一点明了，他夜半三更出去的行踪就是去放纸船。他之所以夜半三更跑来五孔桥放纸船，也证明一点，李夏思路清晰，白天人多，夜里清净，他对李固的想念不愿让更多人知道，只想静静地跟李固对话，你看他昨晚一直在自言自语。"

小卫说："虽然这次跟踪没有什么结果，但我们弄清了，李夏应该对李固怀着非比寻常的感情，对他的怀疑应该排除，我觉得李固的失踪肯定另有原因。"

薛天开着玩笑说："小卫同志，你的推理整得是一出一出的，我觉得你这个人，很容易怀疑别人，也很容易删除怀疑，从昨天夜里到今天，短短10多个小时，你的态度发生180度转弯，你这哪里是探案，就是玩过家家嘛。"

薛天招呼小卫凑近："哎，你不觉得你跟李夏有点异曲同工？"

小卫迷惑："薛天，你到底什么意思，怀疑我的办案水平？"

薛天说："你这个人立场不坚定，很容易被带偏，我帮你分析分析。昨天夜里蹲守还在怀疑李夏，现在一下子就帮着李夏说话，是被这一床的牛皮纸船征服了？还是被墙上这些图征服了？还是被李夏的俊美征服了？一夜之间，就成了李夏的迷妹，你就不怕我们马队吃醋？"

小卫说："吃醋？让他去吃屎吧。"两人一阵哄笑。

马平川、薛天、小卫3人在警队办公室大黑板前，薛天照旧搬来一把椅子让马平川坐下，两人向马平川汇报昨夜跟踪李夏的情况。小卫把李夏房间里墙上的各种人体图、床铺上的牛皮纸船拍下来给马平川看，

第六章 疑云再起

尤其是展开的一张牛皮纸船，船身上跟他们在殡仪馆遇见李夏抱着的空骨灰盒上的画一模一样。马平川翻过来倒过去，反反复复端详这幅画……

小卫伸手在马平川眼前晃来晃去，薛天一把扯回她的手："晃什么，你当马队瞎啊？"马平川说："薛天，你小子是变着法骂我？"两人挤眉弄眼，马平川头也不抬："你们小动作太多，不符合一个警察身份。""是，马队。"两人突然脚一并，"啪"，一个立正姿势。这个举动倒吓了马平川一跳："神经又不受控制了？"两人做了一个鬼脸。

马平川说："正好我要跟你们说一件事，我让塔城警队的李副支队帮查李固以前的信息有回音了。李东……"

薛天和小卫异口同声地说："李东？"

马平川说："李固，就是李东，这是他在塔城的名字。"

薛天说："李固就是李东？"

马平川说："李东是他过去的名字，来了水城改名李固，李东在塔城是黑社会大哥，后来不知为什么突然销声匿迹，谁也不知道他去了哪里，自此，大名鼎鼎的黑社会大哥李东从塔城江湖上消失……"

听到李固曾经是黑社会一个狠角色，两人大惊失色，这个消息太出乎意料，一个黑社会的大哥，来到水城殡仪馆工作，成为单位连续5年的先进工作者，收养一个傻小子，两人相依为命……这个跌宕起伏的故事，只有电视剧里才能出现的啊。

薛天说："人不可貌相，海水不可斗量，真想不到这个李固，当年曾经是塔城黑社会一个叱咤风云的狠角色！这跟一个慈父形象相差十万八千里……小卫手机拍的牛皮纸船，那上面的画感天动地，我们看了都动容，如果没有深沉的父爱，李夏想必也画不出这样动情的画，如果李夏知道他养父是一个'黑社会'，他该有多失望？"

马平川说："无所谓了，李夏他不会知道的，这个可怜的孩子他连黑社会是什么恐怕都不知道，他的世界太纯净、太简单了。"

薛天说："马队，我们可不可以这样分析，李固是李东，那么会不会以前的仇人寻仇找到他，把他杀了，抛尸荒野……"

小卫说："难道说以前他身上背着人命案，只有犯了人命案才会穷追几十年不放，可是他都得了绝症……"

薛天说："来寻找他的人并不知情，你看，殡仪馆里一个都不知道他得病，连他唯一的朋友祝奎都不知道，他这个秘密，藏得滴水不漏。"

马平川说："你们分析得有道理，他以前的身份这边无人知晓，也许是一直在找？也许一个意外相遇，撞上过去的仇人……有了这个信息，我们的侦破就有方向了，以前常说不要放过任何蛛丝马迹，现在蛛丝马迹自己现身了……"

李夏铺开折叠好的牛皮纸船，埋头在上面画那幅李固与李夏相遇图，转眼又画了六七张。他起身把一张张纸船摞在一起，又抚摸着墙壁上的图看了看，钻到床底下睡觉。李夏望着头顶床板，又念道："他，不在家……"可是，这回他越念越精神，李夏又钻出来，拿了一只纸船钻进床底睡下，把纸船平放在胸前，迷迷糊糊里，他看见李固走过来，蹲在床边低头看着他，李固对着他笑："好儿子，说睡床底下，你就当真睡床下，真是傻小子……"李固笑着笑着，泪水流下，"傻小子我会天天看着你，看着你吃饭，看着你睡觉，看着你好好的，我可以一直陪着你，我俩父子再也不分开，我就这样看着你，一直看着你，我的傻小子。"李固伸手擦去李夏眼角的泪水，端详睡在床底下的李夏，李夏睁开眼睛看见李固，他忽地想起身拉他的手，"嘭"，碰在床板上。他又钻出床来，来到客厅里四处看，再到李固房间转了一圈，回到自己屋里钻进床底下，抱着纸船，泪如雨下。

医院里医生问李固："你家属在哪里？"

李固说："医生，我只有一个儿子，有什么事你告诉我，我不怕。"

医生沉默片刻："嗯，好吧，早晚瞒不住，你这个病是肺癌晚期……"

李固说："还有多长时间？"

第六章 疑云再起

医生说:"也许两个月,也许三个月,也许半年……"

李固踉跄走出诊断室,背后的医生在喊:"诊断书你没拿……"李固也不回头,像一个机械人走出了诊断室。护士小跑过来把诊断书塞在李固手中。李固看着诊断书不知所措,他把诊断书收起来。人潮拥挤的医院,耳边嘈杂,但他仿佛走在一个无声世界里,两旁的声音与他毫无关系,他念道:"我不怕死,不怕,可是我死了,李夏……李夏,那个聪明的傻小子怎么办?"

李固嘴里说着:"不怕,不怕……"出了医院他不知道要走向哪里,站在路边看着街上车水马龙,他突然快步上前,一张车子吱嘎一声,差点撞上他,司机伸出头骂道:"找死来啦。"李固快步走出围观人群,他四处游荡,来水城20多年,一天到晚上班下班,从来没有好好看看,这一刻,他觉得水城夜景很美,他来到家对面即将拆迁的空房子里,找了一个对着自己房屋的窗口,从这里看出去,对面就是他和李夏居住了快20年的家。此刻,他最想知道的是,李夏在做什么?在吃饭?在学习?还是在等他……直到窗口的灯熄灭,他才出来,他曾经教过李夏:12点爸爸不回家就关好灯睡觉,睡一觉,爸爸就在你身边了。果真,时间指针在12点时,房里的灯熄了,李固笑了一下,朝着黑夜里走去。

李固来到五孔桥,这是李夏最喜欢来的地方,以前他经常带着李夏来五孔桥上玩一个游戏,他喊:"一二……"李夏从这边,他从那边,两人在桥中间会擦肩而过,但是,要停顿一下,然后再走,两人来来往往要走几个来回。李夏和他在玩这个游戏时,心有灵犀,经常走过时,两人突然转身拉一下手,再朝桥对面走去。李固没想到,这个莫名其妙、既有表演成分,也有喜感的游戏深深吸引了李夏,李夏喜欢在桥上走来走去,全是因为李固与他的互动,在这个桥上,他觉得自己是个男子汉,而不再是一个孩子。

李固对生死早已了然,跟他的职业有关,成天面对死者的他,对生死看得通透。遇见李夏前,来到水城的他活得心若止水,在这个陌生县城里,他无亲无故,无朋无友,一个孤家寡人,独来独往,似乎一缕魂魄游荡人间。他早就活得不耐烦了，遇上李夏后，他变了，变得多愁善感，变得细腻多情，他再也不是以前的糙汉。

一个人来到桥上，似乎看见李夏在上台阶，走几步又回头看他，他挥手让李夏勇敢上，李夏又朝前走去。

他坚信，李夏是他的美娟托老天给他活着的理由。为了李夏，为了死去的美娟和那个尚未出世的弟弟的儿子，他得好好活着，他得用此生来呵护李夏。天上，美娟和他的儿子看着他的。

夜色下崎岖山路上，车子狂奔在艰险的山路上。

美娟被捆在郊外一个废弃的养鸡场。李固跟大刘悄悄摸进了养鸡场。

李固一手撑在墙头上，纵身翻进院子。一堆破烂设备当中，突然有个人影一晃，李固屏住呼吸，追着那人影摸了过去，影子一闪，瞬间不见。

李固深吸一口气，双手握一根铁棍，借着矮墙的掩护，朝里面看，空地上乱七八糟的破竹篾，挡着视线。

李固追到黑影消失的地方，在一间破旧房屋里，美娟被胶带绑住，缠住手脚，封住嘴巴，看见李固进来，美娟猛地睁大眼睛，胶带捂住的嘴里发出叫声，示意不要过来。

李固走向美娟，突然，一个黑影飞身出现在李固身后，挥起粗木棍狠狠一击，李固倒地。

大刘朝小屋这边来，心急火燎地想解救美娟，不知危险正在逼近，来到废弃鸡场旁，大刘从破窗子朝里面望，黑暗中一记闷棍劈过来，他头偏了一下，棍棒重重落在肩上。一个男人扑过来，他躲开，另一个男人又从侧面扑过来撞倒大刘，他咬着牙爬起来奋力搏击，另一个扑上来反扭过手臂死死压住了他……

李固醒来，发现破房间里不仅绑着美娟，门边还绑了一个人，那个

第六章 疑云再起

人竟然是大刘。他爬起来想去营救眼前的两人，习惯性地摸铁棍，铁棍不见了。他踉跄着猛扑过去，勒住一个壮汉的脖子，壮汉伸脚踩，李固跳了一下，壮汉反击挣脱出来，李固顺手摸到一个凳子纵身一跃将凳子砸在壮汉头上。另一个男人猛扑过来，死死勒住李固，把他抵在窗子边。李固张嘴说不出话来，脸憋得通红，快要窒息，意识开始模糊，那人把他抵在窗子边，又把手枪死死摁在他手里。

李固陷入半昏迷，来不及反应，紧接着男人按着李固持枪的手，把他的手指扣在扳机上，按着他的手扣动扳机，尖利声响擦过耳边。

这时窗外一把飞刀扎来，男人被窗外的飞刀击中后背倒地。

李固呆呆地望着眼前发生的一切，哆嗦一下猛地回过神来，扑到美娟跟前，伸手堵住还在从美娟胸膛的弹孔里流出来的血，一把撕了美娟嘴上的胶带。美娟嘴角有一缕血流下。美娟挣扎着用尽全身力气说："走……快走，离开黑社会……好好活……替我和儿子……活着……"

李固撕心裂肺，嗓子嘶哑，伸开捂着美娟伤口的手掌，血还是热的，美娟的身体已经逐渐变冷。

美娟死了，死在李固面前，是李固拿着的手枪打死了美娟和她肚里的孩子。

李固看着自己手掌上的血："是我开的枪啊，是我杀了美娟和儿子……我杀了他们……"

他瞪着血红的眼睛喊道："美娟……"这声音撕破黑夜。

李固连滚带爬，摇晃着美娟，仰天嚎叫。大刘一把拽着他："大哥快跑啊。"李固不动，大刘奋力推他："快走，警察来了就走不了……"

李固说："我杀了美娟，我杀了美娟……美娟……儿子……"

大刘突然从背后狠狠给李固一下，李固醒来时，自己已经躺在远离废弃鸡场的一个土凹里，身上有一块布，上面是大刘用血写的：听美娟的话，远离塔城好好活着，我身上原来就有命案，横竖躲不了，我去投案，一切与你无关。

李固起身望着远处，他似乎看见大刘正在走去投案的路上，大刘还回头看了他一眼，转身走了。他趴在地上泪如泉涌："是我打死美娟，打死儿子……大刘好兄弟……可我不领这个情，你们都不在了……我怎么活下去啊？"

李固彻底退出打打杀杀的江湖，他来到水城时正逢殡仪馆招工，很多人都不愿意干这个行当，李固却很喜欢这个职业，于是，他成了水城殡仪馆的一个入殓师。

每晚一闭上眼睛，看到的都是美娟绑在小屋的情景，然后，"砰，砰"……血从她的胸前流出，还有大刘转身那个背影，李固痛苦万状地把脸埋在手里，泪水从指缝里流出。

他的心早死了，是李夏救活了他。当得知患病消息，他第一反应是，李夏怎么办？他现在愁的不是病，而是这个和他相依相伴快 20 年的儿子……

李固来到桥上，他走上桥面，心里想着李夏的模样，开始一个人走，走……就在这时，对面也正走过一个人，走到桥中间，那人喊了一声：东哥。

这一声把李固吓了一跳，他停了几秒，又若无其事往前走，脑子快速转动，到底是谁？在不明朗的夜色里，都能喊出自己从前的名字，证明这个人肯定认识自己，并且还很熟悉，不管是谁都装傻，不能认，自己好不容易逃离塔城江湖来到水城，现在的他更不想让人知道那个在黑社会上叱咤风云的李东，现在的他，叫李固，他有一个儿子，他们很幸福……

于是，有了一个场景，夜半三更的五孔桥上，两个各怀心事的人在此相遇，李固先以为是以前在塔城的旧朋友，后来确认这个叫祝奎的人与他并不认识，后来祝奎经常会来家里喝酒，热情开朗的祝奎让孤独几十年的李固感受到情谊，最为关键的是，这个朋友祝奎对李夏非常好，突然，他很想交下眼前这个走投无路的朋友，凭着他闯荡江湖的经验，他断定祝奎一定遇上难事了，或许，也像他一样也是一个隐身者？李固不管那么多，此刻，他最想做的一件事，是帮祝奎在水城立住脚，让他

第六章　疑云再起

有个不错的收入，有个稳定的生活，自己死了，在这个世上，李夏至少还有人能帮着看顾一下。李固的动机非常简单，现在他心里满是李夏，如果李夏有人照顾，他便笑而赴死，跟天上的美娟和儿子团聚，他们在那边等了他很久，再不过去，他怕美娟会忘了他的模样……

于是，他积极热心地帮助祝奎找工作，他问祝奎是否想去殡仪馆做火化工，对于从驼背那里逃跑出来的祝奎当然是好事一件，他看见李固在桥上走来走去，尤其两人在桥上对过时，祝奎发现这个背影很熟悉，走路时一高一低的肩膀，还有身材、个头，隐隐料到这个人是他要寻找的故友。他知道故友不会轻易认他，这个夜晚，祝奎感到老天在帮他，茫茫人海，居然巧遇了故友，他得跟这个故友再次交朋友，成为他家里的常客，掌握主动。祝奎手上握着惊天秘密，只要亮出那个秘密，故友一定会认下这个非比寻常的关系。

那一天夜晚与祝奎相遇后，李固以为自己托孤有望，便倾心尽力为祝奎的工作奔走。萧总也还算一个有情义的人，答应李固帮忙解决的祝奎工作。祝奎不愿意干火化工种，他告诉李固自己胆子小，不敢干……还好萧总给李固面子，让祝奎去后山坡管理一大片苗圃园。李固说这个岗位工资低，差火化工种很多，祝奎千恩万谢说已经很满足，工作清闲，自由自在，他这个人就喜欢自由自在，工资少点不要紧。不管怎么说，李固为李夏考虑的第一步已经迈出去，他心里轻松了。他三天两头约祝奎来家里吃饭，他要让祝奎跟李夏尽快熟悉起来，没准自己哪天突然走了，李夏有个熟悉的人帮着照看一下总是好的。李夏不愿接触生人，他要尽快让祝奎成为李夏信任的人，他已经没有时间等了，他不知道自己什么时候就要离开李夏。

第七章　柜子外面的真相

90年代的北甲镇。

一个小男孩躲在柜子里，柜门上一个木头结子被他轻轻抠下，眼睛贴在上面望，望着望着小男孩睡着了。不知多久，一阵脚步窸窸窣窣，他又贴在柜门上那个天然小孔看，月光从窗外照进屋子，隐隐光线下一双绿色胶鞋轻轻移动，房间里面有轻微响动的声音。小男孩又把指甲盖大的木节子塞好。坐在黑暗的柜子里，他脸上流露出惶恐，靠在柜壁上的小男孩鸡啄米似的打瞌睡。突然外面又有响动，小男孩睁开眼睛拔掉堵在小孔上的木节子，外面窸窸窣窣，又是一双皮鞋轻轻移动，小男孩屏住呼吸，想看清外面的人，小孔位置太低，他趴下也只能看到来人的肩膀以下。有一天夜里，小男孩迷迷糊糊起来撒尿，看见一个男人背影在母亲的床上，小男孩吓得想跑，不小心踢倒小凳子发出响声，男人问："什么声音？"柳眉回答："是老鼠。"柳眉掰着男人肩膀，不让他回头，小男孩轻轻躲进柜子紧张地抱着手大口喘气，他再朝小孔看过去，听见外面男人和柳眉扭缠在一起的声音。柜子里漆黑一团，但是柜子里很安全。小男孩把小孔的木节子塞上，小孔透出的唯一光亮没了，柜子顿时陷入一片黑暗。小男孩在黑暗中，两只眼睛像猫眼发着光，很久了，小男孩几乎要睡着了，突然那双皮鞋又窸窸窣窣，小男孩又拔下木节子，从小孔看出去，皮鞋男人走过柜子前往门外走去，还轻轻拉上门环，小男孩忙着爬出柜子追上前，从门缝里他看见一个背影，男孩没看清是谁，背影匆匆消失在小院门口。小男孩悄悄来到小院棚子里，找出一个纸糊的牛头马面戴上，悄悄潜入母亲的床前，忽然地站起来喊道："鬼来索命了。"母亲回头看见一个模模糊糊的大头，吓得一声惊叫，弟弟也被母亲的尖叫吓醒，哇哇哭。母亲一面哄着弟弟，一面低头落泪。

小男孩缩着身子偷偷回到院子，取下纸糊的牛头，又摸回柜子里，安然睡下。直到外面大亮，他从柜子里爬出来揉着眼睛，母亲过来摸着他的头："你昨夜又睡在柜子里啦？"小男孩："嗯。"母亲说："昨夜你听见什么声音没有？"小男孩说："没有。"母亲说："你也没看见什么人进来？"小男孩摇头。母亲心事重重，帮弟弟重阳穿好衣服，抱着弟弟来到院子里喊道："小志，带着重阳玩，我去煮点粥给你俩兄弟喝。"

小男孩看见外面放着半袋米，看着母亲提着半袋米进屋的背影，小男孩若有所思……重阳跌在地上哇哇哭，母亲的声音从屋里传来："小志，看看重阳哪里摔疼了？"

小男孩心不在焉地答道："没有摔着。"

母亲的声音还在从里屋传到小院："你好好看着，别让他摔了，听见没有。"

小男孩说："听见了。"

小男孩想起父亲外出打工的情景，母亲抱着弟弟在小院前送父亲王双龙去打工。父亲和母亲两人默默站了许久也不说话，最后父亲说了一句："挣了钱就回来。"父亲背上鼓囊囊的蓝黑格子编织袋大步流星地走了，母亲在背后说了一句："早点回来。"

一只乌鸦噗噗飞过，接着两只、三只、几十只、几百只、上千只乌鸦由远而近，一群一群像潮水拍岸，又像一股一股黑烟，拼命压过来，遮天蔽日。黑压压的乌鸦在天空旋了几圈，呼啦啦轰地散开，铺天盖地汹涌而来，又像旋风一样离去。母亲抱着弟弟，一只手惊惶拖着男孩朝家走，男孩边走边回头看父亲，走在山路上的背着蓝黑格子编织袋外出打工的父亲成了一个小黑点，在弯弯的山道上移动。

这个场景定格在男孩生命里,如同一幅刺青,擦不脱,洗不掉,它将永久跟着他。

小男孩记得去年快到春节时,家里来了很多人,有隔壁的张爷爷、小春叔叔,还有派出所的陈所长,镇上妇女委员,还有几个人,他们告诉母亲,父亲王双龙失踪了。小男孩哇地哭起来,他不大清楚失踪是什么意思,但他敢确定是不好的消息,一个和死一样不好的消息,因为,他看见母亲浑身颤抖成一团,嘴里不停地说:"不会,不会,我跟小志送他出门的……他会回来的……会回来……两个儿子和我等着他回来……"

母亲很久没缓过神来,两眼挂着泪,但是在王志和重阳面前她尽量地保持平静,两个儿子还需要她,她尽可能地把悲伤藏起来,老屋外面挂一块小黑板,每天早上都要教王志读书,背诵课文,就连不到两岁的重阳都会跟着背书,母亲笑了,笑得泪水四溢。母亲告诉王志一定要读书,只有读书才能改变命运。王志似懂非懂地点头。每天早上,两兄弟齐齐排排坐在一起,跟着母亲教授的课文一起读。

爸爸王双龙打工再也没有回来,不久后,隔壁的张爷爷、小春叔叔,还有别的人都会给他家送点米、油等吃食,王志觉得家里吃的反而多了起来。王志也不管那么多,只要有吃的他就高兴。爸爸在家的时候都没有这么多好吃的,现在爸爸失踪了,家里的东西反倒多了,一想到能有好吃的,王志就高兴得翻了几个跟头,母亲看见骂他:"小志,你是一个小白眼狼,爸爸不见了你还高兴?"王志带着弟弟在床上继续翻跟头,母亲看着俩弟兄说:"儿子啊,快点长大吧。"

这些大人先是白天来,给家里带点东西,后来王志见不到他们来了,但是吃的东西更多了,王志感到奇怪,这些吃的东西是怎么跑到家里来的?

有一晚,母亲在外面支起一张小床,母亲说:"挤在一起睡怕夜里压着重阳,7岁男孩应该分开睡了。"王志不情不愿一个人在杂物间睡,夜里老鼠蹿来蹿去,野猫在屋顶上跑得咔啦响,他不敢睡觉,夜里偷偷

第七章　柜子外面的真相

又跑到母亲脚头睡，母亲醒来坚持让他在外面睡，说道："小志，爸爸没有回来，你就是一个男子汉，勇敢点，不要怕。"

王志想到一个好主意，他钻进柜子里睡觉，在柜子里睡觉一点都不害怕。后来，每晚王志都钻到柜子里睡觉，还发现柜子门上有一个木头节子。他用小刀撬下节子，外面的光线从这个小孔投进来，柜子顿时亮了许多，要睡觉的时候他又把节子塞上，柜子里面暗黑一片，柜子成了王志童年的乐趣。然而，有一天，他从柜子小孔里看见那些脚悄悄走进母亲屋里，心里有了心事，虽然朦朦胧胧，却总觉得不是好事。

他一个人睡在柜子里的时候，王志不停地想父亲去了哪里？为什么他们说父亲是失踪？失踪了，他什么时候回来呢？他对失踪始终模模糊糊。

那个纸糊的牛头是父亲带着他做的，本来准备用来镇上春节表演用的，父亲没有回来，王志便把那个纸糊的牛头摆在院里醒目的位置，让大家看见这是他父亲王双龙做的。但是，这个牛头半点作用也没有，夜里还是有人来。拔下节子从柜门小孔他看见，夜里总有人来家里，他想知道是什么人夜里来他家，但是每回都忍不住睡着了，醒来时天已大亮。从不同鞋子看到来的人肯定不同，一段时间后，王志从柜子上的小孔发现以前来的鞋子少了，来的只有一双黑皮鞋，那双黑皮鞋擦得锃亮……

王志想了一个办法，用一个夹子夹住鼻子，他不能睡，他要亲眼看看是谁夜里来家里？

那天夜里，他等来了黑皮鞋，听见门推开关上的声音。尽管来人已经轻轻关门，木门还是"吱嘎"一声。王志竖起耳朵，趴在小孔上看，黑皮鞋不紧不慢走过柜子，朝母亲屋子走去。王志悄悄摸黑爬出柜子，从门外看见了一个背影，他着急想知道黑皮鞋是谁，一下绊倒脚边的凳子，里面传出一个男人的声音："什么声音？"母亲含含糊糊的声音："是老鼠。"王志偷偷摸回柜子里面，他又用夹子夹上鼻子，坐在黑暗里，眼前是父亲王双龙带着他做牛头的镜像，父亲坐在小院里削竹篾片，然后编呀编，一个牛头框架出来了，父亲又用棉纸来糊。父亲让王志在旁边看着，朝着屋里喊："柳眉，快帮着熬点糨糊，我们要贴绵纸。"里面母亲的声音："马上就熬好。"不一会儿，母亲抱着重阳，端着一个小锅从屋里出来，满脸笑容地看着父亲糊牛头。

突然，母亲房门轻轻打开，王志支棱起耳朵，趴在小孔上看外面，他看见黑皮鞋从柜子前走过，屋子门吱嘎一声关上，柜子里的王志慌忙爬出来，从门缝望去，上次看见那个背影是派出所的陈所长。陈所长在夜色掩护下匆匆离开。

有一天夜里，王志在柜子里睡得正香，突然外面一声尖叫，接着一阵哭号，睡在黑暗里的王志醒来，突然，一道亮光，柜子门被打开，母亲披头散发望着被惊醒的王志，嘴里喃喃地说道："死了，出人命了，死了，出人命了……"说着起身，两眼空洞梦游一样地走了。这突如其来的一切吓得王志瑟瑟发抖，他不知道发生什么了。他追着来到小院，母亲抱着那个纸糊的牛头跑出小院，王志在后面喊："妈，妈……母亲很快消失在夜色里。"王志吓得哇哇哭，哭着哭着，王志想起弟弟重阳，便返回母亲房间，弟弟坐在床上正看着他，不哭不闹，安安静静，王志爬上床抱着弟弟哭得天昏地暗，王志不知道怎么好好的母亲一夜就疯了。

天刚亮，母亲回来了，王志拉着重阳站在屋门口不敢靠近，母亲温柔招手："小志，我是不是吓着你了？"母亲来到院里放下昨夜抱着出去的纸糊牛头，轻声地说："饿了吧，我给你们做饭去。"母亲重新梳理好头发，在灶前忙碌起来。王志呆呆地看着，昨夜的一切好像一个梦，也许真的是一个梦，现在的母亲恢复到正常，干净、利落。王志心里害怕极了，他努力让自己忘掉昨夜的诡异一幕，然而，又怎么能轻易忘记。母亲煮了两碗面，一碗放在王志面前，自己端着一碗喂重阳吃，母亲满眼疼爱地说："小志，我昨夜吓到你了吧？以后，以后，如果你看见我胡来，你就躲起来，带着重阳一起躲起来，等着天亮，天亮就好了。"

王志说："妈，昨夜你怎么啦？"

第七章 柜子外面的真相

母亲说:"我也不知道怎么了,我控制不了自己,我看见很多不好的东西。"

王志说:"什么东西?"

母亲说:"死人,死了还活着的……"

王志对母亲的话感到奇怪:"为什么人死了还能活着?"

母亲说:"我不能说,王母娘娘让我不要说,说了要降罪在你跟重阳身上,我不能说,说了我就见不到你跟重阳了,就像见不到你父亲一样,不能说……不能说……嘘,我周围有人监视着,死人,活人,都在监视着我……"

从这天开始,母亲柳眉就疯了,时好时坏。母亲好的时候,王志从柜子上的小孔看见黑皮鞋进门,以前,王志一听到这个门的吱嘎声就不高兴,现在王志倒是希望天天夜里能看见那双黑皮鞋。

母亲的病发展很快,从原来的六七天发一回,变成四五天发一回,最后变成两三天发一回,奇怪的是每回发病她都要抱上父亲糊的那个纸牛头跑来跑去,站在小院门口拦着过路人问:"王双龙死了没有?他死了,为什么还活着呀?我明明看见他死了。"

全镇的人都说母亲柳眉是被父亲失踪的消息整疯喽,只有王志心里清楚不是这样,父亲失踪很长一段时间母亲都正常,那个夜里突然就发疯了,王志想不通。后来,镇上传得沸沸扬扬,都说当天告诉柳眉丈夫失踪的消息,她就疯了,马上跑出小院拦住行人问:"看没看见王双龙……"

关于柳眉疯了的版本在镇上传了好几个,说的都是听见王双龙失踪立马就发疯,说得有鼻子有眼:春节前10多天镇上干部、派出所陈所长等一行人,来到柳眉家里告诉她王双龙外出打工一年无任何信息,已经被定为失踪人口,当时,柳眉就疯了……现在王志也不知道自己该信哪一个版本,在他记忆里,事情不是这样的,也没有谁来家里说父亲失踪的事,有人把母亲叫到派出所,她去了派出所才知道父亲失踪的事情,怎么就成了镇上干部来家里告诉的呢?

看着在镇上跑来跑去发疯的母亲，王志害怕又难过，他想不明白自己一个很幸福的家，为什么会变成这个样子。美丽的母亲，发疯就变成了一个魔鬼，披头散发，嘴里不停地自言自语。躲在黑暗的柜子里，王志在心里喊："爸爸，你在哪里，爸爸，快点回家吧……"

大年三十晚上，曾经是王志最向往的节日，后来大年三十成了王志心中的一个噩梦。全国人民欢庆团聚时，对于外出打工失踪者王双龙一家，那是一个万劫不复的日子。

那一夜，母亲发疯了，把蚊帐撕成一条一条的。

"鬼，恶鬼……"母亲惊呼。

王志吓得连连后退，一脚踩翻脸盆跌在地上。母亲扑过来，王志趁机扯下灯线，灯灭了，屋里漆黑一片，他爬到柜子里悄悄从里面扣上门，大气也不敢出。

黑暗中的母亲站立片刻点亮马灯，一步一步朝着柜子走来，躲在柜子里的王志缩成一团，不敢发出丝毫声响。母亲凑近柜子门缝，一手提着马灯，一手使劲摇门，里面的王志用手捂住嘴瑟瑟发抖，惊恐万般，从门缝看着外面的母亲，她狰狞一笑："鬼，恶鬼。"再摇晃几下，母亲提着马灯窸窸窣窣又走了，片刻房间里传来母亲的嘶喊，王志轻轻爬出柜子，看见最惊悚的一幕——母亲用枕头死死捂住熟睡的且不到两岁的弟弟重阳的脸。王志吓坏了，母亲抬头看见他，诡异一笑，抱着枕头往门外跑去……

王志的记忆就在这里卡顿，他记不得母亲是怎么跑出去的，他也跑出来躲在墙角，母亲过来没看见他，又缓缓走向水井，她来到水井边，站在水井边张望，自己从墙角的草堆后突然冲出来……

啊……王志一声大叫，他不敢往下想，记忆在这里戛然而止……

柳眉抱着一个枕头跑出屋子，来到院落四处张望，棚子里的石碌旁边一个人影晃过，柳眉回头不见人影，柳眉来到水井边站立片刻，突然朝棚子后的石碌走去，站在石碌旁柳眉弯腰看，什么动静也没有，柳眉呵呵呵笑，笑啊笑，走到水井边，她在水井边上坐下，石碌后一双眼睛

第七章　柜子外面的真相

盯着她……

王志蹲在墙角的草堆后，母亲突然咯咯笑起来，抱着枕头在水井边，墙角的身影突然纵身冲出来……

王志的记忆就在这里卡住了，母亲怎么跳下水井他一点也记不得，只记得他跟在母亲后面，后来的记忆模糊而混乱……

第二天是大年初一，警察来家里，他偷偷躲在柜子里，大口大口喘着粗气，警察在家里转悠一阵，所幸没有谁打开柜子，他紧紧摁着小孔上的节子，一只手捂着自己的嘴，生怕发出丝毫声音。关于母亲柳眉跳井身亡的事，小镇上传得沸沸扬扬，说柳眉发疯的时候用枕头捂死小儿子，大儿子躲起来逃过一死，然后她跑出屋子来到水井边纵身跳下去。

母亲柳眉的死，在王志心里一直是不敢触碰的禁区，有时候他会觉得母亲的死跟自己有关联，有时候又觉得跟别人有关联，7岁的他说不清，但又模模糊糊感到母亲跳井死亡很蹊跷，奇怪的是自己好像见证了一切，好像又在几个关键节点上记忆模糊……

他一直在绞尽脑汁想，母亲是怎么跳进水井的？这个问题一直困惑着他，他一直都觉得母亲的死疑点重重，但是，自己分明看着她跳进水井的。

关于母亲柳眉跳井的细节，王志记不清了，唯一能记住的是那晚月色很好，炮仗声此起彼伏，好像……好像……一个黑影晃过，这个点，他否掉，母亲跳井身亡一事，在少年王志心里成了一个无解的谜……

第八章　一封写给自己的信

空无一人的警队办公室，马平川还在专心翻看老周给他的 11 人失踪案的卷宗。他手里拿着老周摆在卷宗表面的 A4 纸，耳边是老周的声音："当年我始终想不通……原以为时间会让我淡忘一切，24 年了，我还是在案子里打转，走不出来了，没办法……"

马平川把卷宗放回档案袋，突然，他发现里面还有一封信。马平川急忙拿出信，信封上写的收件人竟然是"周为"。牛皮纸信封已经老旧发黄，马平川取出信纸展开，这是一封写给自己的信。

马平川觉得奇怪，为什么老周会给自己写一封信？这封信与众不同，他用 1234……列出调查外出打工人口失踪案的相关事项。

周为，这是给你的一封信，这封信到别人手里，你已经告别了亲人、战友，去往你早该去的地方……

1. 1994 年 1 月 12 日，局里任命我为"1·13"失踪案专案组的组长，对 11 名外出打工失踪人口案进行侦破，我带领 3 个组员跑了 7 个省 30 多个市 60 多个县城，对 11 个失踪人口进行了长达一年多的追踪，足迹踏遍小半个中国，然而这个失踪案诡异蹊跷，几乎没找到有价值的信息。我们还刻意跑了 12 个矿山，11 个失踪人口均无任何信息，1994 年 12 月 30 日，侦办了一年的"1·13"人口失踪案正式以失踪案结案。我个人

第八章　一封写给自己的信

认为结案时间草率，我提议再追踪一年时间再结案，建议无果，专案组解散，此案，我受到通报批评。同年12月31日，我回到刑警支队副队长岗位，"1·13"案我坚持自己观点，结案过于草率，这个案子虽然结案了，在我这里还是一桩悬案，11个人前前后后不到一年失踪，实在令人难以想象。到底发生了什么？他们都在哪里？死了？活着？

2. 1996年1月19日（大年初一）北甲镇发生命案，外出打工失踪人口王双龙妻子柳眉跳井自杀，我跟林法医前往查勘现场。

3. 1996年1月19日早9点25分，经过林法医勘察，我和他一致认为从现场来看，王双龙妻子柳眉确是跳井自杀。我回想当天接待室来了七八个人，对柳眉自杀情况做了说明，众口一词，每个人的证词很统一，这种统一有点不对劲。柳眉大儿子好像被人控制了，孩子好像很害怕，大家让小男孩说，大家又虎视眈眈盯着孩子，感觉孩子想逃离他们的控制，是什么人想控制孩子？既然柳眉是跳井自杀，从现场看无疑是跳井身亡，自杀？到底真相是什么？

4. 1996年1月19日下午2点40分，我去了医院太平间，再次查看柳眉的尸体，也看了被柳眉捂死的小儿子，隐隐觉得背后有一双眼睛盯着我，是谁呢？

5. 1996年1月19日下午4点10分，从医院太平间出来，我再次来到柳眉家里，总觉得有点不对劲，早上人群乱哄哄，趁清净再去探查，我一个人在屋子里仔细查看，好像也没有什么令人生疑的蛛丝马迹。

6. 1996年1月19日下午4点45分，走到一个地方，柳眉儿子站在一处荒芜草丛里招呼我，这个孩子心思缜密，白天在大人面前丝毫不吐露，直到在无人处他才勇敢地告诉我一些事，非常重要的信息，对柳眉死亡真相的探查至关重要……

7. 1996年1月27日下午3点，我再次来北甲镇，上次跟陈所长说好等春节后来取"1·13"失踪人口资料。北甲镇是失踪人口最多的镇，11个失踪人口里这个镇就占了8个，大年初一我跟陈林说过，到时候柳红来接王志时告诉我，想着孩子离开水城时再见一面，想从孩子那里再了解些信息，我反复交代柳红来了告诉我，陈林说忘了告诉我……忙？？？

陈林——柳眉？？？明天，我必须赶去铜城，找到王志。

8. 1996年1月27日下午5点左右，在青龙湾出车祸差点丧命当场，当时搜集的资料在车祸中全部失落。

我想了20多年，终于想清楚一个节点，当年柳眉跳井自杀的证词太完美，无懈可击，似乎有人在背后控制。这个才是破开问题的一个关键。柳眉自杀案存疑，当年的"1·13"人口失踪案存疑。

周为，在追踪真相的路上，你是一个失败者，你是一个孤独者，你一败涂地……

然而，我还是要说一句，真相，不会永远埋没，它或许就在某一处……

向真相致敬！

1994年，春节收假后，周为就来到北甲镇，还没进门，周为就骂骂咧咧："陈林，你搞什么名堂，跟你说好的，柳红来了你不告我？"陈林满脸疲惫地从椅子上起身："我跟你说过了嘛，我忙忘了，饶恕，饶恕，我请你去吃黑山羊？我已经让他们准备好了。"周为不高兴："吃什么吃？我跟你说的资料呢？我是来拿资料的。"陈林说："周支队……"周为说："副支队。"陈林："哈哈哈，你这人就是这么较真，我知道解散了"1·13"专案组你不高兴，我都配合你嘛，你看解散了，我还是把资料给你，我说句你不爱听的话，专案组都解散了，你要这些东西干嘛，还想查？还不服？还整个英雄气长，上边都要求结案了，你怎么还跟自己杠上啦……"

陈林推着周为坐下："人是铁，我的周队长……"

周为："副支队。"

陈林说："你这个副支队怎么还跟自己较上劲啦。"

紧接着，屋里又进来几个人，全是初一在镇上问询了解的几个人，派出所洪副所长、镇上吴纪委，妇女委员，老张、小春、小严，两个联防队员，还有几个乡镇干部，气氛热烈。

陈林说："来，我们举杯，周支队上次来是为柳眉自杀案，为保一方平安，周支队辛苦啦，喝，陈林仰头喝光把杯子倒过来。"

来人七嘴八舌："周支队，敬你……喝起……"

陈林说："周支队，整点黑山羊，现宰的，上回忘了告诉你柳红来，这回我自罚一杯赔罪。"

整个店里热气腾腾，在陈林的热情下，周为有点不胜酒力，每次都会被陈林整得晕乎乎，周为舌头有点捋不直地说："我来办案，照理不该喝酒。"

陈林说："上回你来北甲镇为我们的平安保驾护航，介于情况特殊，没有好好招呼，这次你来了不整点，就是看不起我们基层人……"

陈林喝得红光满面，八面玲珑，左右逢源，一副春风得意的表情，陈林半点没有被柳眉的自杀困扰，坐在对面那几个人也一样，周为想起王志在荒草丛中拦着他说的话……

…………

"我害怕，晚上就在柜子里睡，在柜子里睡觉我就不怕了。"

"哪个柜子？"

"你去家里看见我躲在柜子里，就是那个柜子。好几回我撒完尿，看见那个叔叔在我妈房间里……"

"你看见哪个叔叔？"

"那个警察叔叔。"

"王志，你记得是哪个警察叔叔？"

"记得，早上跟你一起来家里的陈叔叔。"

"是派出所的陈林叔叔吗？"

"是的，就是陈叔叔。"

"孩子，你是亲眼看见？这事不能乱说。"

"我没有乱说，就是他。"

…………

周为看着兴奋得手舞足蹈的陈林，和桌上几个人，心里升起巨大疑问。大年初一问询的情景再次浮现，七八个人叙述得当准确，问到的，没有问到的，都一一做了回答，还专门讲到柳眉的过去，讲述得生动感人，周为也被柳眉遭遇打动。后来，妇女委员把孩子带进来，孩子低着头目光躲闪很害怕的样子，他们说孩子怕生，孩子始终没有单独的机会跟周为在一起。幸好这个孩子聪明，一个人悄悄在荒草丛里等着他。孩子提供的信息万般重要，但是没有证据能证明陈林跟柳眉的往来。王志的话也是只言片语，更重要的是，他一个七八岁的孩子怎么会知道……

大年初一，镇上来的是七八个人？

今天，还是这七八个人……

这七八个人？？？

猛然，周为心里一个激灵，上回，证词太流畅，太完美，无懈可击。

陈林和那几个人喝得脸上红霞飞，周为装出不胜酒力的模样要先撤，陈林不让他走，满口酒气地说："来，再整一杯，就一杯就撤，上回没有陪你，这回咱哥俩得好好喝一杯。"

在陈林的盛情下，周为有点招架不住："陈所，我……我……不能喝了，不行了。"

陈林舌头有点捋不直："屁话，男人哪能说不行，来，喝了这杯就撤。"陈林凑近周为耳边："老弟，透露一个小秘密，我，很快要回局里了。"

第八章　一封写给自己的信

周为说："没听说，你保密局的枪声，捂得严严实实。"

陈林说："这个基层工作干不动了，谁爱来谁来，你说这两年，11个人口失踪案，北甲镇占了8个，我压力别提有多大……这不，你老弟成天追着我要什么失踪人口的资料，还有大年三十，跳井自杀案……都什么破事，牛事不发马事发，成天提心吊胆，我就是一陀螺也转不动了，你说，这个日子有个头吗？"

周为故意卖个破绽："说好的柳红来了告诉我，你可倒好，我一直等着柳红来了想再了解些当年柳眉的情况。"

陈林说："有什么好了解的，跳井自杀。初一，你跟林法医不是已经定性了。再说柳眉的情况她哪有老张他们知道得多，柳红十二三岁就送人远走他乡，那天你不是听老张他们讲了，这个柳红跟家里人是水火不容的，她早早就离开家，即便感情深也会淡薄，更别说，他们的事情老张他们最清楚，柳眉的老师不是老张的亲戚嘛……"

周为说："既然关系水火不容，为什么柳眉出事后还很爽快地答应领养孩子？"

陈林说："这有什么奇怪，一句话，血浓于水，血浓于水啊。"

周为说："血浓于水？"

陈林警觉地望着周为说："你有疑点？"

周为说："疑点倒是没有，就是觉得有点不对劲。"

陈林说："哪里不对劲了？一个清清楚楚的跳井自杀案，大儿子亲眼看着她捂死小儿子，又亲眼看着她跳井的，还有什么不清楚？还是她大儿子去喊老张的，也是老张、小春、小严3个帮着从井里打捞尸体的，我觉得事情相当清楚。一个疯子，迷迷糊糊捂死自己的小儿子，又想捂死大儿子，大儿子逃脱，她疯头疯脑地一头扎进井里，这就是柳眉自杀案的案情，简单明了。"

周为说："那你还是得把那些资料给我，在你调走之前。"

陈林说："给，给，一定给你，你成天追讨把我都快逼疯了，不给你，你能饶过我？老弟，我太了解你的臭脾气了。哎，我就想不明白了,那个失踪案都结案了,你还要这些资料干嘛?你是要去归档立卷?哈哈哈……"

从餐馆出来,周为执意一个人走走。周为说:"我转转,下午回来拿资料。"

陈林说:"我拗不过你,随你。"

两人在餐馆门口分开,周为朝着埋柳眉的山坡走去,在那片荒芜草丛前,周为停下脚步,似乎看见那个少年正站在荒草丛里向他招手。周为心里涌上阵阵担忧,他不知道等待小男孩王志的将会是一个什么前景。

柳红,柳红是一个什么样的人?

突然,周为产生一个强烈想法,后天,不,明天他就赶去铜城,第一找王志,他确信王志这孩子心里还有秘密,还有秘密没来得及跟他说。还有一件事,就是想找柳红聊聊柳眉,从柳红这里或许可以了解柳眉的另一面。

周为一个人走在山上,不远处斜坡上是两座新坟,大的那座是柳眉的,小的那座是柳眉的小儿子重阳的,两座坟墓并排着紧紧挨在一起,周为在坟周边看了看,他总觉得后面有双眼睛,回头却空荡荡。

周为自语:"柳眉,你的自杀,有真相,有证据,我也勘察过现场,现在我觉得有疑点,大家都说王志看着你捂死小儿子,我没从王志口里亲耳听见,都是那七八个人在说,孩子或许被他们控制了……"

初一那天谈话中有一个漏洞,妇女委员说的告诉柳眉王双龙失踪时间是在1月7日,局里的结案时间是1月13日,1月7日局里都还没下结案时间,这个1月7日是怎么出来的?

周为知道如果现在再问这个时间,肯定会改口,并说当时说的就是1月13日,这个时间不是在镇上接待问询的,是在案发现场,所以,周为没有记录,既然没有记录,就是无证了。

周为在一大一小两座坟前走来走去,突然,他停住脚步,一个大胆的想法在他脑子里浮现……

第八章 一封写给自己的信

假设，陈林看上柳眉的美色，所以他极力报请外出打工的失踪人员尽快结案，开始，周为以为陈林多次报告尽快结案是为了自己仕途考虑，毕竟北甲镇上失踪人口占总失踪人口的8/10多……周为有种不好的预感，陈林……他不敢继续往下想，细思极恐……

周为对着坟里的柳眉说："如果你的死有蹊跷，我会还你一个真相。"

远处树影里嗖地晃过一个身影，周为回头四周空无一人。

周为捧了一丕土撒在大坟堆上，又捧起一捧土撒在小坟堆上，他拍着手上的土："11人的失踪案还没有捋清，这下好了，失踪人口王双龙妻子又自杀了，一家人就剩个孩子，孩子跟柳红怎么活……"

不远处，一个身影闪过，周为警觉地竖起耳朵，猛然回头，树木沙沙……

下午周为在派出所里，陈林把一个牛皮纸袋递给他说："资料完整地给你，8个人的，一个不少。"

周为接过牛皮纸袋打开看一眼，把袋口的线拴上说："辛苦啦。"

陈林说："哎，周支队这样客气我就接不住了，这不是我们基层公安的工作吗？配合你们上级嘛，责无旁贷。"

周为说："陈所，你又要拿我开涮了。"

陈林说："就这点芝麻小事，你成天追着我要，给我追的是见你就想躲。"

周为说："想躲，心虚才想躲。"

陈林说："哎，年轻有为的周支队……"

周为说："是副支队，我再说一遍。"

陈林说："好，好，副支队……你老弟别信口开河，你的嘴是开过光的，乱说不得，我心虚的是，再不给你这些破资料，你都要来派出所长驻了，这下好啦，咱俩两清，再无瓜葛。"

周为说："你就这样不待见我？"

陈林说:"最好别来,你,年轻有为的副支队,你一来准没好事,当然,想喝酒我列队欢迎,但不要为公事来,咱们公私分明,哈哈哈……"陈林一脸油光,笑得开心。

陈林笑容可掬地把周为送上车子,一直看着车子消失在转弯处,脸上笑容马上收住,转身往朝派出所走去。

周为瞄了几次放在副驾驶座位上的牛皮资料袋,心事重重。

驾驶车辆行驶在回去的路上,脑子里一下是王志在荒草丛里神情紧张说的话,一下又是陈林左右逢源圆滑的笑,一下又是上次在镇上问询时几个人七嘴八舌的高度配合场景,周为觉得脑子有点乱,他需要好好捋一下,从大年初一来调查柳眉跳井自杀案开始,他把所有情景细节都在脑子里过了一遍。包括他去太平间,现在想下来也是很诡异,每个人似乎早就等着他,好像每个环节都丝丝入扣。

在他一遍又一遍地梳理中,似乎,所有的事情都变得迷雾重重。

他耳边回响着吃午饭时陈林豪气冲天的声音:"来,喝……喝,走起……"

如果……真相真的是那个真相,怎么办?周为心里发慌,他看见自己在一团巨大的迷雾里,四处张望,远处站着一个身影,有点像陈林,穿着一身警服依然笑容可掬。周为摇头,不可能,不可能,然而,这个念头又占据大脑,周为深呼吸一大口,不行,我明天一大早就买票去铜城,去找王志,找到王志,柳眉死亡的真相或许就近了……

车子来到一个慢坡,突然,一张白色长安微型车从一条乡村小岔道上猛然冲出来,周为紧急打方向盘,车子吱吱一声,冲下山坡,翻了几个滚,底部朝天地斜担在一块大石头上……

周为在医院里躺了3个月,回家休养了8个月。车祸造成他肋骨断4根,股骨裂开,髌骨碎裂,头部严重脑震荡,鼻骨断裂。大家都以为周为活不过来了,医生也跟家属沟通了,让家属做好准备,王娟甩下一句"他不会死"愤愤走了,医生看着她的背影,无奈语塞。

王娟抹了一把泪骂道:"周为,你给我听好了,你敢死?我追到阴

第八章　一封写给自己的信

曹地府也把你逮回来。我折磨你,我让你生不如死。"说完扑在周为身上轻声抽泣。

窗外,雪花漫天飞舞,王娟端着脸盆出去洗脸,刚回病房门口,里面传来周为的声音,她确认这是周为的声音,虽然微弱,但是这个让她爱恨交加的声音,隔着墙她也听得到。

周为终于醒过来了,醒来第一句话:"纸袋……"王娟说:"周为,你挺过来了,我就坚信你能挺过来的,呜呜……"周为说:"哭什么,我还没死。"王娟说:"你也跟死神打了个照面。"周为说:"纸袋呢?"王娟说:"你说什么?"周为说:"纸袋……"王娟说:"你睡昏头了吧,说些什么乱七八糟的话。"周为说:"车上纸袋在哪里?"王娟说:"你命都差点交代了,还什么破纸袋?"

周为还追问纸袋,王娟差点忍不住发火,她克制一下情绪:"你不要闹了,你能捡回条命是老天的恩赐,不要再说那些鬼话。"

陈林来医院看周为,周为张了张嘴想说资料袋不见了,最后把话憋回肚里,看着陈林的背影走出病房,周为松了一口气,他觉得这场车祸也太巧了,险要路口?白色长安微型车?一切都仿佛预先设计……周为不敢往下想,警队的大飞告诉他现场没有资料袋,资料袋哪里去了?周为的脑子转呀转,大飞说:"资料袋肯定掉在江里了,车子翻了两滚,什么袋子都给滚飞了,哪还找得着。"大飞又接着说,"那个资料袋丢了就丢了呗,它还比命重要?命捡回就……"大飞扭头擦了一下眼睛。周为说:"你说你一个大小伙,搞得跟个女人似的悲悲戚戚,难过什么嘛,我这不是好好活着的……"大飞说:"还好好活着?你瞧你,都快跟木乃伊差不多了。"大飞提着热水瓶出病房去了。

在医院漫长的时间里,周为无数次梳理原来的疑点,以前时间紧迫,断断续续,这一回,躺在医院里身体不能动,脑子却成天飞快地转,然而想来想去,最终还是归在一个点上,证词太流畅,证词太完美,证词无懈可击……险要路口?白色长安微型车?这几个点让他陷入一个细思极恐的系列设想……心里几个疑点,越来越强烈。

在他出院那天，大飞急冲冲闯入病房，故作神秘："周队，我给你播报局里一个最新消息，想不想听？"

周为说："别整得跟一个八卦妇女似的，你不会憋坏吧。"

大飞说："我敢说，这是一个石破天惊的消息，我保证你听了，愈合的骨头都会震碎。"

周为说："你这小子嘴欠抽，有屁快放。"

大飞说："陈林……"

周为说："陈林怎么啦？"

大飞说："你知道陈所长到局里任什么职务？"

周为说："刑警支队队长嘛，他不是成天都在做这个梦，从蔺支队调走那天他就蠢蠢欲动。"

大飞说："非也，说来你怎么都想不到，陈林，要任分局副局长了。这也太突然了，从派出所上来就任副局长？这个消息让人接不住呐。"

周为说："你这消息准确吗？"

大飞说："千真万确，明早局里要召开干部大会宣布陈林的任命。"

这回周为真的吓了一跳说："副局长不是半年前就传张胜了吗？"

大飞说："可不是吗，现在是板上钉钉的事了。"

周为大脑闪回出事前吃饭时，陈林神秘凑近周为说："老弟，透露一个小秘密，我，很快要回局里了。"

周为以为陈林是来刑警支队任支队长，在心里不服气，自己堂堂警校毕业，这个位置空缺了半年，自己才是最恰当人选。陈林的话让周为感到不舒服，他之所以这么拼，也是想在这个关键时节让领导看见他的努力付出，他认为支队长这个空缺，非他莫属。当陈林透露了回局里的事，周为第一反应就是陈林要来占据支队长这个空缺。

出事那天，他急切想找出证据，假如……假如……那个细思极恐的怀疑一旦成立，柳眉死亡的疑点得以验证……所有的事都将翻盘，支队长这个空缺还是他的。

周为没想到一场飞来横祸，改变了他人生的方向，那场车祸成了他

第八章 一封写给自己的信

一生的噩梦，不但没有补上支队长位置的空缺，还差点命丧当场。自此，他后半生被噩梦困住，难以自拔。

会议室里座无虚席，气氛肃穆，上级部门和地方组织部门一起参加干部任命大会，会上宣布任命陈林为分局副局长，陈林立正敬礼，表态发言……

家里，周为一瘸一拐地走来走去，嘴里念道："铜城去不了，王志见不到了，我还能干什么？"他气恼地踢翻身边的一把椅子，却把自己的脚弄疼得跳了起来。

王娟说："捡回条命就要感恩老天爷了，陈林当副局长不是更好，刑警支队的队长还是空缺的嘛，等你身体恢复了，这个位子还不是你的，急什么。"

周为说："我有什么好急的，我，堂堂一个警校毕业生，除了没有背景，比谁差？"

王娟说："先养好身体，你好好的，我跟小晴才好好的。你跟死神见过一面后，我算明白了，什么支队长空缺呀，什么都不重要，一家人在一起才是最重要的。如果这次你有个闪失，我都不敢想象，我跟小晴以后怎么过？我现在知足、惜福，虽然你现在身体像一台破机器，可我反倒欢喜，这样你就不用成天跑来跑去，满脑子就是案子、案子……这几年，你那些案子都把我们母女挤出家门，还有 11 个外出打工人失踪案，你追踪一年多，也没捋出个头绪，你就别做什么支队长的梦了。"

修养了小一年，周为的伤看上去恢复得差不多了，但是这次车祸从根本上摧毁了他的身体，原本强壮的体格也成了一副行摇晃荡的皮囊，这次车祸不仅改变了他的人生轨迹，也让他原本强壮无比的身体脆弱、不堪一击。

上班第一天，警队人员见到他来了，神情诡异，躲躲闪闪，大飞在警队门口拦住他："陈副让你去他办公室一趟。"周为一时间没反应过来："陈副？"大飞说："陈副局长，现在分管刑警支队的陈副。"说完大飞低头走开了。

周为来到陈林办公室，陈林老远就笑容可掬："哎呀，你这个急性子，让你恢复好再来，够急的，身体现在恢复得怎么样？"

周为说："用我媳妇的话说，一台快散架的破机器。"

陈林说："王娟这张嘴够损，周为，鉴于现在你的身体情况，前几天温局我们商量了一下，你的岗位做了调整，你可能要告别刑警岗位。你的身体确实不适合在第一线冲了，把你调整到资料室管理档案……"

周为拍案而起："我，一个警校毕业的管理档案？是不是开玩笑！"

陈林说："你瞧，性子总是那么急，我话还没说完，你人在资料室，但是，待遇没变，你还是享受副科级别待遇。"

周为愤怒地说："要我走就直说，不要拿我的身体说事，是不是见我身体受损，来个一脚踢开？再说我出事也是有蹊跷，我还没理顺呢，我不会放过任何蛛丝马迹。"

陈林说："你看，又着急了不是，大家都是从你的角度考虑的，你不要这样抗拒抵触，整得谁跟谁过不去一样。"

周为说："是我跟你们过不去，等着，有的案子我不会轻易放过，我一定要查出蛛丝马迹。"周为怒气冲天地转身离开了。

陈林叫住周为："等等，还有一件事要跟你说。"周为停住脚步没转过身来，依然背对着陈林。陈林走过来递了一页文件给他，周为看到，这是一个行政处分通告，对他安全事故的处理决定，在节假日期间私自动用公车未上报，造成严重事故，人员重伤，车辆报废，根据系统安全管理的相关条例，经组织研究决定给予周为行政记过处分。

周为接过处分撕成碎片，扬长而去。陈林看得愣住了，看着飘得满地的碎纸屑，骂了一句："犟种。"

1994年，36岁的周为，不仅没有补上空缺的支队长的位子，反而从刑警支队副支队长成为一个内勤人员，一名享受副科级待遇的资料管理员。最初，周为还发誓要去找王志，找柳红，查找蛛丝马迹。据说，在一个下午，陈林来到资料室专门跟周为谈了很久，直到下班两人才出来，谈了些什么没有人知道，自此，周为不再过问别的事情，成天埋头

第八章 一封写给自己的信

档案资料的搜集整理。周为的变化，让昔日追随他的刑警队同事大跌眼镜。在他们心目中，周为是一个不服输的斗士，是一个什么都不怕的勇士，怎么突然认怂了……现在的周为整天待在资料室，从上班到下班几乎很少出门，直到下班才提着一个布袋上市场带点菜回家，别人见他也是一脸笑容可掬。

王娟下班回家，周为笑容可掬地递上拖鞋说："老婆回来了，先洗把脸，饭马上就好。"周为转身进厨房忙活，厨房传来炒菜声响，不一会儿，一盘盘菜摆在桌上，周为解下围腰说："尝尝，味道怎么样？"周为的变化让王娟感到不适应，一直不做家务的男人现在变了，变成一个讨好型人格，一天在家里都是乐呵呵的，以往高冷、常常分析案情的周为再也不见了，好像那个工作狂人重生了。王娟心里反而莫名悲伤，她希望周为还是从前的周为，那个为了案情可以几天几夜不眠不休的周为。眼前这个周为着实让她有点说不出的难受，周为越是乐呵，王娟心里越是寒意重重。王娟脱口说出："那个周为死了。"周为伸过头来嬉皮笑脸地说："老婆，你叽里咕噜说什么？是对我的菜不满？还是卫生打扫得不干净？"

王娟哭了，那个周为真的回不来了。周为慌忙为她擦拭泪水："谁惹我老婆生气啦？"王娟哭得更厉害。

周为在所有人眼里变了，变成一个没有原则的人，一个居家好男人。

警队的同事看不起他，他也不在乎，每天下班就急急朝菜市场去，回家钻进厨房……

直到周为选择退休第二天跳楼自杀，马平川内心才被这个失败者、孤勇者和跌宕起伏的故事震惊、唤醒……

看着手里的卷宗，马平川陷入深深沉思。

第九章　十一张身份证

对萧立问突然安排李夏去苗圃园工作,小刘坚决反对:"萧总,你这个安排有点违背用工制度,李夏这边事情本来就多,苗圃园的事情早一天晚一天影响并不大,但是我们那边非常需要李夏,你这样突然调整,让我不知所措,我看不懂到底是什么意思?"

萧立问说:"你需要什么意思?"

小刘说:"你把忙的人抽来帮助不太忙的人,我转不过这个弯来。"

萧立问笑道:"你别刨根问底,我这样安排自有我的道理,有些事不要知道得太多,守住自己的心,各自做好各自的事情就行。"

小刘说:"唉,听你的。"

萧立问说:"放心,这个什么……"

小刘说:"祝奎。"

萧立问说:"哦,祝奎跟李夏很熟,李夏为我们殡仪馆还是做了很多事,就当放他一段时间的假,让他在苗圃园跟着李固的朋友轻松一阵子。小刘,我经常说你,做人要有点格局,不要太计较,有的事情望远一点,一定要学会望远些……"萧立问话里有话,小刘听明白了,说:"知道了,萧总。"萧立问说:"你先把李夏带过来,我跟他说,等下你带他去苗圃园交给那个……什么……"小刘说:"祝奎。"萧立问:"哦,祝奎……"

小刘心里抵触,但他也不明白萧立问的怪异安排,走出门嘴里嘀咕

第九章 十一张身份证

道："这个老狐狸又要玩什么花招？明摆着李夏这边事情很多，还要强行把他安排去苗圃园，到底搞什么名堂？"萧总这个匪夷所思的安排，让小刘憋了一肚子火又不敢发泄，狠狠朝办公楼那边吐了一泡口水。

李夏确实是监视祝奎的天选之人。萧立问非常高明，一般人谁敢用李夏来做这样隐秘的事，在看人用人方面，萧立问有着非同凡响的魄力和胆识。

李夏对这个秘密任务很感兴趣，萧立问告诉他暗中观察祝奎，有不对劲的举动悄悄告诉他，李夏点头。

一个星期后，有一天李夏跟在祝奎后面栽种万寿菊，两人回到小屋，祝奎拿出一只烤鸭说："李夏，香不香？"李夏说："香。"祝奎说："想不想吃？"李夏点头。祝奎把烤鸭倒进一个不锈钢盆里，刻意试探李夏："李夏，以前你爸爸经常买烤鸭给你吃吗？"李夏说："嗯。"祝奎说："以后我也经常买给你吃。"李夏说："为什么？烤鸭要爸爸才能经常买。"祝奎哭笑不得："荒唐，谁说的？"李夏说："爸爸说的。"祝奎："爸爸还跟你说些啥？"李夏说："说'他，不在家'，'他，会回来'。"祝奎听了李夏的话，夹在筷子上的鸭肉掉了下来，他慌忙捡起放进嘴里。难道李固的失踪李夏知道？李固失踪后，他不急不躁，好像一个没事的人……这一刻，他心里生出一个念头，会不会李固看出自己来水城的意图，躲在什么地方玩个假失踪？他望着专心吃烤鸭的李夏，李夏神情淡定，仿佛李固就在家里。如果李固真的失踪，李夏肯定不是这个样子，跟李固重新认识后，他目睹了李夏对李固的依赖，只差步步紧跟。现在，李固不见了，李夏很平静，该吃吃该喝喝，一点都没受影响。有问题，有问题，李固肯定不是失踪，只是一个障眼法。说穿了，这个障眼法、假失踪就是在他面前演的一场戏，躲得差不多了，说不定李固突然从什么地方冒出来……

吃完烤鸭，祝奎倒了一杯水给李夏。李夏喝完水，擦擦嘴和手，取下背上的帆布包。祝奎说："李夏，你这个包整天背着也不累？"李夏不语，把笔记本拿出来，最后掏出一叠东西摆在笔记本旁边。祝奎一看惊得目瞪口呆，一把抓过那叠东西，这正是他一直在找的那叠身份证。祝奎感到诡异迷惑："这个……怎么在你包里？"李夏说："我不知道怎么在我包里面，他一直在我包里……"祝奎恨不得扇李夏几个耳光，这叠身份证是最重要、最关键的东西，怎么会在一个傻里吧唧的人的包里？惊悚，简直惊悚，他"霍"地站起来，在小屋里转了一圈，问道："你想想，你是从哪里拿到这个东西的？"李夏说："它就在我包里，一直在包里……"祝奎来到门口蹲下，翻弄着手里这叠老旧的身份证。那个夜黑风高的夜晚又浮现在他眼前：两个年轻身影立在桥头，夜色里，只见两个剪影，一个说："永不相见。"另一个也说："永不相见。"两人各自朝相反方向匆匆走开，融进夜色。

祝奎自语："李固，李东，李固，李东……"李固失踪，曾让祝奎心如死灰，现在他坚信李固玩假失踪，躲起来了，不然，一个对李固百般依赖的人怎么会如此淡定？跟个没事人一样。小孩是不会掩饰的，这个小孩傻更是不会掩饰，他表现出来的都是真实流露，那么，就熬着吧，我就不信我熬不过你，你不可能一辈子不现身，你那个傻儿子等着你照顾，难道你就不急？你不急，老子也不急，反正现在我也有住所，有收入，我就跟你耗着，看谁熬不住。老子是赌徒，敢跟你打赌，我赌你用不了多久就乖乖现身。

李夏拽着他的衣服，把祝奎拉回现实。祝奎祈求似的望着李夏："李夏，告诉我，爸爸去哪了？你知道，你一定知道。"李夏退了几步说："他，不在家。"祝奎万般克制："不在家……不在家，你就会这一句吗？"

祝奎丢下李夏在小屋，一个人去苗圃园了。李夏坐在小桌子前，闭上眼睛，祝奎手里的老旧身份证出现在眼前。

两岁以前的记忆李夏很多都不记得了，但是在祝奎来家里吃饭的时候有一个人放在桌上的身份证他记得，他不会忘记，李夏知道自己有着

第九章　十一张身份证

过目不忘的记忆，一遍，只需要一遍，他想忘也忘不了。

端午节祝奎来家里吃饭，喝酒喝得高兴，祝奎口袋里的一叠老身份证落了出来，父亲李固把掉在地上的身份证捡起来，放在祝奎酒杯一旁。李夏看了一眼，只一眼，他看见身份证最上面那张的一个人，那个人的模样虽然只存在他一两岁时候的记忆里，但是，已经刻在他的脑子里，他一辈子都不会忘记。

李夏想不通，爸爸这个新认识的朋友怎么会有自己两岁记忆里的身份证？那个人的身份证怎么会在祝奎手里？父亲李固只有一个朋友，就是新认识的祝奎，这个人身上的那叠身份证点燃了李夏探求过去的好奇心，这扇好奇的窗口一旦打开，再难关闭。

祝奎来家里喝酒喝得晕乎乎地走了，走后不久折返回来拿他忘在桌上的身份证，李夏趁着父亲李固把身份证递给祝奎，两人站在门口说些客气话的时候，李夏神不知鬼不觉地把祝奎口袋里的11张身份证偷偷拿走了。因为这身份证对于李夏来说，犹如一把密钥，能打开他紧闭的一扇记忆之门，唤醒他非常久远的记忆。走进去，往深处走，他看见身份证上那张陌生又熟悉的面孔，他急切地想解开身份证上的谜底。祝奎本想用特殊的身份证唤醒李固，敲山震虎，让李固明白那个故友找上来了……这些老身份证对于李固来说毫无意义，但是祝奎没想到他却唤醒了李夏，李夏关闭的记忆闸门轰然被打开。

祝奎为身份证丢失急得浑身冒汗时，李夏睡在床底下，拿着一张一张身份证看。他眼睛停留在最上面那张，从老身份证上的照片上，他看见小院里跌跌撞撞的一两岁小孩的身影，背后有一个大孩子在追着跑。小孩躲在角落，突然大孩子从背后过来伸过一束苗狗儿在小孩脸上扫，小孩哭了，一个女人温柔地抱起小孩说："你大他好几岁，你不知道让着弟弟一点。"女人接着说："来，给你一块红糖，不哭啦。"小孩张开嘴，女人把一小块红糖放进小孩嘴里说："甜不甜？"大男孩追在后面说："我也要吃糖。"女人说："你当哥哥的要让着弟弟。"声音回响，

· 157 ·

李夏握着那一张身份证,嘴里哼起那首遥远的摇篮曲,在自己哼起的摇篮曲里,床底下的李夏把自己哄睡着了。

李夏把11张身份证重新按照1∶1比例在白卡纸上绘制出两份一模一样的,绘制好最后一张身份证,李夏望着身份证上那个遥远记忆里的面孔和名字,失去的记忆正在归来。看着自己的绝作,李夏心里很高兴。第一这个身份证让他缺失的记忆开始回来,第二他想让父亲夸耀自己绘图本领超强。他趁李固不注意,把自己绘制的其中一叠身份证悄悄放在李固的口袋里,他想给李固一个惊喜,他想李固一定会夸他:"我儿子真棒,这个身份证跟真的一样,照片都一模一样,画得太好了,儿子你就是与众不同……"然而这句话没等来,却等来父亲失踪的消息。

祝奎失而复得的身份证并没让他高兴,白天光想着李固躲起来的谜,现在细想着实诡异。端午节那晚从李固家里出来,走到五孔桥,发现身份证丢了,又返回去拿到身份证,这个身份证难道会长脚了?最令人不可思议的是,他找不到的身份证居然就在李夏书包里。李夏就没有靠近过他,会不会被李夏藏起来啦?这个念头一闪,他自己就否了,这是不可能的事情。李夏痴痴傻傻的狗屁都不知道,难道……难道,真是索命的人来啦?

晚上,李夏走了,祝奎站在大片万寿菊中跟李夏说:"早上晚点来,睡个懒觉,明天我又买烤鸭给你吃。"李夏也不回头。斜阳西下,祝奎在空旷的苗圃园里,看着李夏的身影消失在转弯处。祝奎返回小屋,回到小屋祝奎慌忙掏出身份证,一张一张整整齐齐摆在小桌上,拿出两根蜡烛,用刀削断,削出11个短蜡烛,在每个身份证前面摆上一个蜡烛,等待天黑。

祝奎进一趟出一趟,在门口转来转去。天,终于黑了,苗圃园一片寂静。

这些年的逃亡生涯让祝奎喜欢上黑夜,黑夜给了他安全感,似乎在

第九章 十一张身份证

黑暗里他的过去就不为人知。

祝奎来到小屋背后，又在上次烧纸的地方蹲下，从塑料袋里拿出烧纸摆成 11 个堆，然后一堆堆点燃，他对着每个纸堆低声说话，来到最后一堆前他说："如果你还是活人，躲在哪里？如果你已经是死人，今晚你就托个梦，让我也安心。"

祝奎对着火堆拜了几拜，回到小屋，他没有开灯，而是点亮身份证前的 11 个削短的蜡烛，端个凳子趴在桌前，定定地看着整整齐齐的蜡烛上诡异跳动的火苗，用手扒拉一下排在第一的蜡烛，死死盯着，目光诡异。

第二天早上 11 点左右，马平川接到小刘的电话，小刘告诉马平川，李固那个唯一的朋友祝奎疯了。

马平川听了大吃一惊："怎么回事？很突然呀。"

小刘说："谁说不是呢，我们上班看见他在大门前跑来跑去，嘴里喊着：ّ大头鬼来了，大头鬼来了，见人就抓住说，你看见大头鬼没有，头有斗罗大，白色的脸，哎，哎，没有脸，脸上没有鼻子、嘴巴，只有眼睛，对，只有眼睛……你看见没有……哎呀，马队你不知道那个样子太可怕了。'他发疯那个时候正是上班时间，你说，他这一闹，大家心里都发憷，谁都害怕，我不怕鬼什么的，现在给他一闹，我都害怕了。"

马平川说："萧立问怎么说？"

小刘说："萧总让我们马上联系精神病院来把他带走。这个祝奎跑来跑去地乱说，对我们这个特殊行业影响太不好了。"

马平川说："李固失踪？祝奎又突然疯了？"

小刘说："是呀，殡仪馆这回才是走霉运了，这些事情很让员工情绪受影响，所以萧总让我们马上联系精神病院，就是怕对殡仪馆带来负面影响。"

才放下小刘打来的电话,萧立问的电话又来了。

萧立问说:"马队,这个祝奎突然疯了,我按照你吩咐的在暗中盯着他,李夏上班时间都跟他在一起没什么嘛。祝奎今早上突然疯了,我让人联系精神病院把他送进去,我现在还没回过神来,当初看在李固的面子上让他来苗圃园上班,你看,这下搞得一团糟。"

马平川说:"萧总,别急,我们开完会,我让他们去精神病院看看祝奎到底是个什么情况。"

萧立问说:"他疯了,胡说八道,你们过去估计也问不出什么来。"

马平川说:"会不会,李夏吓到他了?"

萧立问说:"不可能,李夏这个孩子没有攻击性,很善良,虽然有时候脑子转得慢,但是也鬼机灵得很,我跟他说暗中看着祝奎他就明白了,这件事情任何人都不知道。"

夜里,祝奎偷偷溜出病房,看到值班护士伏在桌上睡着了。他悄悄取走防盗网钥匙,打开门又返回把钥匙放回原处,再偷偷打开门出去并锁好防盗网。

来到楼下,祝奎深深呼吸一口空气,他顺着围墙绕了一圈,在一棵石榴树前停住,他爬上石榴树踩着一个枝条跳上开水房的房顶,墙外面是一个水沟。祝奎正要往下跳,几只电筒光照在他身上。一个医生喊道:"别让他跳。"

他们按住祝奎,祝奎挣扎着说:"我不是精神病人,我要出去。"

祝奎被带到治疗室,他对那个主治医师说:"庄医生,我不是精神病人,我向你保证。"

庄医生说:"来到这里的人都会这样说。"

祝奎说:"放开我,我要出去,我不是病人,我看见两个大头鬼,我要出去报警。"

庄医生凑近祝奎说:"你病情还真是严重呀。"

第九章　十一张身份证

早上，庄医生正在查房，祝奎说："我没有病，你们要相信我，我是正常的。"

庄医生跟旁边的实习医生说："典型的被迫害妄想症。"

祝奎说："庄医生，相信我，我看见两个大头鬼，一个高个子，一个胖子，我要出去报警。"

庄医生扭头对实习医生说："幻觉幻听，是一个明显的特征。"

祝奎被捆在床上电击治疗。

旁边医生拿着笔记本在认真专心地听庄医生讲解病例。

傍晚，医生进来查房，祝奎背对着门，脸对着窗子坐在床沿上。

护士进来，递给他药，他吃了药伸出舌头给护士看。护士说："不错，表现真好。"

护士走后，他抠出药片狠狠摔进马桶里，祝奎背对病房门，一直坐到天黑。

马平川带着薛天来精神病院的时候，祝奎在防盗网前站着，他看见医生带着马平川和薛天过来，祝奎一把抓住马平川说："你看见一个大头鬼没有？头有斗罗大，白色的脸，哎，哎，没有脸，脸上没有鼻子、嘴巴，只有眼睛，对，只有眼睛……你看见没有……"

医生说这是刑警队的马队长和薛警官来看看你。祝奎没看他们，扳着手指数着：两个……一个，一个……两个，两个……一个……祝奎在走道上，踩着自己的影子，来来回回，旁若无人。

薛天说："这个祝奎到底受了什么刺激，一下子变成这个样子。上次去苗圃园还好好的，太突然了，肯定受到了什么刺激。"

马平川说："谁知道。"

薛天说："还要问吗？他现在这个样子，胡言乱语。"

马平川看着祝奎的病情比他想象的更严重，马平川无奈地摆摆手

灼日刺青

说："回。"

夜深人静，哐当当，祝奎光着脚趴在防盗网跟前，一边拍一边喊："开门，快点打开门，大头鬼来了，他要追杀我，快点开门跑啊，迟了要出人命……"

护士按铃，走道上两个男护工上来制服了祝奎。他还在不停地喊："快放开我，快开门，大头鬼来追杀我了……"

护士给祝奎胳膊上打了一针，瞬时，祝奎软塌下来，一屁股坐在地上，四处张望着说："大头鬼跑了？"护士说："跑了。"

祝奎起身，突然回头瞪着背后的护士说："谜中谜，案中案……"吓得小护士倒退几步。

两个男护工一左一右地把祝奎带回病房，"哐当"一声，走道上的防盗网被锁上，走道上灯光半明半暗。

李固失踪？祝奎疯了？到底发生了什么……

办公室里，马平川一个人还在沉思，近来的李固失踪案还没找出头绪，李固的朋友祝奎又疯了，殡仪馆……殡仪馆……李固……祝奎……都是殡仪馆里的员工，既然都是殡仪馆里的员工，肯定还得从殡仪馆查起。

李固失踪，殡仪馆大门的监控所有人进出画面都有，唯独没有李固出去的画面，这是一个重大疑点。大家明明看着李固骑着摩托出去，但是大门的监控却没有李固出去的画面，他的摩托车又怎么会在车棚？出去？又回来？画面呢……

李固失踪不久，祝奎又疯了，一个人要受到多大的刺激才会突然发疯？

祝奎突然疯了，有点诡异，这里面不简单……

李夏被萧立问安排在苗圃园盯着祝奎，李夏刚去几天就出事，祝奎的突然发疯跟李夏有没有关系？是李夏刺激了祝奎，还是祝奎遇上了什

第九章　十一张身份证

么事情？

李固失踪，祝奎突疯，这两者之间有没有关系？

马平川的电话响了，薛天说："马队，下来整点东西吃，我和小卫在老地方等你。"

马平川说："你小子知道我没走？"

薛天说："走，你能走哪里去，除了办公室你有去处吗？一抬头就知道啦，灯亮着的嘛，哈哈，地球人都知道，快点下来，我们先去点好菜。"

3人坐在小吃摊前，老板热情招呼，端上大盘小肉串、土豆串。

小卫递上一串小肉串说："马队，案子要办，人是铁饭是钢，来，趁热。"

薛天说："哎哟，小卫快点关心关心我吧，给我也来上一串，肚子叽里咕噜好饿呀。"

小卫说："你自己没手呀？自己动手丰衣足食。"

薛天说："哎，小卫，一个好好的姑娘什么时候学会捧领导了？"

小卫说："滚一边去。"

薛天说："我话没说完呢，是捧………杀，哈哈哈，我滚了，就剩你和他？没门，我死也要死在灯泡岗位上。"

小卫"噗嗤"笑了，薛天故作正襟危坐："说正事，不要扯东扯西。"小卫笑得更厉害了。

马平川一本正经地说："别扯远了，正好我也想找你们聊聊案情。"小卫跟薛天默契对视做了个小动作。

小卫说："刚才薛天跟我说了，你们今天去了精神病院，马队，我觉得这个事情有点蹊跷，前几天我们去苗圃园，祝奎还好好的，突然，马队，我说的是突然……你明白吗，他真的太突然……"

薛天说："小卫，你这不是废话吗，你不能直接点吗？我们这是在分析案情，不是在猜……"

小卫说:"反正,我觉得祝奎的疯不对劲。"

马平川说:"小卫,你觉得哪点不对?"

小卫说:"我说不上来,就是觉得不应该啊,太突然。马队,你看萧立问刚安排李夏去盯着他,就……哎,会不会,看出李夏去监视他?萧立问安排李夏去苗圃园我就反对,很荒唐,李夏,我怎么说呢,他能不让祝奎看出来才奇怪,他就是不会掩饰的一个大孩子,你说,把他放在祝奎身边,祝奎能不知道?有可能祝奎知道了我们对他的怀疑,装疯?或者真的吓疯?"

薛天说:"小卫,你这不等于白说吗,什么装疯、真疯的?你以为自己推理得头头是道。"

马平川说:"薛天,小卫说得有道理,祝奎的疯确实太突然,太蹊跷,突然得让人接不住。装疯?这个可能性不是没有。"

马平川招手,3人头凑近,马平川说:"我倒是有一个主意,我们安排一个人跟祝奎住在一个病房,如果是装疯,不出一个星期准会露出马脚,如果他是装疯,那么,李固的失踪跟他肯定脱不了干系,我们两个案子一起来……"

薛天一拍大腿,大声叫道:"好主意。"惹得四周眼光不屑地看过来。

小卫说:"马队,李夏这边要不要再盯。"

马平川说:"李夏这边放一下,说实话,我最先怀疑的就是李夏,李固失踪李夏表现出非常态的平静,这平静放在任何人身上都经不住推敲,何况李固对他的情感远远超越亲生父子,他太正常,正常得不合情理。但是,自从那天我跟薛天送完老周从殡仪馆出来,遇见李夏抱着一个空骨灰盒在台阶上坐着,那一瞬间,我心里排除了他,因为,我从李夏的眼神里察觉到他似乎看到一个天真无邪的世界,在那个世界里李固和他相依为命,李固是他在这个世上最亲的人,动机?李夏没有作案的动机,作案动机……"

第九章 十一张身份证

小卫说:"那你上次让我们盯李夏干什么?"

马平川说:"打草惊蛇。"

小卫说:"打草惊蛇?蛇在哪里?草又在哪里?"

马平川一笑。

第二天祝奎的病房又来了一个病友,祝奎的床靠窗子边,那个年轻患者问:"这是哪里?"

医生说:"精神病院。"

年轻患者说:"啊,怎么我会在这里,我在车子尾箱里呀。"

医生说:"你是407号的病人,难道不该在这里?"

年轻患者低头看,身上穿着病号服,更蹊跷的是手上还戴着一个病人手环,上面标注房间号407。他要起身,几个身形彪悍的男护工把他按在床上。年轻患者挣扎又被按倒,他吼道:"我什么时候来到这里的?我不是精神病人,怎么会在这里?到底怎么回事?"

医生静静望着他,大家静默不语。

年轻患者说:"我要报案,我看见一桩杀人案,我亲眼看见两个人挖坑埋尸。"

年轻患者扭头看见旁边的祝奎,他好像看到了救命稻草,激动不已地说:"大哥,我没有病,我是一个歌手,我们乐队被陷害卷进一场阴谋,队长跳楼了,他是走了,我们乐队却万劫不复,这种滋味你们不知道……没有音乐,我活得索然无味,与其说扛不住生活,倒不如说败给失去梦想的残酷,无论如何我承受不了这种残酷,乐队没有了,梦想死了,我没有活下去的理由。"

"警察同志,我现在更想知道的是,我为什么会在这里?两个凶犯抓到没有?我被他们关在车子后备厢里呀,我一直在挣扎,你看我的脚趾都顶破了。"

医生说:"这里是医院,没有警察。"

灼日刺青

年轻患者一把拉住医生说:"警察同志,需要两个凶犯的画像吗?我可以画出来?"

医生说:"要画就画吧。"护士给他一张纸和一支笔,年轻患者画出两张相,戴着口罩帽子的人,高个子男人眼神凶,胖子眼神木讷。

医生说:"好啦,今天先到这里。"

年轻患者说:"哎,别走,真相还没有水落石出……"

护士说:"真相会水落石出的,吃药。"

祝奎心里烦躁不安,自己一个人住可以想很多事情,现在来了一个真病人,闹腾得很,很是烦人,他索性坐在床边,背对年轻患者,不一会他听见鼾声此起彼伏,回头那人睡得很香,见那人睡着了,祝奎也上床躺下,昨天的事情让他惊恐万般,他需要好好理一下,脑子里很乱,就像一团乱麻……

薛天带着一个技术监控方面的专家突然来到殡仪馆,正在忙碌的小刘看见两人身着制服,忙迎上去,满脸微笑地说:"薛警官,两位警官,是来查祝奎疯了的事吗?"

薛天说:"我们今天来就是想再查查监控。"

小刘说:"监控,上次不是查过了?"

薛天说:"我们今天特地请来一位监控技术专家,我们把李固失踪前几天的监控视频拷给张警官,张警官做技术处理,通过处理应该能从监控里找到李固进出大门的蛛丝马迹。"

小刘说:"啊,这个技术太好了,有这个技术,李固失踪的原因就可以查出来了。"

两人来到监控室,张警官拿出小箱子里的设备拷贝下需要的资料,便急忙离开了。

小刘一直目送着警务车辆开出大门,便朝办公大楼走去了。小刘来到萧立问办公室,关上门,走到桌子边说:"萧总,刚才薛警官带着一个监控技术专家过来,把李固失踪前几天的监控都拷走了,说是要做个技术鉴定……"

萧立问沉默片刻后说:"他们走了?"

小刘说:"走了。那个专家提着一个小箱子,看着很专业的样子。"

萧立问起身喝了一口水说:"知道了。"

小刘走了几步被萧立问叫住:"他们没有说祝奎疯了的事?"

小刘说:"没有,忙着拷监控视频,可能没来得及吧。"

萧立问说:"带上门。"小刘轻轻关上门,快步离开。

第十章　逃跑的男孩

外面有人喊："马队……"马平川走出去，迎面是老周的媳妇王娟，马平川忙迎上去说："阿姨，你怎么来了，有什么事情你打电话来嘛，还亲自跑一趟。"马平川忙着给王娟倒水。

王娟说："反正我在家也没事，20多分钟的路当是锻炼。平川，不用忙乎，我不耽搁你，我知道你们忙，我就是交一样东西给你就走。"王娟从包里拿出一个笔记本，从笔记本里拿出一张发黄的照片递给马平川说："平川，这个是当年老周留下的，他大年初一把我们丢在小晴的外婆家里，说是有突发案件，等晚上我带着小晴回家，他倒好，一个人坐在沙发上看这张照片，我怒火烧，看见照片上的女人很漂亮，想着他破什么鬼的案子，分明就是痴痴迷迷照片上女人的美貌。也不知道他从哪里弄来的，反正我心里很愤怒，我就把照片撕烂丢在垃圾桶，后来又捡回照片粘贴好悄悄藏起来。他出车祸后恢复得差不多去单位上班后，我把这张照片给他，他说你收着吧，没准哪一天用得上……"王娟哽咽起来。

马平川蜷缩在一个角落里，定定地看着那张发黄的照片……

他从笔记本里取出一张一模一样的照片，不同的是马平川这张照片，女人的头被抠下了，两张照片叠在一起，女人的面容从后面照片露出来，照片上男人高大英俊，女人美丽温柔，这本应该是一个令人羡慕

第十章 逃跑的男孩

的幸福家庭，然而，却因为 90 年代男人外出打工失踪，拉开了一个家庭悲剧的序幕……

1994 年大年初五，柳红从铜城赶来，王志跟在柳红背后，一步一回头，他在等那个警察，他跟他说过，柳红来带他时，他一定会在的，王志跟着柳红坐上大巴车，直到车子启动，王志也没有看见那个警察的身影。王志就这样被柳红带回铜城。柳红跟男人没有孩子，不知是谁出了问题，两人谁也不肯去医院检查，一直僵持着，突然，水城传来柳眉捂死一个儿子又跳井自杀的消息，柳红高兴极了，在她眼前强了几十年的柳眉的儿子也归她了。她把王志领养了可以扬眉吐气，不管怎么说毕竟跟自己有血脉，虽然她恨柳眉，但是不妨碍她白捡回一个儿子，这个儿子看上去还蛮机灵。去接王志前几天，柳红一个人来到街头的馆子点了很多菜，要了一瓶酒喝得醉醺醺才返回家中。

男人马长利问："干啥呢，喝成这个鬼样子，丢人丢到外面了。"

柳红说："嫌我丢人？你敢不敢跟我一起去医院查一查？不敢去，就不要张着破嘴放屁。"马长利尿了，柳红更是得意。

北甲镇的吴纪委打电话来说："柳眉的安葬，要不要等着你到了再入土？"柳红冷冷地说："等我，为啥要等我？你们把她安葬了就行。"

在铜城派出所和街道居委会的协助下，柳红顺利办理好了王志的领养手续。柳红给王志改了一个名——马平川。

在派出所户籍办理处，民警问："你要改什么名字？"

柳红说："马平川。"

民警说："马平川，这个名字想好了？"

柳红说："想好了。"

马长利从柳红背后伸出头："只要不改姓，名字怎么都可以。"

你夫妻俩真有意思。民警笑了，望着柳红身旁的王志开玩笑："马平川，从这里出去，你的名字就叫马平川，再也不是王志了，知道吗？"

马平川点头。

自此，柳红家两人的户口本上多了一个儿子，他就是：马平川。

成为马平川的王志，再也没有警察周为的音信，周为也像他父亲王双龙一样失踪了。有一回他偷偷按照周为跟他说的，在一个小卖部拨通了那个电话号码，接电话的是一个轻柔女声："喂，你好，请问有什么事？"马平川咔嗒挂了电话，他不知道这个声音跟周为给的电话号码有什么联系。

夜里，马平川躲在被窝里悄悄看着那只手，黑暗里摸着警察周为写过电话号码的地方，那个号码——2122718，已经刻在马平川心里。

柳红夫家老人留下一个名为"五和"的酱油厂，自从马长利父母去世后，柳红夫妻俩为了降低成本，开始制售假酱油。

有一天，工商执法队突袭检查，现场查获"五和"酱油的制售假实证，当场查封，并处以罚款，"五和"酱油在铜城倒牌了……

一天夜里，马长利跟柳红说起他的一个弟兄在干大买卖，柳红问："有多大的买卖？"马长利说："说出来怕要吓死你……"

柳红笑呵呵地说："你以为老娘像你？"

马长利说："烟。"

柳红说："打啥狗屁哑谜，你给老娘说清楚点，到底是啥？"

马长利说："做，假烟……"

柳红一脸迷茫地说："假……烟……"

马长利说："对，假烟，反正跟你说也说不清，大刚去年跟我说了几次合伙干，当时不是这个酱油好整嘛，也没多想，现在我想是时候了……"

柳红一直都瞧不起马长利，今天马长利的"干大事"吓了柳红一跳，酱油制假售假，不算太大的事，但是，这个卷烟制假售假……搞不好要坐大牢的。

马长利说："管它个球，要干就豁出去，干个大的。"柳红看着马长利，她觉得这是嫁给他以来最让柳红刮目相看的一回。"大刚说他的亲戚干了十几年都平平安安，啥屁事也没有，地下……地下，就是隐蔽

第十章 逃跑的男孩

好,白天不干活,夜里整……我明天就联系大刚,我跟大刚有过命交情,干这个大事一般朋友怎么加入得进去?这是天大的秘密……"

柳红说:"听你的,要干就干个大的。"

几天后,柳红夫妻俩带着马平川连夜离开铜城,来到一个叫"三元"的镇上投奔大刚。一进村庄就有点诡异,那些人死死盯着他们,怀着敌意堵在村口,恶狠狠的目光如刀剑刺来。"找谁?"声音冷硬。

马长利慌忙掏出烟递上去说:"找刘大刚。"一个瘦子说:"刘大刚?你是他什么人?从哪里来,来干啥?"

刘大刚从老远跑来说:"哎,哎,来晚了,来晚了……"

瘦子说:"大刚,他们是你的啥人?"

大刚凑近瘦子耳朵说:"过命的,没有这层过命交情谁信得过,就是亲爹妈也信不过。"那几个恶狠狠的人退开几步,柳红一家三口跟在刘大刚背后,也不敢回头,后面的人一直盯着他们。

三元村看上去很奇怪,白天村里空荡荡,夜里很多人便在村里游荡。

刘大刚把3人带到一间空房子说:"今晚你们先在这里凑合住一晚,明天我带你们去看那个……"刘大刚拿出一包饼干,"先填填肚子,明天为你们接风,水缸里有水。"刘大刚没有停留,放下饼干走了。

柳红说:"我咋觉得怪怪的,你瞧那些人恨不得后脑壳上都长了眼睛,这个刘大刚就拿一包饼干来?我们坐了一天的车,又累又饿,就这样招待我们?"

马长利说:"跟你说了'干大事',跟以前的肯定不同。"

3人在空房子里休息了一晚。第二天,刘大刚一早就来了,带着他们往山上去,走了一段路来到一个破旧小院,这个小院背后是崖壁。跟着刘大刚走过堂屋,刘大刚掀开在窗子旁一个很大的水缸盖子,水缸没有底,一个木头楼梯通往下面,下了楼梯,里面出现一个百把平方米的山洞,再往里面又是一个山洞,里面有400平方米,很宽阔,洞里有山泉潺潺流过,简直就是人间仙境,里面有二十几台手工卷烟机。

刘大刚说:"以后住就在上面,工作嘛就在地下,这个地方鬼都发现不了,哈哈,怎么样老弟?"

马长利说:"大刚,我们跟着你好好干。"刘大刚说:"哥,等着发财吧。"

就这样,柳红一家跟着洞里 30 多个人一起制造假卷烟,洞里 24 小时轮流上班。

正如刘大刚许诺的,这些地下假烟生产确实带来暴利,很快柳红一家也在致富的邪路上,一路狂奔。

天刚蒙蒙亮,派出所值班室里一个民警正在泡方便面,一个少年慌慌张张地来到派出所,站在门外拍窗子。

"我要报案,我要报案。"

"报什么案?"

"失踪,失踪案。"少年神色紧张,边说边用脚搓地。

"小孩,你要报什么案?不要急,坐下说。"

少年神色紧张,四处张望:"我不跟你说。"

"你这小孩怪了,嚷着报案,又不说……是怎么回事?"

"他们追我……要杀死我。"

"谁追着要杀你?"

"我要找你们领导,你是领导吗?"

"你这小孩有意思,你不是要报案,找领导干嘛?"

"我不跟你讲。"

"行,你不说我就不帮你找领导。"民警低头吃面,孩子用脚使劲搓地,神色更加慌张。

一个民警进来,见少年不安地搓脚,问道:"这孩子犯什么事了?"

值班民警立刻站起来说:"张所,这孩子嚷着要报案,有人要杀他,具体情况说什么也不跟我讲,他说只跟领导说……""你可以说啦,我们领导来了。"

第十章 逃跑的男孩

张所长说:"孩子,你报什么案呢?"

少年说:"三元村在地下山洞做卷烟……我是趁他们没注意跑出来的,他们知道我报案会杀了我……"少年浑身哆嗦成一团。

张所长说:"你记得路吗?"少年点头。

"孩子你家在三元村?"

少年点头又摇头:"我偷偷跑出来的,他们会杀死我的。"

张所长让值班民警给少年也泡了一碗方便面,看着他狼吞虎咽的样子说:"慢点吃。"

张所长联系上了缉私队,刘队长说他们也准备这几天行动,已经跟武警对接好,这个信息太及时了。

少年画下一张路线图,并跟刘队长他们仔细说了进入崖洞的细节,刘队长说:"孩子,你叫什么名字,多大了?"

"我叫马平川,吃14岁的饭了。"

刘队长笑了:"马平川……好,这个名字好,马平川,如果端了他们的窝子,你就立下一大功劳。"

刘队长向上级汇报了这个情况,经过研究决定今夜缉私队与武警汇合一起朝制假窝点奔袭。

山洞里还是热火朝天的工作景象。突然,早上下班要走的柳红想起来没有看见马平川。她慌忙在洞里各个角落寻找,这时马长利走来,柳红一把拉着他到一个角落,低声问:"马平川呢,怎么没见着他?"马长利说:"刚才都在,我还看见他了,谁知这小子跑到哪里偷懒了。24小时转,是个人都受不住,大人都累得要死,一个小孩偷个懒管他的。"

来了一年,马平川已经摸清运送货物的规律,一个星期夜里大货车来拉一次。这天夜里大货车又来拉货,已经早就踩好线的马平川悄悄摸出洞外。驾驶室里两个人,一个人去跟着数货,一个人在驾驶室里打瞌睡。马平川顶着一个空纸箱转到车厢背后,见四下无人,他灵敏地跳上车,翻下一个纸箱,把纸箱推进旁边的草丛里,再偷偷爬上车厢,把空纸箱堆放在一个空缺里,自己钻进了空纸箱里,一排一排装着卷烟的纸箱整整齐齐,马平川心突突跳……

终于,货物装好了,大家做了交接,认真检查一遍确保货物安全,几把很亮的大电筒在货物上晃来晃去。"好啦,注意安全。"货物保管员扯着嗓子对驾驶室里的人说。驾驶员也扯着嗓子回道:"走了。"

大货车灯亮了,货车缓缓走动,在山路上盘旋了很久,缩在纸盒里的马平川不敢动,这个纸盒刚好能容得下瘦小的他,他盼着车子快点开,他都想象不出来柳红他们发现他逃走会怎么样?他顾不得这些,在三元村一年多,马平川知道他们制造贩卖假烟是违法的。平心而论,柳红两夫妇对马平川还是不错的,自从在户口本上改名"马平川"后,也算把他当成亲生儿子。但是,在铜城几年里,马平川看着他们做假酱油坑人就不高兴,从理发店搜集很多碎头发碎成粉尘,掺杂在酱油里,说是头发里面有什么蛋白……开始马平川不知道院子里一堆一堆肮脏的头发是干什么用的,后来年龄大点,他发现这俩人夜里原来干的是坑人勾当。"五和"酱油厂被查封,就是马平川偷偷举报的。柳红他们做梦也没想到是马平川举报的,因为在她眼里,马平川就是一个啥事不懂的小孩子。

从第一天来到三元村,细心的马平川就发现这里很诡异,每个人都很警惕。刚开始上山去,马平川还觉得好玩,在崖壁掩护下的地下工作很好玩,山泉水顺着洞壁流下成一个水塘,水塘里的水一年到头都是那么多,就是一个地下乐园。一年后,马平川觉得不对,他们制造的假烟听大人说,赚很多钱,马平川知道这是比制造假酱油更严重的事情,不然,为什么要在见不得人的地下山洞干呢?大白天,村里人的种种古怪,让13岁的马平川越想越害怕。自己不能干犯法的事,他想起周为,如果他能跟周为联系得上该多好。每天夜里,他都会看周为写过电话号码的手,嘴里默念:2122718。他开始谋划逃跑的事,这个距离到外面货车拉货的路程不远,路上遇上事情怎么办?用什么办法才能混上车里?每天,马平川脑子里都在想怎么逃出去……

第十章 逃跑的男孩

这天夜里，机会来了，他躲在空纸箱里，偷偷混上车厢，没人人能想到这个货物里躲了一个孩子，这个孩子将成为他们的噩梦……

马平川躲在纸箱里不敢睡，山路上车子摇来晃去，他拼命掐着自己的大腿，不管用的头开始随着车子晃起来，最后他告诉自己：马平川，你不能睡，盯着手上的电话，不能睡，睡着就完蛋了，你一定要睁着眼……他嘴里一直念道："2122718……2122718……"

车子来到镇上，马平川偷偷拉开一条缝，外面已经有微光，趁着驾驶员停车方便时，他从空纸箱里钻了出来，悄悄下了车，看着车子开走，马平川松了一口气，便朝着派出所狂奔而去。

当缉私队和武警赶到制假窝点，柳红和马长利正在吵架。两人为马平川不见了吵得不可开交，这对夫妇看着从天而降的人，他们都呆住了，大家如同做梦一样，两人不可置信地望望全副武装的武警和公安，又望望对方，似乎一时间还没明白这是怎么一回事……

大家都在一片懵懂中，制假窝点终于被打掉了。

柳红后来也没整清楚，到底马平川去哪里了。

自始至终，那张拉货的车子也没有发现什么问题。在交货时候，对方只是在整整齐齐的纸箱当中看见有一个空纸箱，但是，大家以为忙昏头放错了，减掉一箱就行，没想到一次震惊三元村的雷霆行动就在那天打响。

柳红和马长利等人从拘留所移送那天，戴着手铐的柳红走向警车，突然她看见马平川也在那边看着她，眼睛血红的她狠狠朝马平川吐了一泡口水说道："小白眼狼，你是柳眉转世的恶鬼，你们都不放过我，我上辈子是欠了你们啥，我把你当亲儿子养，到头还被你这个恶鬼害死，我就是死，也要拉上你这白眼狼，到地狱我也不会放过你……"柳红眼里恨不得喷血，吓得马平川不敢看她。

回到铜城，马平川只有一个念头，努力努力再努力，一定要考上警校，当一个警察，他要找出父亲王双龙外出打工失踪的真相，至少要知道他的死活。

"真相是人心……"

夜里失眠,他常常想起警校钟老师这句话,是啊,真相是人心,马平川感到自己就在一片汹涌江流里挣扎,沉浮,随波逐流,真相在不远处,却又遥不可及……

警校毕业后,马平川被分配到了水城公安局,他来到了周为工作的刑警支队。然而,周为已经不再是当年的周为,马平川也不再是过去的马平川。周为心里已然没有了那个站在荒草丛里等他的男孩,马平川也封闭起自己的从前,局里的人知道他是一个孤儿,但是没有一个人知道马平川就是从前的王志。周为不知道,已从副局长岗位上退休很多年的陈林也全然不知,马平川与当年那个躲在柜子里窥探外面的男孩王志,已然成了一个遥远的秘密。

当年选择读警校跟周为密不可分,那个电话号码2122718,成了他心中永远的一束光亮,在黑暗的时候让他不害怕,让他坚强勇敢,让他充满正义感……

现在的马平川陷入了一个深渊,当年周为追踪的母亲跳井案自己是最好的证人,从那个柜子里他看到很多,看到该看到的,也看到了不该看到的,那些各种背影、鞋子,让他窒息,他把很多真相都封存在记忆最偏僻的一角,让它们都死去,过去的都成为过去,谁也无法改变,他只想找到当年父亲失踪的真相。马平川知道,母亲柳眉的死,跟父亲失踪密不可分,如果父亲好好打工,美丽、温柔、有教养的母亲,怎么会成为马平川心中的一根毒刺呢?

"鬼,鬼……"母亲惊呼。马平川吓得连连后退,一脚踩翻脸盆跌在地上。母亲扑过来,马平川趁机扯下灯线,灯灭了,屋里漆黑一片。马平川爬到柜子里悄悄从里面扣上门,大气也不敢出。

黑暗中的母亲站立片刻点亮马灯,一步一步朝着柜子走来。躲在柜子里的马平川缩成一团,不敢发出丝毫声响。母亲凑近柜子门缝,一手提着马灯,一手使劲摇门,柜子里面的马平川用手捂住嘴瑟瑟发抖,惊

第十章 逃跑的男孩

恐万般,马平川从门缝看着外面的母亲,她狰狞地笑着。7 岁的马平川在柜子里,咯吱……咯吱,沉重的脚步声越来越近,他抠下柜门上的木节子,透过小孔,看见一双黑皮鞋,一步又一步,皮鞋踩踏木楼梯的脚步一声比一声急,他使劲想看清,还是只看见肩膀下面的大半个背影,突然,这个背影蹲下来,朝柜子里看,马平川慌忙赌上木节子,心突突跳。

堂屋门"吱嘎"一声,屋里没有声响了。马平川从柜子里爬出来,轻轻打开堂屋门一条缝,看见一个背影,还是那双黑皮鞋,出了屋子站在台阶下面停顿片刻,四处看,大步流星地走了。看见背影走出小院,马平川急急忙忙追上去,他要看清那个人。他来到院子门边,那个背影早不见了。马平川站在那里,猛然背后蹿出一个黑影一把勒住他的脖子,马平川的脚使劲蹬,脸被憋得通红,他感觉自己要死了,他还是想看清黑影是谁。正在这时,母亲从屋里走出来喊"小志,小志",黑影紧紧捂着马平川的嘴,马平川还在挣扎,脚蹬翻一块石头,母亲朝这边走来,黑影丢下马平川仓皇逃走……

马平川回到屋子里,看见母亲正拿枕头捂住弟弟重阳的脸。弟弟叫了一声"啊……"马平川后退时被凳子绊倒,慌忙躲进柜子里。死死拉着门,母亲使劲摇晃着门,他在里面用脚蹬着柜子,柜子门轰一声被打开,外面的光照进柜子里,外面的却不是母亲柳眉,而是派出所的陈林,陈林蹲在柜子门边恶狠狠地看着躲在柜子里的马平川……

"啊……"一声惊叫。马平川再次从那匪夷所思的梦境中醒来,这个反复循环的梦令他不安,更让他不安的是每回梦境结束时无一例外都是在这个柜子里。

蜷缩在沙发上的马平川,手里还拿着老周媳妇给他的照片,这是他们的全家福,左边是父亲,右边是母亲,他站在父亲旁边,母亲抱着弟弟笑得很美,这张照片是父亲外出打工前,带着一家人到县城照相馆拍下的,谁会想到这是他们一家人最后的一张照片……

这张照片让他封闭的内心,再起波澜,那些陈旧记忆滚滚涌来。

马平川把两张照片合在一起，又分开，移开，他找出纸笔，在抠掉头那张照片背后贴上卡纸，在卡纸上描画出一个面孔，画完他看着卡纸上的面孔，波涛汹涌……

柜子？陈林？可是，这两者之间有什么联系？

第十一章 神秘卡片

夜晚，小刘跟一帮人喝酒，他去卫生间时，突然，身后闪出一个人，小刘扭头一看，只见一个戴着鸭舌帽的背影一闪不见了，小刘追过去，走廊上空无一人。

小刘疑惑地站在那里摸着脸颊喃喃地说："真他妈见鬼。怎么回事？"

来到镜子前，突然发现自己的衣服上居然贴了一张纸条，上面写着："真相？"

小刘对着镜子里面的脸惊恐万般：真相……惊恐地伸手遮住镜子中自己的脸，大口喘气。

回到家里，小刘刚想倒一杯水，看见水壶上贴着一张便条，上面写着："真相"。他回头看见沙发上也有，他跑进卫生间，镜子上也贴着便条："真相"。小刘吓得跑进卧室，床上也有一张同样的字条，小刘吓得一屁股跌坐在地上。

马平川晚上回家，他弯下腰换拖鞋时，发现地上有一张便条，上面写的是：真相？刘主管？

马平川捡起地上这张字条，把它放在茶几上仔细研究，他也迷惑这张神秘字条是什么人放在他家里的。

马平川打电话给薛天和小卫，让他们立即赶回警队。薛天进门说：

| 灼日刺青

"马队,没有这样折磨人的啊,我刚回家,好不容易有个完整的周五,椅子还没坐热又被你叫回来,什么事?让我们这般奔波。"

马平川从包里掏出那张字条拍在桌上。

薛天说:"几个意思?"

马平川说:"在我家里发现的。"

两人顿时精神起来,薛天说:"什么时候的事?"

马平川说:"刚刚发现,什么时候放在我家里的就不得而知了。"

马平川把字条贴在黑板上,小卫说:"马队,我有个大胆猜测……"

马平川说:"你说。"

"我觉得这个人一定是熟悉刘主管的人,可以直接报案啊,为什么要用这个方式传递,我想肯定怕被报复,不愿意让人知道?"小卫说道。

薛天说:"小卫说得有道理,那天我带着小宋去殡仪馆,把李固失踪前几天的监控都拷走了,说是要做个技术鉴定,我看刘主管就有些着急。我那就是一个障眼法,我想这个监控是有问题的,但是,他们不动,我们就没法,怎么让他们自己动,我就带着小宋,哈哈,说是一个技术专家,刘主管阵脚就开始乱了。"

马平川说:"蛇惊了。"

薛天说:"没想到,这个蛇,太容易惊了,我都做好了打持久战的准备,没想到刘主管很快就沉不住气了,我还想花一年半载来追踪这个案子,真是有点意外啊,顺利得有点过头了。"

小卫说:"写字条这个人是谁呢?还是一个谜底。"

马平川说:"先不管是谁,明天突击把小刘带来问询,要把问询的气氛做足。"

薛天说:"现在我们只是怀疑,也没有什么有用的证据。"

马平川说:"证据嘛,可以先用这个……兵不厌诈,马平川指着黑板上的字条,从这张字条来……"大家点头。

警局问询室里,小刘不安地坐在被问询的座位上。马平川和薛天坐

第十一章 神秘卡片

在他对面。薛天负责记录，他起身调整了一下摄像机，回到座位上。小刘看着薛天打开摄像机，一脸委屈地说："马队，我犯了什么事你们要把我带进来，你知道从这里出去会影响我的名声。"

马平川说："不要急，只是对有些疑问进行例行问话，但是，今天的问询是严肃的，你要如实回答，好好配合，我们会保密。"

小刘说："你们问吧，我如实回答。"

马平川说："李固失踪，你是什么时候知道的？"

小刘说："马队，这个问题我都说过几次了，你们不是早就知道，怎么还问这个？"

马平川说："好，我先换个话题，你跟李固有什么矛盾吗？"

小刘说："哪有什么矛盾。李固这个人对工作的认真程度你们也看见了，5年连续被评为先进个人，他工作负责，业务能力强，正因为做得好，才让他为富豪女儿整理妆容。我们等着他，他一直没来，我才急得要死……这不，家属催，实在没办法，萧总让李夏来帮着完成为富豪女儿整理妆容，才算圆过这个事。那个时候，谁也不知道他失踪。李固虽然在我的部门，但是我们没有矛盾。李固这个人跟所有人都没有矛盾，他独来独往，大家都觉得李固是个好人，他除了性格孤僻，别的都挺好的。出了这事，我也在想，李固这样的好人能跟什么样的人有仇？对于李固的失踪，我们部门的人都觉得不可思议，我们都希望尽快查出真相。李夏这个可怜的孩子一直以为他父亲出门了，一直等着他回家呢。"

马平川拿起字条说："这张字条是我们发现的，上面写着'真相？刘主管？'这是怎么回事？"

小刘内心一惊，立马镇静下来，说："这能说明什么呢？我自己也收到了啊，你们可以直接举报呀，弄得玄乎神秘，说不定是谁恶作剧。再说，你们办案，就把这个不知从哪里来的字条当证据？"

小刘的反问将了马平川一军，大家都没想到面对这张字条，小刘居然如此坦然，接下来小刘的话更是让大家无语。

"前几天薛警官带去一个监控技术专家拷走了监控里面的内容,你们可以利用先进技术还原修复,再细细查看,人会撒谎,监控是不会撒谎的……"

马平川说:"这张字条你也收到?"

小刘说:"我收到的不止一张,我也不知道是谁搞恶作剧。"

马平川说:"这倒是没必要,因为字条突然出现,我们肯定要查清这张字条的情况。关于李固失踪,你还有什么可以提供的信息?"马平川的底气显得不足,他尽量掩饰。

小刘说:"该提供的都提供了,都好几次配合你们调查了,心想能配合你们查出李固失踪义不容辞,所以很多时候,我都放下工作全力配合你们,总之,就是希望尽快找出李固失踪的真相,这样我们内心也平静一些,殡仪馆还从来没出现过这诡异的事。"

这次问询,马平川被小刘滴水不漏的回答击败,小刘离开警局时回头对马平川说:"马队,还是那句话,我会尽力配合你们查找真相。"说完扬长而去。

马平川和薛天尴尬地站在走廊上,马平川说:"我还是没沉住气,让你见笑了。"薛天说:"我也没想到监控方面的技术专家这个事,被小刘拿捏住了,我们的杀手锏,分分钟被破了招。"

马平川的主动出击策略,被小刘反杀,这次突击的问询让马平川陷入被动。

马平川调整战略战术,欲从李夏这边破局……他有一个疑惑,字条与李夏会不会有关联?刚提出就被薛天和小卫否了,两人一致认为,李夏不可能。他俩坚信马平川没有他们了解李夏,毕竟李固失踪案一开始就是薛天和小卫在负责,他们接触李夏次数更多,包括蹲守、趁李夏不在悄悄去家里查勘等系列行动,他们肯定比马平川了解李夏,李夏没有这个能力把字条神不知鬼不觉地放进一个刑警队长的家里。不可能,绝对不可能……薛天不认同马平川的怀疑。

马平川说:"晚上我去李夏家里跟他单独聊。"

第十一章　神秘卡片

薛天说："你去？问题是要他愿意说话呀，即便他愿意说话，他说的话有几分可信？我没有别的意思，就是觉得李夏毕竟脑子与众不同，虽然在某些方面他确实有一般人不可比的地方，但是，他这个脑筋切换太快，我们跟不上。你去了又能了解到什么？我觉得找李夏就是浪费查案时间。"

马平川决定独自前往李夏家里。薛天说："就你一人去？你确定不需要我们跟着？"马平川说："跟什么跟，人去多了吓着他。"

薛天和小卫望着马平川走远的背影，薛天说："今天马队的面子让小刘整丢了，这个小刘真是厉害，平常看着他点头哈腰，问话的时候还很拿捏得住人，马队这是不服气，他要从李夏身上下手，这不是等于白浪费时间。我觉得证据还不足，这监控问题反被小刘整住了。"

"马队这人，平时很稳重，这次不知怎么啦，急躁得很，还要主动出击，这下主动出击了……谁知这个小刘也不是等闲角色，几下就把马队给整得无话反驳。他的面子，面子搁不住了……"

小卫说："马队这人太好面子，跟自己赌气呗。"

薛天说："哎，小卫你这个人只敢躲在背后说三道四，也不上去劝劝他，他一个人生闷气，你不心疼？"

小卫打了薛天一拳说："薛天，你嘴欠啊。"

薛天跳上车子，伸出头戏谑道："哈哈，你告诉马队，等等，那些人会比我们更着急，急了才会乱方寸，一乱，破绽就容易露出，现在我们要沉住气，让子弹飞一会儿……"

车子轰地一声开走了，小卫朝着车子背后骂了一句"无趣"，便走了。

李夏趴在小桌子前，盯着他画出的 11 张身份证出神，他把身份证一张一张地排列起来，他按照祝奎那叠身份证的排列方式，那个唤醒他幼时记忆的身份证排在第一，他能清晰记得哪一张身份证排列在哪里，半点都不会错。

| 灼日刺青

　　李固还没有失踪的时候，李夏成天钻进自己的小屋里，扑在那些人体图上，每个局部都如同有透视眼，肌肉、骨骼、经脉，全都在他脑子里摆放着。李固失踪后，李夏更感兴趣的是眼前这 11 张诡异的身份证。现在桌上的是他重新画的两份身份证之一，一份身份证他之前悄悄地放在父亲李固的口袋里，想给李固一个惊喜，然而，李固和身份证都不见了。他看着这一份出自自己亲手绘制的身份证，很多画面扑面而来，最上面那张身份证上的照片，如一条虚线，正在把李夏的记忆一点一点串起来，时有时无。

　　现在，李夏每天都仔细琢磨身份证上这些人，他把这些人的身份证号、家庭住址刻在脑子里，身份证上人的信息，他可以倒背如流，尤其是排在第一个的……

　　李固失踪一个多月，李夏开始是每天睡觉前重复父亲教他的话："他，不在家"，"他，很快就回来……"自从有了这叠身份证，身份证就像一把密钥，打开了他的脑门。某一早上，睡在床底的李夏醒来，突然脑子里映出一个画面，好像听见一个声音在耳边说话："李固失踪了，李固失踪了，不会回来了。"这个声音诡异又清晰。

　　傍晚，马平川来到李夏家里，看见李夏正在专注地摆弄桌上的 11 张身份证。

　　马平川给李夏带来一只烤鸭，香气四溢的烤鸭让李夏忍不住咽口水。马平川自己进厨房找了一个盘子把烤鸭装在盘子里面，熟门熟路，又拿了一个小碗把甜酱装好，放在李夏面前，自来熟地笑着说："李夏，我在门口买的烤鸭，快来吃，趁热吃。"

　　"谢谢警察哥哥。"李夏居然会说谢谢，马平川的心里跳了一下，眼前这个翩翩青年并没有像外面人说的那样傻，他还会说"谢谢"，证明马平川此行不会毫无收获。

　　马平川坐在李夏对面看着他吃烤鸭，李夏把盘子推过来说："哥哥吃。"李夏这一声，竟把马平川叫得心里难过，他又把盘子推到李夏面

第十一章　神秘卡片

前说："我吃过了，这是专门给你买的。"看着李夏吃得津津有味，马平川想起遥远的往事，一个小小的身影追在他身后喊："哥哥，哥哥……"马平川把难言的滋味憋回去，偷偷抹了一把眼角的泪水，望着眼前这个俊美青年，心潮澎湃。

马平川突然注意到，桌子一边是齐齐排排的卡片，他感到奇怪，端着椅子坐到排列身份证的一侧低头看……"别动"，李夏咬着烤鸭的声音阻止了马平川。

李夏的神情更激起马平川的好奇："李夏在玩游戏啊？我不动。"

"别弄乱啊。"李夏说道。然后继续吃着烤鸭。

"放心我会不动，李夏，我能起来看看吗？"马平川小心翼翼地说。李夏点头说道："不要弄乱我的东西。"马平川说："不会的。"

马平川起身来到李固的房间，跟薛天和小卫他们说的一样，李固的房间十分整洁，东西不多，但是摆放得很整齐。他来到李夏的房间，四壁上挂满各种人体图，简直就是一个小型的资料室。床上摆满人体骨骼图，大的、小的放得到处都是，还有那个不离身的笔记本、帆布包……马平川低头看见床底下铺着垫子，难不成李夏是睡在这里？马平川觉得奇怪，这个孩子有床不睡，偏偏钻到床底下……马平川蹲下看看床底下，起身出去了。

回到刚才的椅子坐下，马平川看着李夏吃得津津有味，耐心地一笑说道："慢慢吃。"说这话时，马平川瞟了一眼面前的卡片，马平川觉得奇怪得很，这个孩子在玩些什么？他低头一看，这一看，马平川心中顿时波涛汹涌，这一眼，石破天惊……在这小卡片上，马平川居然看见了一个名字——王双龙，这是他再熟悉不过的名字，他想不到，在李夏这里会看到这个名字，这是一个卡片，模仿身份证制作的小卡片，上面的名字、出生年月、照片、身份证号、住址，一样不少，清清楚楚，这个人就是他的父亲王双龙，24年前外出打工自此未归的王双龙。父亲失踪后，母亲带着他和弟弟。晚上，躲在柜子里的他扒开柜子上的木节子，看见穿着各种各样鞋子的男人大半个背影……他的家完了，弟弟重阳死了，母亲柳眉死了，一个原本幸福的家庭彻底毁了。一想起夜里从五斗柜木节子小孔看到的胶鞋、皮鞋，马平川觉得自己快窒息了。在他记忆里，父亲和母亲感情甚好，可是，他想不通，为什么父亲失踪不久，那些胶鞋、皮鞋便在夜里穿梭而来。后来，每回他看见的鞋子不再是杂七杂八，而是那双擦得锃亮的黑皮鞋，黑皮鞋，半个背影……是刺在马平川心里的恶毒刺青，一想到柜子外面的背影，他就会失控，他一个人不恋爱不结婚，外人有所不知，其实，他封闭自己的过去，连同现在，在某种程度上说，也被他拒之门外，他不是木头，面对小卫的态度他怎会不知，只是他极力封闭过去。大年三十夜，在大家欢聚一堂时，他的母亲柳眉捂死了弟弟，自己跳井死了，一个7岁的孩子，躲在柜子里看见外面世间的变故，要独自承担这世间的突变，这一切让原本快乐开朗的他变得沉闷孤独，他不明白，一夜之间人间惨剧就在他家里发生了。他当警察也是想找到父亲失踪的原因，父亲到底是死是活？这是他的一个心结。

马平川的内心惊涛拍岸，如果不是弟弟重阳早年死去，这一刻，有点失态的他真会怀疑眼前这个孩子就是他的弟弟重阳，但是，重阳的死是不争的事实。

当年柳红带他去铜城时，还去了母亲柳眉和弟弟重阳的坟前，两座坟，小的那座就在大的那座坟旁边，一大一小紧紧挨着。

马平川暗暗深吸一大口气，平静一下内心说："李夏，这个东西哪里来的？"

李夏头也不抬地说："我自己画的。"

马平川说："你是仿照什么画的？"

李夏说："身份证，爸爸说是老身份证。"

马平川说："身份证现在在哪里？"

李夏说："祝奎拿去了。"

马平川说："祝奎？为什么他会拿去？"

李夏说："是他的，他带来我们家的，被我藏了起来，我去苗圃园上班，祝奎看见我在排列这个身份证，就像现在这样把身份证整整齐齐排在一起，被祝奎看见，他就拿走了。"

马平川说："祝奎说什么了？"

李夏说："没说什么，这个身份证是他带到我家里的。"

马平川说："他什么时候带到你家里的？"

李夏说："端午节，他把身份证摆在桌上，走的时候他忘了又回来拿，被我偷偷拿走了。"李夏想说，因为看见身份证上一个人才拿走的，但是，他没说出口。

马平川说："李夏，你好好想一下，祝奎拿走身份证的时候有些什么表情？哦，就是高兴还是不高兴……"

李夏的话出乎马平川意料："诡异……"李夏这个表达让马平川吃惊，突然，一阵电流一样的激动瞬时闪过，他，可能接近真相了，不止是李固失踪案，还有24年前11个人的失踪案，也不会太远了。马平川意识到李夏画的这11张身份证太重要了，这不正是当年失踪的11个人吗？

这个身份证让他捋出一条线：李固的失踪肯定跟祝奎脱不了关系，11张身份证是祝奎带来的，祝奎一定是当年失踪案的知情人……

内心经历惊涛拍岸，马平川努力镇定下来，他太清楚这个意外得来的线索太珍贵了，他决定放下自己的过去，全力投入案件追踪。

马平川说："李夏，你这个卡片画得太好了，简直太像了，我们李夏不仅是绘画天才，还是一个当法医的好料。"

李夏眼里亮起来，说道："真的，你说我能当法医？"

马平川说："对，如果以后你愿意学习，我给你找老师跟着学，你能当一个最出色的法医。"

李夏说："我想当法医。"李夏像个孩子高兴得团团转，在屋里串来串去，又来到李固的房间，趴在李固的床铺上说："爸爸，我可以当法医了，当法医。"脸埋在床上激动得哭泣……

站在门边的马平川看着哭泣的李夏，泪水涌了上来。

马平川说:"李夏,你画的这个卡片可以给我吗?"

李夏想都没想地说:"不。"

马平川说:"为什么?不就是照着身份证画的吗?对你也没有什么用处,你把它给我,我有用处。"

李夏沉默片刻:"你等着,我画给你。"李夏回到小屋找来纸笔,就在小桌子上画起来,不一会儿,11个卡片画完了,重新画出来的卡片跟桌上的一模一样。马平川心里惊叹不已。李夏把卡片用橡皮筋捆好递给马平川,马平川一看,李夏画的顺序是按照他排在桌上卡片的顺序。李夏给的11张卡片,马平川父亲王双龙是放在最上面的。马平川起身告辞:"李夏,我走了,下次再给你买烤鸭,谢谢你画的'卡片'。"马平川的身影消失在茫茫夜色中。

在李夏家里看到11张卡片那一刻,马平川差点控制不住自己,这不是老周卷宗里那11个外出打工失踪人口吗?这11个失踪人口中,马平川的父亲王双龙也在其中。老周为这个案子把他的一生都陷进去了,老周留下这个卷宗给他,看来也是天意。在警局,没有人知道他就是当年轰动一时的11个打工失踪者其中一人的儿子,更没有人知道他就是当年躲在柜子里偷偷从小孔看外面的王志。周为不知道。当年派出所所长陈林不知道,当年他以为周为骗了他,他一直等着周为找他,后来周为也消失了,作为孩子的他,那个时候周为在他心里是最可靠的,他把周为当成救世主,可是周为再也没有出现,分配到刑警支队的马平川知道当年周为发生了一场车祸,知道了后来的一切。周为在刑警支队时候的故事,经常被人提起,周为听见,不以为然一笑:"都过去了,不值一提。"

当年柜子里的小男孩王志成了今天的马平川,在局里这是一个秘密,主要是他自己封闭了过去那个发生在一个7岁小孩身上的惨剧,他不愿回顾。周为也好,陈林也罢,他们都曾经存在于他最不堪回首的那段记忆里,要封闭过去,先要隔绝过去存在记忆里的人。周为到死也不知道,他喜欢的这个年轻的刑警队长,就是当年躲在荒草里喊他的孩子，就是他郑重其事在他手臂上写"2122718"的那个孩子。如果，周为知道他就是当年的那个孩子，周为会是一个什么样的表情，他想象不出。但是，马平川知道周为是一个真正的好警察，后来，他跟他，成了莫逆之交，他信任他，他也信任他，所以，周为跳楼前才会把这个未完成的案件卷宗留给马平川。在马平川看来，这不仅是信任，还有校友情怀，两人都从一个警校毕业，一喝酒高兴的时候，周为会叫他老弟，警队一帮小年轻人就要起哄："老周，你自降辈分啊，你的年纪当他爹也不为过，马平川也是一个无父无母的人，你就认下这个干儿子……哈哈哈，认下……认下……快点端上茶水，跪拜干爹……"

马平川从警校毕业来到刑警支队报到那天，在走廊上，他看见一个背影，走路姿势还是没变。马平川看着那个背影发呆，带他报到的警察说："你看什么，你认识陈副？"马平川说："哪个陈副？"警察说："马平川，你这一脸蒙啊，马上就要当刑警了，要入职新岗位了，也不做点功课，这就是陈林，陈副局长。"马平川看着那个消失在转角处的背影，似乎很茫然……"快走吧。"带他报到的警察说。马平川说："来了。"他仍然扭头往空荡荡的走廊上看。

后来，马平川才知道，陈副局长就是分管刑警支队的分管领导，当年的派出所所长陈林也想不到，眼前这个小子竟然会是那个小男孩王志。马平川当了刑警支队副队长第二天，他就来到分管领导陈副局长办公室。马平川敲门，陈副局长说："进来。"

马平川进去坐在宽大的办公桌前，坐在对面的陈林一脸慈祥地说："平川，有什么事？你是我们警队最年轻的干部哦，好好干，我看好你。"

马平川说："陈副，感谢您的信任，我今天找您想汇报一件事。"

陈林说："不错，这就是我欣赏的年轻人，有激情，刚提干就有做事的信心，这才是担当有为的年轻人嘛。"

马平川说："陈副，我……要汇报一件事。"

陈林说："什么事，别吞吞吐吐的。"

马平川说:"1994 年那桩轰动水城的 11 个人口失踪案,我想申请再查一下,当年虽然结案了,我觉得那个案子有些蹊跷,结案草率,不到半年 11 个人失踪,这个失踪人口太集中了。"

陈林恨不得从座位上跳起来说:"查,你以为这是一件简单的事,初生牛犊啊,你想建功立业是好事,但是不能太心急,现在的案件还忙不过来,这都多少年前的案件了,你还要把他翻出来。问题是,翻得出来吗?当年是付出了大量人力物力跑遍了全国多少个县市,这个你可以向档案室的老警察周为了解一下,当年就是他负责这个案子,为了这个案子,他差点把命都搭进去。当年,他也不同意结案啊,他就觉得还应该再查下去,但是,我们当年耗尽人力物力,老周是最清楚的。"

"重启旧案?你知道这意味着什么?"

马平川说:"意味着什么?"

陈林说:"意味着,你把从前的定论否定了,意味着,当年参与这个案子的领导和同事都将被搅进来,就算我同意,那些调到省局的领导同意吗?你别想得过于简单,多动动脑筋,要查早就查了,还等到现在?我理解你想破大案的心情,但是,很多事情不是你想象的那么简单。如果简单,当年早就侦破出来了。老周,你的校友,一直在这个案子上走不出来,我可以负责任地告诉你,这个案子不是你想到的那么简单,你眼睛看到的不一定是真相。老周,当年在刑警支队鼎鼎大名,难道人家还没你有经验,这个案子把他给整得差点献身,这个事情以后就不要再提,我也还有两年就退了,等我退下,你爱怎么查就怎么查。"

马平川沮丧地走出办公室,他来到周为的办公室想跟他探讨 1994 年的 11 人失踪案,在门口看见周为正在抄写档案,电话响起,他接起电话:"啊,老婆,好,下班我去买,你还想吃点什么,我给你买回来,想不想吃小龙虾?我做麻辣小龙虾,你最喜欢的……"马平川走了,他不想跟周为讲了,突然,他感到自己错了,以为当了警察就能查当年的

第十一章 神秘卡片

失踪案，现在看来，就是他一个人的狂欢。他也渐渐放下1994年的11人失踪案，把所有精力全部投入到工作中，只有这样他才能暂时忘记1994年人口失踪案，他才能暂时忘记大年三十夜，那个家破人亡的惨剧。

陈副说得对，一个已经结案多年的悬案，谁，又愿意陷入其中？

马平川没想到，老周，就是愿意陷入其中的那个孤独者、孤勇者……这是老周跳楼身亡后，马平川从那个卷宗上重新认识了一次老周，他，还是王志在荒草等着、信得过的那个老周，只是他遇上困境，困在诡异的案子里，他没有逃，老周还是在荒草里写下电话号码2122718的老周，还是王志心里的英雄……

马平川一夜未眠，他还是蜷缩在沙发上，一只手里是那两张发黄的老照片，一只手里是李夏画的"卡片"。马平川决定要回北甲镇一趟，这是一个艰难的决定，从跟着柳红离开北甲镇，马平川再也没有回到那个地方。那里，有他终身无解的痛，他可以封存，但无法删除苦难的记忆。

深夜，失眠的马平川骑着摩托车飞驰来到海埂，马平川朝着水面疯狂喊："王双龙……柳眉……重阳……马平川……"

喊累了，马平川面朝湖面坐在黑暗的湖边，谜中谜，案中案……李固失踪，王双龙失踪，柳眉自杀？突然，从柜子里看到一个人影忽地串过……马平川把这个画面重新在大脑里回放，回放几遍，马平川脸色变了，他想起了什么，他记忆的闸门被开启……他看见王志躲进柜子，抠开木节子，小孔透过一缕光，王志的眼睛贴在小孔上，外面一双黑皮鞋走过来，走进母亲的屋里。他趁着那个背影进里屋，悄悄爬出来轻手轻脚来到院子里，他来到院墙边撒尿，刚想回去，他听见屋里有响动，不敢回去，就坐在墙边的草堆后，听见屋里没有声音了，他要起身，他看见母亲走出来，他从屋子里出来，左右看在寻找什么，母亲来到水井边，站了一会儿，弯腰朝水井里看，突然，一个身影从后面一推，母亲无声无息地落下水井……因为，王志在草堆后面，他看出去的视觉有限，一个黑影飞上前？母亲弯腰看水井？

突然,马平川想明白了当年想不通的事,母亲其实在寻找他,四处看他不见,来到水井边弯腰看……后面的人速度极快地推了她一把,母亲柳眉栽进水井……

黑暗中的马平川满脸惊愕。

第十二章　破局

　　夜深人静，祝奎悄悄来到窗边看了看，又回到床上对着窗户坐在床边，此刻的祝奎心乱如麻……

　　走廊上灯光暗淡，查夜护士脚步声越来越近，祝奎慌忙上床睡下，护士走到病房门口，停住脚步朝门上的玻璃口望了望，看见病房里两个人都睡得很好，护士走了，直到脚步声消失，祝奎又爬起来，回头看一眼旁边那张床上的年轻人，据说那人是被迫害妄想症。祝奎起身悄悄来到年轻人床边弯下身子看了看，年轻人睡得打呼噜，他伸手扒拉一下，那人也没反应。祝奎又来到窗边，牢实的防盗网把精神病院跟外面的世界隔开。

　　祝奎面对窗户坐下，他需要把那天所有的事情细细捋一遍。

　　那天中午，他回到小屋，一眼就看见李夏摆在桌上那 11 张身份证，这不正是他丢失的身份证吗？怎么又出现了？并且在李夏这个傻孩子这里……桌上的那个排列顺序跟他原来的一样……

　　祝奎腿都软了，这突然出现在小屋的身份证差点没把祝奎吓个半死。祝奎实在想不通怎么自己此生最重要的东西居然会落在李夏这里，这个傻子……傻子……李夏就没有靠近过他，况且，那晚回到李固家里取身份证时，李固把桌上的身份证递给他，他亲自把身份证装进自己的衣服口袋里，还拍了一下口袋，分明感到那叠身份证的存在，这几个细节，他一点都不会记错。

灼日刺青

他记得，自己站在大片万寿菊中跟李夏说："早上晚点来，睡个懒觉，明天我又买烤鸭给你吃……"他看着李夏背着那个不离身的帆布包走在斜阳里，直到李夏转过那个弯，他才慌忙返回小屋，嘴里连说："见鬼了……见鬼了……老子不信鬼神的人，世间没有鬼，只有人扮鬼。"祝奎把从李夏手里夺回的身份证拿出来，一张一张齐齐摆在小桌上，他在等待天黑，他把大蜡烛切断，改成11个短蜡烛，在每个身份证前面摆上一个蜡烛。

祝奎在门口转来转去，天，终于黑了。

夜色弥漫，苗圃园一片寂静，偶尔几声狗吠从远处传来。

祝奎来到小屋背后四处张望，周围一片寂静。祝奎在小屋背后蹲下，从塑料袋里拿出烧纸摆成11个堆，然后一堆堆点燃，他对着每个纸堆低声说话，来到最后一堆前他说："如果你还是活人，躲在哪里？如果你已经是死人，今晚你就托个梦，让我也安心。"纸堆烧完后，祝奎对着火堆拜了几拜，突然，一阵风卷走地上的灰烬，祝奎眼睁睁看着11堆灰烬随风翻卷消失在茫茫黑夜。祝奎心里惊悚，匆匆回到小屋，他没有开灯，而是点亮身份证前11个削短的蜡烛，给自己倒了一杯酒，端出白天剩下的烤鸭，他抬起酒杯朝地上泼去，端个凳子趴在桌前，定定地看着齐齐排排的蜡烛上诡异跳动的火苗，用手扒拉一下排在第一的蜡烛，死死盯着，目光诡异。

祝奎眼睛盯着小桌上的身份证，脑子里不停地想着李固失踪的诡异。在他心里李固是个狠人，怎么会被他吓了躲起来？这个理由不符合李固的个性：你死，我活！这才是李固的个性，人的性格是不容易改变的，他陷入李固失踪的黑洞里……还有李夏的态度让他不解，疼爱他的养父不见了，他成天跟没事一样，这说不通啊。虽说李夏傻，但是他不全傻呀，有时候他比一般人聪明，这一切，在祝奎心里都是一个谜……

祝奎呆呆地望着眼前11根短蜡烛上跳动的火苗。突然，小屋门口不知什么时候站着一个人，祝奎抬头看到吓了一跳，慌忙把桌上11个小蜡烛火苗压熄，唰一下把排列的身份证拢在一起，拿过装烤鸭的盆子

第十二章 破局

压在上面。

来人指着桌上的蜡烛说:"你这是在干什么?"祝奎机灵地回答:"祭奠先人。"那人四处看看:"怎么样,住在这里?"祝奎说:"很好,清净得很。"那人并没进来,只是站在门边朝里面望,祝奎请他进来坐,那人说:"不了,你注意安全,我刚才是看见屋背后有火光,过来查看一下。"祝奎跟在那人后边到小屋背后查看,灰烬早被刚才那阵风卷得干干净净,祝奎说:"我给先人烧点纸钱,我都看着火熄了才走的,你放心我懂得安全。"那人说:"安全无小事,要注意。"祝奎说:"是……是……我一定注意,一定注意……"祝奎目送着那人离开。

突然,祝奎心里猛抽一下,眼前这个背影好熟悉,走路时,肩膀一高一低,那人打着电筒走了,祝奎却瘫坐在椅子上。声音?那个似曾相识的声音又出现了……猛然,祝奎想明白这久以来困惑他的事,李固,并不是他要找的故友,而眼前这个人才是。李固身高、体型跟眼前这个人相似,但是,声音大不相同……

在五孔桥上与李固偶遇那个夜晚,李固在桥上来回走的背影,相似之处是走路时肩膀一高一低,当时祝奎就是凭着走路背影那个姿态认定,李固就是他历经重重艰险,死里逃生要寻找的故友……现在他确定,这人才是他要寻找的人,但是,精明的祝奎已经嗅到一丝危险的气息,他忽然明白为什么李夏会突然来到苗圃园上班,小刘那边很需要李夏的。李夏来到小屋就抛出一个重磅炸弹,这失而复得的身份证让祝奎惊恐万般,祝奎肯定地认为,身份证是有人让李夏带来的。还有什么可说,摆明是一个威胁,身份证的出现,告诉祝奎危险来了,他原来的计划都泡汤了,因为从来人的眼神里,他看到跟以前一样的狠劲,这股狠劲没变,一辈子都没变。现在,细细想来,李固眼睛里就没有这股狠劲,关于李固的失踪也是一个谜……

20多年前桥头那一幕再现,两人站在桥上,一个说:"此生永不相见。"另一个也说:"此生永不相见。"两人朝相反方向匆匆走了。

想到这里,祝奎慌忙起身,来到门外,在黑暗的夜色里转了一阵,最后他的目光盯在小屋门前一块石块下，他搬开大石块，在下面挖出一个坑，匆匆回屋里把那叠身份证装在一个塑料袋里，转身出来把11张身份证埋在土里，埋好他把土压实，又搬回那块大石块：越危险的地方越安全，这个地方没有人会想到。

做好这些，祝奎一夜没睡，从来人的眼睛里他看见了极度危险，他不能在这里，也许明天、后天……说不定他也像李固一样——失踪。他必须尽快离开这里，天快亮时，祝奎想出一个办法——装疯，装疯把事情闹大，警察本来就在追踪李固失踪的事情，他暂时不敢乱来，出此下策，也实在没法了，命都要不保了。

第二天，在殡仪馆门口，祝奎开始上演突发疯病的戏码，闹得人尽皆知，大家都说：倒邪霉了，李固失踪，花匠疯了，这是怎么啦？

祝奎被送进精神病院，祝奎心里清楚这个只是缓兵之计，一旦被识破，很快就会招来要他命的人。几天后，来了一个年轻人，夜里祝奎发现新来的病人睡眠很好，在精神病院里面，夜里睡得很好有点奇怪，眼前这个人让他生疑，他怀疑是那个人派来监视他的。现在，他得想办法尽快逃离这里，当然，他还要去苗圃园小屋那里，把埋在石块下的那叠身份证拿出来。原来指望这个挣上一大笔钱，现在看来自己小命都有危险，他低估了事情的严重性。

现在祝奎最迫切的就是逃出精神病院，去拿回那叠身份证，然后离开这个是非之地。

月黑风高的夜，祝奎一直面对窗户坐在床边，查夜护士的脚步声近了，他立刻倒下，护士照例站在门边朝里望一眼走了，护士脚步走远后，祝奎又爬起来，脱下病服换上外套，轻轻来到隔壁床的年轻人面前看了看，偷偷溜出病房。值班护士伏在桌上睡着了，他悄悄取走防盗网钥匙，打开门又返回把钥匙放回原处，再偷偷打开门出去并锁好防盗网。

来到楼下，祝奎深深呼吸一口空气，他顺着围墙绕了一圈，在一棵大树前停住，他爬上树踩着一个枝条跳上开水房的房顶，墙外面是一个

第十二章 破局

水沟,他一个纵步跳下去,转瞬消失在夜色里。

他来到街上,找了一辆小电摩托,骑上朝着殡仪馆飞驰而去。祝奎不能从正门进,他便绕着殡仪馆围墙来到靠近苗圃园的一段偏僻的围墙外,他从一个小土包上爬上围墙翻进来,夜色里,苗圃园静寂一片。祝奎紧张的神经松弛下来,他悄悄潜回小屋,摸黑搬开门口的大石块,伸手掏出那叠塑料袋包裹着的身份证。看着手里的身份证,祝奎松了一口气,正要把身份证装进衣兜里,突然,几支电筒的光一下照在他身上。祝奎大惊,五六个警察如同天兵天将,突然出现在他身后,让他百思不得其解的是,隔壁床铺的年轻人也在其中。他逃走的时候,这个人不是正在呼呼大睡,怎么提前来到苗圃园的?

薛天从祝奎口袋里掏出身份证,小卫说:"马队这个以退为进的局布得高。"

祝奎盯着眼前这个年轻人,他似乎还没明白,这个很爱睡觉的年轻人原来是潜伏在他身边的人。瞬间,祝奎瘫坐在地,他觉得自己智商严重受辱,说:"你原来是警察?"年轻人说:"你的一举一动都在我们的监控下,你以为护士真的睡着了?你以为钥匙很轻易拿到手?这是我们马队布的局,你中招了。"年轻警察说:"还是马队厉害啊!我都觉得我这个卧底毫无意义,我都以为他是真疯,没想到马队火眼金睛,一个计谋,妖怪现原形了……"

薛天说:"山重水复疑无路,我都以为李固这个案子找不到破绽,没想到马队这招厉害,佩服。"

几人并没有走大门,几个警察押着祝奎从围墙翻出去,年轻警察从土包后面开出隐藏的车,一场悄无声息的抓捕行动完成了。车子在黑暗里朝着警局开去。

车上,祝奎忍不住问:"你们怎么知道我会从后面的围墙翻进来?"

年轻警察说:"你敢从大门进来吗?"

薛天拍着年轻警察的肩膀说:"后生可畏啊。"

年轻警察说:"是马队厉害,他这一招出其不意。"

这场悄无声息的抓捕行动神不知鬼不觉，就连殡仪馆的萧立问都不知道，他们以为祝奎还在精神病院，医院这边也积极配合警方，关于祝奎的事严格保密。

马平川和薛天连夜对祝奎进行突击审问，祝奎坐在对面，一脸沮丧。

马平川说："祝奎，李固失踪的事，你有什么要说的？"

祝奎说："警官，我不知道李固为什么会失踪。"

马平川说："你是他唯一的朋友，你一点都不知道，说得过去吗？"

祝奎说："我也觉得奇怪得很，怎么就突然失踪了呢？"

马平川说："既然李固失踪与你无关，为什么要装疯，对此你有什么话要说。"

祝奎说："李固失踪与我半点关系都没有，我发誓，天地良心，我也是跟李固认识不久的朋友，我也想不通他为什么会突然失踪。真的，你们一定要相信我，我也觉得古怪，李固突然就不见了，他才在殡仪馆帮我找了个工作，我都还没来得及感谢，他就不见了……警官，真的跟我没有半点关系。"

马平川说："我再次提醒你如实回答，现在我问你的问题是，为什么装疯？"

一开始祝奎差点被马平川的气势压倒，江湖混子的他转瞬便表现出一种镇定："我害怕……"

马平川说："你怕什么？"

祝奎说："我看见一个大头鬼，围着我的屋子转，那天晚上，我在屋子背后烧纸钱给我的先人，突然背后一阵阴风刮来，这好好的天气哪来的风，回头一看，妈呀，我吓得半死，眼前站着一个看不清脸的人，这个大头鬼不知什么时候来到我的跟前，吓得我连滚带爬回到屋里关上门，也不敢开灯，也不敢睡觉，直到天快亮我才悄悄打开门出去，外面什么都没有，但是，警官我向你保证，那天夜里我确实看见了大头鬼，我是被吓蒙了，夜半三更殡仪馆本来就让人多少有点害怕，我这一回头，猛地看见身后的鬼心里别提有多恐怖了。警官，你们是没瞧见，如果你们看见你们也会怕的。"

马平川说："就算你看见你认为的'鬼'，与你装疯有什么关系？你可以跟领导汇报，跟管安全的同事说呀，你这个疯，疯得是时候啊。"

薛天忍不住插话："不是疯，是疯狂。"

祝奎说："我不敢跟领导说看见鬼啊，说了不好呀，让大家害怕我也过意不去。我不敢再在苗圃园了，又怕萧总觉得我不识抬举，李固专门找了萧总，萧总给李固面子让我干了一个轻松自由的活，我咋好说。"

马平川说："这个你不敢说，装疯，这个荒唐的事你又敢干，我们都低估你的智商了。"

祝奎说："警官，我就是这样想的，真真实实的想法。"

马平川怒气冲冲地把那叠身份证甩在他跟前说："祝奎，我姑且不说你装疯的事。你咬定李固失踪跟你没关系，这个，跟你有没有关系？11张二十几年前的身份证，这些老身份证跟你有关系吗？"

祝奎说："这个……是我捡的。"

马平川说："为了这些身份证，你不惜夜半三更从医院里逃出去，跑回殡仪馆去拿，并且偷偷摸摸从后围墙爬进去，你如果没有鬼，怎么不从大门进去。"马平川咄咄逼人地说。

祝奎说："我是装病的，我不能从大门进去，我怕被人看见。"

马平川说："这些老身份证，你是怎么得到的？"

祝奎说："从李夏那里，李夏这几天来苗圃园上班，我看见他把身份证放在桌上就起了盗心，我看着上面有一个人像我一个亲戚，就顺手拿了过来，李夏当成卡片玩，我当作一个纪念嘛。"

马平川压制住怒火，来到祝奎面前，拿着身份证排列在祝奎眼前说："亲戚，是谁？告诉我。"

祝奎心虚地指着一个人说："王双龙，就是我的亲戚……"

"祝奎，你耍我们，你敢耍警察……等着吧，你等着看你怎么死。"

灼日刺青

马平川手指捏得咯咯响,愤怒地离开审讯室。薛天不解地跟着出来说:"不审啦?"马平川大步流星,头也不回地说:"审什么审。"薛天抱着记录夹站在背后,看着走廊上大步而去的马平川,一脸蒙。薛天感到奇怪,马平川是个有定力的人,怎么就被祝奎激怒犯了审讯禁忌?马平川审过的嫌疑人无数,经验丰富,为什么会犯低级错误,还因此终结审讯,这是怎么了?薛天脑子里一团迷雾。

那天,李夏从苗圃园出来,遇见萧立问,萧立问拦住李夏说:"李夏,我交给你的事情你有发现什么不对劲的吗?"李夏欲言又止,萧立问亲切地说:"李夏,你不要怕,有我在,你大胆说,说错了我不怪你。"李夏说:"身份证,他拿走了身份证。"

萧立问疑惑地说:"他拿走什么身份证?"

"11张身份证。"李夏摸着他的帆布包。

李夏,你可把我整蒙了,什么身份证?我是问你祝奎有什么不对的?不是问你身份证……你不会忘了你去苗圃园的任务了吧?萧立问表情亲切而无奈。

"身份证……没忘。"

"你老提什么身份证,我听不懂哎,你这孩子……"

李夏突然拉着萧立问来到一个僻静处,从包里掏出一叠卡片说:"这个,是我照着祝奎手上的身份证画的,跟他拿去的身份证一样。"

萧立问接过李夏给他的卡片,一看,萧立问大惊失色地说:"你哪里来的这个?为什么你会有这个东西?"

"祝奎放在我家的,我照着画了两份,一份装在爸爸口袋里,一份自己收着。"李夏还有点得意。他没发现萧立问脸色大变。

"李夏,刚才你说的身份证在哪里?"

"祝奎拿去了……可是我画了呀。"

萧立问:"这个可以给我吗?"

李夏说:"不可以。"

第十二章 破局

萧立问一张一张打开卡片看了一遍,把卡片捏在手里:"李夏到我办公室,我给你好吃的东西,你给我这个,我们交换可以吗?"

李夏想想点头,跟着萧立问去到他办公室,萧立问把自己桌上的一个地球仪给李夏说:"这个跟你换,行吗?"

李夏坐下用手转动地球仪,一脸兴奋地说:"可以的。"

"李夏,你这个卡片画了几份?"

"两份,一份悄悄装在爸爸的口袋,一份自己留着玩……"李夏隐瞒了一个细节,上次马平川去家里,看见了他的卡片,李夏原模原样画了一份给马平川,但是,他没有跟萧立问说实话,咬定自己画的是两份。

李夏抱着地球仪高兴地走了,边走边看。萧立问出神地看着李夏的背影离开……

萧立问坐在办公桌前,一遍又一遍翻看 11 张卡片,然后闭上眼睛。小刘进来找萧立问:"萧总,刚才警队那边来电话,说他们从监控上找到了痕迹。"萧立问说:"知道了。"小刘说:"萧总,你身体不舒服?"萧立问说:"有点胸闷。"小刘说:"怕是着凉了,你要小心呀,我给你拿点药?"萧立问摆手说道:"不用,昨天没睡好,休息一下就好。"小刘说:"萧总,那你休息,我不影响你了。"

突击审讯祝奎的第二天,马平川坐在黑板前正发呆。小卫轻脚轻手走到他跟前说:"马队,你没吃早点吧?给你。"小卫递给马平川两个油条,薛天忙着给马平川泡了一杯茶说:"来,来,马队喝杯热茶,吃着油条。"

薛天说:"一看就知道你昨天又熬夜了,一夜没合眼吧,黑眼圈都出来了。"小卫说:"你这熬夜熬得头发都油得一股一股结起来了,哦哟,头皮屑好多呀。"警队人员在背后偷笑。

马平川吃着油条,眼睛却盯着黑板,突然,他丢下油条来到黑板前,拿起粉笔重新把原来的人物关系做了调整,李固下面是祝奎——李夏——？一个以李固为顶的三角形改成祝奎——李固——？

马平川召开会议，刑警支队全体人员围在黑板前面。马平川拿出老周跳楼前放在他抽屉里的那个厚厚的卷宗："这个卷宗是老周跳楼前几天给我的，我也一直没来得及看，直到老周出事后，我才看了这个卷宗。这是一桩 24 年前的失踪案，当时在不到一年时间，水城外出打工的 11 个人失踪了，老周当时就是这个案子的具体负责人，查了不到两年，这个案子最后以失踪案结案，老周当时主张再侦查，老周坚信，人过留痕，10 多个人很集中地失踪这是不多见的，他多次跟上级提出不能结案，要继续追踪，他陈述自己的意见追踪需要时间，再给他半年时间他或许可以找出真相……但是，各种原因，老周继续追踪的请求被上级领导驳回。老周没有放弃暗中继续调查，包括与这个案子相关的人他都在追踪，但是，在他去北甲镇调查一个疑案时，在回来的路上出了严重的车祸，差点命丧当场，后来虽然抢救回来了，但身体严重受损再也不适合干刑警，后来的事，你们都知道了……"

"我看到老周给我的这个卷宗，开始也觉得有点难度，毕竟 24 年过去，很多事都在发生变化，如果提请领导来重启这个旧案，领导会怎么想？现在我们手上也有很多案子，比如：李固失踪案等，看到这个卷宗时，我自己也在回避，毕竟那是 20 多年前的案子了……侦破出来我们刑警队虽然有功，但我们肯定需要大量人力物力，查不出真相怎么交代？我真的胆怯害怕了，我不敢下这个赌注，因为这个旧案当初花了很多人力物力都没有结果，我们……能行吗？夜深人静，睡不着的时候我反复问自己，老周，这个威震警局的老刑警都搁浅了，但是想想老周为了这个案子差点搭进自己的命，一想到这个又觉得如果不查，老周恐怕在天之灵都不安……"

"这件事现在才跟大家说，因为我自己都没想好怎么做，但是，转机来了，祝奎的这次举动给了我信心，现在我更大胆推测，祝奎——李固，你们想到什么？"

小卫说："祝奎的突然出现，成为李固唯一的朋友，这本身就是一

第十二章 破局

个疑点，李固一直带着李夏安安静静地生活，这个祝奎一出现不久，李固很快失踪了……"

大家七嘴八舌地说："祝奎说他们以前不认识，这个显然说不过去，祝奎和李固肯定很早就认识……"

小卫说："会不会他俩因为什么原因各分东西，后来才找到，找到李固，想图财害命？"

薛天说："最开始，我们的怀疑更大程度是锁定在殡仪馆那个刘主管身上，我当时觉得他嫌疑最大，因为李固是他部门的，还有我们找李夏的时候，基本上李夏不说话，都是他们在说，他老说李夏怕生人，不喜欢说话。不喜欢说话是真的，但是，我发现李夏也不像他说的那样难接近。"

小卫说："也许，祝奎好不容易找到李固，看着李固日子过得不错，心生嫉妒？分赃不均？痛下杀手……"

马平川说："李固的失踪，与祝奎肯定脱不掉关系，但是，在案情未明了的情况下，小刘的嫌疑也不能解除。对小刘不能放松，还是要进行监控的。"

小卫说："马队，我每次去殡仪馆都会有一种感觉……"

马平川说："什么感觉？"

小卫说："怪怪的，总是有种说不出来的怪，我也描述不好，但是这种感觉很强烈。"

薛天说："小卫呀，小卫，你真是可爱，凭第六感办案？办案过蒙？哈哈……估计你这是想让大家松弛一下神经。"

大家哄堂大笑，马平川说："你们别笑小卫，不瞒你们，小卫这种感觉我也有，我知道作为一个警察办案应该理性、逻辑严谨，不应该有这些感觉，但是，奇怪，这感觉它就是会在关键时候跳出来……"

马平川说："你们分析得都有道理，祝奎一出现，所有的秩序都打乱了。李固带着李夏在这里平平静静地生活，这个人出现不久，李固失踪，他自己呢装疯……这一切都太诡异了，更诡异、更重大的是他昨晚的行动和这 11 张身份证……"

大家七嘴八舌地说:"昨天夜里他从精神病院逃回殡仪馆就是找这个……"

"这不就是第一代老身份证?有什么问题吗?"

年轻警员说:"肯定有问题,逃出去了还要返回自己逃离的地方,昨天夜里也没想到他回去就是为了找这些身份证,当时,我还以为是个什么重要东西,一看,是一叠身份证,还是淘汰的第一代老身份证。"

薛天说:"昨天晚上你问他,他说是捡的……"

马平川说:"捡的?他连夜逃离精神病院就是为了找回这个,你们说,一个人敢于冒着危险去取回的东西,难道不是非比寻常的重要?"

马平川说:"昨天事情紧急,我还没来得及跟你们说,这 11 张身份证上面的人,就是老周给我卷宗里当年失踪的 11 个人。"

大家吃惊了,祝奎怎么会有这个,20 多年前的老身份证,他要这个有什么用?

马平川说:"他肯定有大用,这 11 张身份证出现得太是时候了……接下来,我把这个情况跟温局汇报,我准备申请对 24 年前的 11 人失踪案重启调查。"

"祝奎那边要接着审吗?"

"先晾晾他……"

第十三章　重探旧案现场

11张身份证的意外现身，让马平川心里巨浪翻卷，他看着老周那个卷宗说："我一定要查出真相给你一个交代。"

马平川决定向领导汇报重新启动调查当年11人失踪案，对于他而言，心里承受的压力是别人所不知道的。这个案子，跟他息息相关，丝丝缕缕都让他痛彻肺腑。正因为父亲王双龙的失踪，改变了原本幸福的一家人，除了自己苟活，全家陷入万劫不复……马平川再次感受到故去的老周给他的这个卷宗的深意。冥冥之中，老周把卷宗交给他，希望他能顶替自己查下去……

马平川打开窗子，深夜的街道一片寂静，偶尔有汽车声、摩托车声，他想着自己的弟弟、父亲、母亲，他们早就听不到人间的声音，他不知道在那个世界里，他们是否团聚了？

第二天，马平川踏上回家的路，这是他跟着柳红离开北甲镇后第一次回去，从他分配到水城，他就回避着那个伤心之地，他再也不敢，也没有勇气回去，但是，现在他必须面对，老周的卷宗无声地告诉他，人生有的事是回避不了的，终将要面对……

马平川来到母亲和弟弟坟前，上一次他还是跟着柳红来的，现在20多年过去了，那时母亲才埋下去，两个一大一小的坟，像一只大手牵着一只小手，紧紧挨着……现在两座坟已经长满荒草。马平川的泪水无声无息地流下，他站在母亲坟前鞠了3个躬说："妈，王志来看你了。"他又来到弟弟重阳的坟前蹲下说:"重阳,哥哥来看你了,你在那边好吗?你现在还能认出哥哥吗?哥哥现在不叫王志了,叫马平川,你以后想哥哥,你就喊马平川,我能听见重阳的声音……"马平川泪流满面。

他来到那片荒草地上,很多地方都大变样了,唯独他当年跟老周接头的那片荒草地,居然还荒着,仿佛为了留住那刻骨铭心的时刻。

他看见王志站在荒草丛中向老周招手,老周走进去,他拉着老周的衣角让他蹲下,两人立刻淹没在荒草丛中,老周拉起他的衣袖,用笔在他手臂上写下:2122718。正是这个号码在他以后的人生路上,如同一束光,不管多么艰难,他都能看见那束光亮——2122718,马平川嘴里念着2122718,走出永远定格在他心里的荒草丛,朝着家的方向走去。

在离家200米的时候,马平川心跳得厉害,一阵慌乱,他跟自己说:"王志,你现在是王志,要勇敢向前走,不要怕,这是父亲、母亲、重阳生活过的家……"

20多年的时间改变了一切,他想着那个家的模样,破败不堪,尘土飞扬,屋漏瓦稀……

终于,他来到自己家门口,站在院子门口,他吃了一惊,这个家依然跟小时候一样整洁整齐。小院打扫得很是干净,马平川非常奇怪,这个小院居然跟从前一样,如果说变化,那就是更整齐、整洁。

他来到水井边,井水清幽幽的,一切都是原样,井水还是那样清凉,这口让他一生不敢面对的水井,此刻,好像一个久别重逢的故人,既疼痛,又亲切。

"你找谁?"一个稚嫩的声音在背后响起。

马平川回头,一个跟他当年一般大的小男孩在问他。

马平川一笑,说:"你是谁?"

小男孩说:"这是我家。"

马平川说:"你家?你多大了?"

"七岁多吃八岁的饭了。"

小男孩的回答让马平川瞬间回到过去,当年周为问他时,他也是这

第十三章　重探旧案现场

样回答。

马平川问:"七岁多吃八岁的饭?你大人在家吗?"

小男孩说:"不在,他们下地干活去了。"

马平川心里奇怪,这个房子的主人也变啦,奇怪得很,他还不知道这个房子已经成了别人的家。

马平川说:"小朋友,我能进你家看看吗?"

正在这时,一个年轻女人站在门口问:"小志,谁来了?"

小志?这个小男孩也叫小志?女人看见马平川站在院里,问:"你要找人?"马平川说:"我……看这个小院干净、整齐就进来看看。"

女人热情地让他进屋喝水,马平川问:"这是你儿子?"女人说:"嗯,皮得很。"

马平川问:"我可以进去看看吗?"

女人说:"可以,可以……进去喝口水吧……"

马平川来到屋里,小男孩跟在他背后,一进门,就看见那个柜子,还在那里……马平川顿时难掩伤感,他来到柜子前,那个小孔还在,木节子已经没有了,他弯下身子朝里看去,小男孩突然从背后蹿出来,打开柜门钻进柜子,眼睛贴在那个小孔上望着他,马平川也对着小孔,这是他隐藏在心里的秘密,这柜子藏了他儿时的欢笑,也藏了难以言说的疼痛。

"嘿嘿……我看得见你,我看得见你的鞋子……看见了……"小男孩欢快的声音从柜子里传出。马平川有点恍惚,他摇晃一下,扶着柜子站稳,男孩的话猛然唤醒他内心的一个秘密,一个自己封闭的秘密……

女人在背后说:"这房子也不是我们的,我们也是帮别人看着,我表叔交代家里的老物件不能动,还说一件都不能动,所以都没动。"

马平川感到奇怪,说:"你表叔是谁?"

女人说:"陈林,原来在公安局当领导,现在退休了。"

马平川大惊说:"陈林,是你表叔?"

女人说:"嗯,你认识他?"

马平川说:"听说过。你不介意我再去小院里看看?"

女人说:"没事,你看。"

马平川来到石碾前转了一圈,当年他看见黑影从这个石碾背后闪过,他闭上眼睛,20多年前的场景再现,母亲从屋里出来,来到水井边,弯下身子……

他又到墙角当年堆放草堆的地方,蹲下朝水井边看出去,当年他就是躲在草堆背后看见母亲在水井边弯下身子,再看见一个黑影,母亲噗通落下水井……那晚的母亲落井的画面猛然清晰起来……

从北甲镇回来的那个夜里,马平川又蜷缩在沙发上,看那两张发黄的照片……

黑暗中的母亲站立片刻便点亮马灯,一步一步朝着柜子走来。躲在柜子里的马平川缩成一团,不敢发出丝毫声响。母亲凑近柜子门缝,一手提着马灯,一手使劲摇门,马平川在里面用手捂住嘴瑟瑟发抖,惊恐万般。他从门缝里看着外面的母亲,脚步声听不见了;他趴在小孔上看见黑皮鞋,那双黑皮鞋"咯吱,咯吱……",脚步声远了,突然,停止声响的皮鞋又响起来,皮鞋声近了,更近了……躲在柜子里的马平川眼睛死死贴在小孔上,他要看清这个身影,这次他一定要看清。这时,脚步声又远了,马平川爬出柜子,顺着墙角来到小院墙角的草堆背后,他看见母亲从屋里出来,来到小院中间四处张望,又来到水井边,弯下腰去,猛然,一个黑影从背后猛推一把,母亲叫都没来及叫,噗通一声掉进井里,黑影一晃,从小院门出去,还把院门关上。"啊……"马平川仰天终于发出一声嘶吼,大汗淋漓地醒来,低头一看,两张老照片还紧紧捏在手里。

马平川对母亲柳眉的情感是极其复杂的,爱恨交织,掰也掰不开。

关于20多年前母亲跳井自杀一事,马平川才是真相的见证人,那个时候他太小了,父亲的失踪给家庭带来巨大阴影,7岁的马平川只知道家里很多男人来,先是白天,后来总是在夜晚。母亲把他赶到堆放杂

第十三章　重探旧案现场

物的小房里住，马平川害怕，就跑到柜子里睡觉，他觉得在柜子里睡觉很安全，他在柜子上发现一个木节子，抠下木节子，光从外面投进来，马平川高兴极了，睡觉的时候他把木节子塞上，柜子里顿时陷入黑暗。也就是这个小孔让他发现了他20多年都不敢面对的事，当他看见绿胶鞋、布鞋、皮鞋在柜子前面走过，他凭着鞋子就知道来人是谁……后来，那些鞋子都消失了，唯独黑皮鞋还在夜晚进来……这让马平川对母亲生出百般恨意，懵懵懂懂的他，虽然对很多事情不懂，但是，那些鞋子刻在7岁的孩子脑子里，无法消除。

因此对于母亲死亡真相，马平川不愿也不想去寻找，他把7岁那个王志封存在自己内心最深、最黑的地方，他不愿踏足半步。

真相……有时候，有些真相不如不知道更让人心安。

无数个夜晚，马平川在黑暗中睁着眼睛，惶惶地站在远处看着真相，直到真相一次次在他眼前逃遁，他不敢回望，每次回望他都痛彻肺腑。

重返案发现场，是马平川内心一直回避和拒绝的，他不愿再回到那个让他万劫不复的夜晚，他不愿回想那个黑暗的柜子。当年，他是一个叫王志的7岁小孩，现在，他是刑警队长，当11张失踪人口的身份证出现，马平川想去看母亲和弟弟的坟，他想再看看当年的案发现场。作为一个刑警，他窥探出父亲失踪和母亲自杀或许有着必然的联系，为了重新启动当年的11人失踪案，他必须从内心最深、最黑的角落把当年的真相挖出来……他要给自己一个交代，要给老周一个交代。

老周那封写给自己的信，深深震撼了马平川，无数个不眠之夜，他做出一个决定，他要替老周把当年母亲跳井自杀案找出真相，他要还老周一个真相……

然而，马平川知道一旦真相揭晓，母亲柳眉的清白便会受到人们质疑，她将名誉扫地，但是，为了案件的真相。他必须站出来，只有他才能还原母亲跳井自杀的真相。他，当年的王志是唯一的真相目击者。而现在，他必须以刑警队长的身份回去，去跟当年的王志交锋、交流，甚至对垒，因为，王志是真相的知情人……他深知真相的残酷，可作为刑警队长的他必须撕裂伤口，回到 20 多年前那个万劫不复的大年三十夜，跟着 7 岁的王志回到那个黑暗的柜子里，回到等周为的那片荒草丛中。两人蹲在荒草中。他看见周为坚定的目光，顿时信心倍增。

第二天，一封实名举报信递到了市局纪委信箱，被举报人：陈林，已经退休 6 年的副局长。举报事由：1994—1996 年期间，陈林与失踪人口王双龙妻子柳眉暗中往来，1996 年 1 月 17 日大年三十夜，陈林不知与柳眉之间发生什么，从背后把柳眉推下水井，7 岁的王志在草堆后目睹当时案发情况。举报人：马平川，现任刑警支队队长，王双龙、柳眉儿子，案发时 7 岁，姓名王志。

这一封举报信，石破天惊……

领导轮番找到马平川，温局长说："平川啊，你可真是刑警队长啊，你这个身份隐藏得够深……"

"温局，不是我隐藏得深，是我自己封闭了自己，堵了自己回到过去的路，我不是不想让别人知道，很多时候，真相……非常残酷，真相会反噬你，我选择了逃避，是因为不敢回头，一回头，就看见 7 岁的自己躲在那个黑暗的柜子里，你们不懂，没有这些经历的人不会懂，那是怎样的恐惧……"马平川回答。

"平川，陈副局长很是信任你，还有 20 多年过去，就算你说的是事实，可是你有什么证据？怎么现在才举报？他原来可是你的分管领导……我也明白，你作为一个刑警队长，想来你的举报也必定经过深思熟虑，这个举报需要多大的勇气，但是，证据呢？就凭当年一个 7 岁小孩的证词？再说，已经过去 20 多年了，平川，你是警察，你应该知道，这个证据……"温局长说。

"我明白，他确实信任我，但是这跟案子是两码事，我这也是把自己架在火山上，但是，我得这么做……以前，我害怕，反倒希望这个真相永远不见天日，老周死后留给我一个卷宗，还有他写给自己的一封

第十三章 重探旧案现场

信,他对当年案件真相提出几个疑点,我是案件唯一的目击者,我知道那晚发生了什么,只是不愿回想过去,我知道,我揭开真相时,就是我母亲柳眉的名誉损毁日。我想,人死不能复生,自杀也许算一个完整的结局,所以,多年来,我不敢再走近那个万劫不复的大年三十。但是,老周死前留下的这个卷宗,还有他给自己的信震撼了我,我觉得不找出真相,老周在天之灵也不安生,所以,我经过挣扎,终于敢面对从前那个自己,敢面对 1996 年大年三十……因为我没忘记,我是一个警察,找出真相,是我的职责。"

马平川把老周给的卷宗和老周写给自己的那封信,交给自己的上级温局长。

"温局,关于 24 年前 11 个失踪人口身份证出现的事,我上次给你汇报过,现在,我郑重提请温局重新启动当年失踪案调查,真相,或许就在不远处了……"马平川起身向温局敬了一个礼,转身走出办公室。

走出温局长办公室那一刻,马平川心里轻松极了,20 多年来压得他喘不过气来的东西放下了,他看见柜子里 7 岁的王志趴在那个小孔朝自己笑,他看见站在荒草丛里等待周为的 7 岁王志在向自己招手,他仿佛成了当年的周为警官……马平川深深吸了一口气,大步流星朝前方走去。

警局领导通过研究决定,同意马平川建议,启动当年 11 个外出打工失踪人口调查,包括柳眉死亡真相调查,两个案子一起进行。

马平川由查案人变成当事人,按照规定回避该案,调查柳眉自杀案件交给薛天,马平川则专门负责李固失踪案,他们做完了工作交接,小卫一下子哭了。

马平川问:"小卫,你这是怎么啦?"

小卫越发哭得厉害,马平川茫然地看着大家,这都怎么啦,你们都哭丧着脸干嘛?

大家七嘴八舌说:"马队,我们只知道你父母去世早,一点都不知道你……你原来受过这么多的苦……你应该让我们知道,你一个人承受这些……我们确实没想到，你父亲就是 11 人失踪案里的一个，更不知道你小时候……"马平川说："是我自己的问题，我不愿面对，现在好啦，你们大家都知道我的过去，这样我心里反倒通透了，不然，老觉得自己躲躲藏藏，在隐瞒着什么……"

薛天眼睛红红地说："那天审问祝奎的时候，你突然怒火中烧，还很少见你这样，当时我就觉得不对劲，照理你不会犯这样的低级错误，审讯嫌疑人你是最沉得住气的，没问几下就被祝奎呛住，我就觉得奇怪得很，想不到啊……"薛天也流下泪水，小卫更是抽泣起来，不停用纸擦泪。马平川朝大家一笑说道："高兴点，不要搞得太悲壮，小卫，你跟着我查李固失踪案子；薛天、张峰你们调查柳眉自杀案，下一步，我们会有交叉，需要我回避，你们告诉我，因为，祝奎手上那 11 张身份证牵扯着两个案子，一个是殡仪馆员工李固失踪案，一个是 1994 年 11 人外出打工人口失踪案。"

"是。"齐刷刷回答的声音。

警队人员挑灯夜战，结合马平川对那晚细节的描述，根据老周提出的几个疑点，当时在场人员证词太完美，无懈可击，众口一词，皆指向柳眉是跳井自杀。他们来到北甲镇，找到当年老周提到的几个证人，分别进行突击问询，镇上吴纪委、妇女主任、洪副所长、老张、小春、小严，以及当时的两个联防队员等几人。老张说，柳眉的死他们不知道，是当时派出所陈所长告诉他们王志去派出所报案，说柳眉跳井自杀，自杀前用枕头捂死小儿子，据说还要捂死大儿子，大儿子跑了；陈所长说大年三十不好找人，让他们几个帮忙打捞上来，由派出所发给他们补贴，他就叫上小春、小严去了柳眉家里，还好柳眉栽下井去，头刚好卡在桶上，整个人就栽在桶里，没费多大劲就捞上来了，人早就冷透了……"捞上柳眉我们去屋子里，小儿子已经死了，惨啊。我问陈所长这个孩子要不要抱到柳眉旁边，陈所长说不要动现场，明天警察来了查勘了现场才能动。"

老张说出一个事实，陈所长让他们去捞柳眉，他们都不愿去，但是

第十三章 重探旧案现场

陈所长知道老张、小春、小严 3 个跟柳眉都有过来往，当时他们不敢不去捞。那晚从水井把柳眉捞上来，看着地上的尸体，陈所长说："老张，你们几个辛苦了，这大年三十出这事，谁也没料到啊，明天警察会来查案，柳眉疯了大家都知道，她这个估计是发疯跳井自杀。警察问起来你们最好统一，东说一样西说一样，对我们北甲镇安全稳定不好，县里才开过安全会议，我们这里就出事，麻烦着呢……为了不给镇上添麻烦，不给自己添麻烦，你们知道明天怎么回答了吗？"

"陈所长放心，我们不会给镇上添麻烦，我们知道怎么回答。"

"今晚是过年，你们帮着把柳眉捞上来，我替王志谢你们啦，这孩子去哪了，怎么一直没见着？"陈所长说。

"估计被吓着了，他妈发疯了跳水井这谁都得吓着，别说一个孩子了。"小春很会回答陈所长的问话。

"柳眉也是，会挑选日子，你什么时候跳不好，偏偏在大年三十，幸好你 3 人在，不然，我去哪里找人来捞她嘛？"陈林叹了一口气。

大家在外面的时候，当年的王志正缩在柜子里，他听见外面脚步声，慌忙捂住自己的嘴，泪水哗哗地流。听见脚步声远了，他悄悄出来，站在黑暗中看着那个背影，他此生都会记住那个背影，记住那双黑皮鞋……

对于陈林来说，他做梦也想不到退休后，会被他曾经信任和看好的下属拿下，简直是人间一幕荒诞剧。但是，当这一幕到来时，这个老公安知道这一天还是来了，迟早是躲不脱的，只是他没想到是柳眉的儿子，当年那个王志，现在的马平川……似乎有点匪夷所思，他怎么也想不到，当年那个孩子是他手下的得力干将……他更知道马平川侦破能力强，在水城警界是一颗冉冉升起的新星。他喜欢他，为自己手下能有这样一个警察骄傲，是他在任上，破格把马平川提升成刑警支队队长，因此，马平川成了全系统最年轻的刑警队长。那个深得他信任的人，是柳眉的儿子，并且不动声色地在自己身边……这戏码太讽刺了，太荒唐了，然而，这一天就是真真实实地来了。

当调查的薛天、张峰等人来到家里时，望着昔日的下属，他暗自说了一句："报应来了。"

在一系列指证下，陈林对当年把柳眉推下水井的事供认不讳。

王双龙失踪定案后，带着两个孩子的柳眉的天塌了，她不相信丈夫失踪了，当接到失踪人员名单的时候，柳眉来到派出所找到陈林。柳眉不相信这个结果，他怎么会无缘无故失踪？他一定活着。陈林看着眼前这个女人，动了恻隐之心，更确切地说，柳眉的美貌让他难以自持。那以后，他还找些理由关心她，给她家里送些米粮油什么的。

晚上，柳眉来到院里上厕所，发现墙壁边趴着几个人头，吓得她大叫起来，举着扫把朝人头打去，墙上的人散后，柳眉回到屋里趴在床上呜呜哭。她的哭声吓醒了熟睡的两个孩子。那个时候，王志还在跟妈妈睡一张床，被柳眉哭声吓醒的王志，愣愣地望着母亲，他还不知失踪意味着什么，他觉得奇怪，为什么母亲一个人在夜里哭泣，王志问："妈，你做噩梦啦？"

母亲抱起小儿子，搂着大儿子，越发哭得厉害，一个人带着俩孩子，柳眉日子过得很艰难。后来，他家屋檐下经常会有米面、蔬菜、水果，甚至小孩的零食。自此，柳眉家里有人来，再后来，王志被柳眉赶到一个杂物间小床上睡觉，王志很害怕。一天，他发现一个好地方，墙边有一个高大的五斗柜。他偷偷爬进去，柜子里的空间足够他平躺下，王志高兴极了，在柜子里他还发现一个秘密，抠下木节子，就可以从小孔看外面。

有一天，柳眉找到陈林，请求他帮助她赶走夜间趴在她家墙头骚扰她的人。陈林心里大喜，他已经被柳眉的美貌所俘获，经常沉浸在遐想中，现在柳眉找上门来，他怎能放过这个机会？便以警察巡查出警，把几个经常夜间蹲守在柳眉家厕所旁的混混吓走，在他的保护下，柳眉家里再也不敢有人造次，因为他们都知道，陈林看上柳眉了，这是北甲镇

第十三章　重探旧案现场

一个秘而不宣的秘密。陈林看上的女人谁敢去找事？所以，那双黑皮鞋，成了柜子里王志从小孔看到的最真切的一幕，也成了重新认定柳眉死亡真相的关键。

陈林说，柳眉跟他说，要他离婚娶她。陈林承认自己喜欢柳眉，但是，妻子的父亲是县领导，并且，正在酝酿把他调到局里去任职。在这个关键时候，柳眉说她不能跟陈林这样下去，一定要有个名分，两个儿子好做人，不能这样不清不楚、偷偷摸摸。陈林便采用缓兵之计，告诉她自己正在关键时候，等调到局里任职后他就离婚娶柳眉，但是，柳眉开始变得神经兮兮，每回夜里过来，她就要让陈林离婚。

有一天，柳眉跟他说："你这个婚离不了，就不要来了，我再也不想过这种偷偷摸摸的日子了，我不能让儿子今后没脸做人。"

陈林说："不是跟你说过了嘛，忍一段时间，这样也不错嘛，神不知鬼不觉，你照样做你的贞洁女。"

陈林的话激怒了柳眉，这一刻，她明白原来陈林只想骗着她玩玩，根本没打算离婚。柳眉推开陈林说："你滚，我再也不想见你，如果你不离婚，我就去县里告你。"正是柳眉的这句话，让陈林动了杀机，他陈林怎么能让一个女人拿捏，这是绝对不可以的。那天，陈林走了，一夜翻来覆去，陈林有了一个惊天计划，他在另一个城市找到一种新研究出来的致幻剂，换了包装，骗她是治疗睡眠的新药。夜里，他照常来柳眉家里，给她买了漂亮衣服，又给孩子买了很多零食，继续使用哄人的那张嘴骗柳眉。果然，柳眉暂时不提离婚了，但是，柳眉开始迷迷糊糊，有时候在白天，有时候在晚上，

大年三十，柳眉服了陈林给她的睡眠药正要睡觉，突然，她开始恍惚，眼前出现一些鬼影，在屋子里穿梭，大的小的4个，两个大鬼，两个小鬼，他们在屋子里走来走去，好像在寻找着什么。柳眉到杂物间去找王志，王志不在床上，就来到院里，院里也空荡荡的。她回到屋子里走过柜子前，突然听见里面有声音，她想打开柜子门，王志在里面死死抵着，柳眉看见一个鬼进了里屋，她走到门边，看见那个小鬼扑在正熟

睡的小儿子重阳身上，重阳呢，不见重阳了，只看见那个小鬼，柳眉提起一个枕头使劲捂在小鬼脸上，直到小鬼没气，她起身抱着枕头朝院子走去，她要去找回王志，她担心王志被鬼掳走。她来到院里，站在院子中间四处望，小志，小志……她来到水井边，弯下身子朝水井里看去，一个黑影从背后悄悄上前，猛推一把，柳眉落下水井，远处传来除夕的阵阵鞭炮声。

  陈林戴着手铐在警察拘押下缓步走下台阶。
  他回头，马平川站在不远处。他停下脚步，朝这边喊道："守住自己，做个好警察，如果有来生，我一定守住自己做个好警察。"
  陈林苍凉一笑，朝囚车走去。

第十四章　乍现

审讯室里，薛天和小卫在审讯祝奎关于 11 张身份证的事。祝奎说："警官，该说的我都说了，不知道的你再问我也不知道啊。"

薛天问："这些身份证是你捡的？"

祝奎说："是呀，我捡的。"

薛天恨不得上前暴揍几拳，又问道："你在哪里捡的？"

祝奎说："不是跟你们说了嘛，李夏来苗圃园落下的。李夏这几天来苗圃园上班，我看见他放在桌上就起了盗心，我看着上面有一个人像我一个亲戚，就顺手拿了过来，李夏当成卡片玩，我当作一个纪念嘛。"

薛天指着王双龙那张身份证问："这个就是你说的亲戚？"

祝奎说："是呀。"

薛天气愤地指着祝奎说："祝奎，我敲烂你的死鸭子嘴，你信不？"小卫推了他一把，薛天调整了一下情绪。

进来一个警察凑在薛天耳边让他给马平川打一个电话，薛天愤愤地走出审讯室，拨通马平川电话，马平川问："还没说？"薛天说："没说，熬着的……"

马平川告诉薛天技术处小张传来殡仪馆监控视频鉴定结果，监控确有几段是删除了的，但是，有个一重大发现，让他们赶紧过去。

薛天回到审讯室，在祝奎身边转了几转说："祝奎，你最好放老实点，既然你已经被我们锁定，我料你也要交代，早交代比迟交代对你更有利。"他怒气冲冲地叫上小卫走了。祝奎面无表情，被两个警察带走。

马平川见两人匆匆进来，把技术鉴定给他们看，3人围坐在电脑前看监控，看了几遍，马平川说："你们发现了什么？"

薛天说："也看不出删除痕迹呀？"

马平川把镜头放慢说："你们再看……"

两人不解，小卫说："没看到什么嘛。"

他拉近一个镜头，只见一个戴着帽子的背影……小卫说："刘主管……"

马平川说："对，视频上李固的镜头干干净净，太干净了，但是，你们瞧，几天后，小刘出现在殡仪馆……"

薛天说："他出现在殡仪馆很正常，他们的工作也特殊嘛，经常加班也不奇怪。"

马平川说："经常加班不奇怪，奇怪的是这个刘主管我也大晚上戴着帽子。"

小卫说："戴个帽子也没什么不正常。"

薛天说："是呀，戴个帽子我也看不出有什么问题。"

马平川说："可是据我观察，这个刘主管他非常注意自己的着装，上班也好，上次来报案也罢，他在着装方面很是在意，西装革履，为什么晚上会戴上帽子去殡仪馆？还有，在李固失踪几天后，我有个大胆假设……"

小卫说："帽子？怕被人认出，至少心理上试图遮掩什么……"

马平川说："小卫说得对，你们看，他扭头看了一下，心里害怕，才会遮掩……"

两人问："什么假设？"

马平川说："李固或许已经死了。"

薛天说："你根据什么断定李固已死？"

马平川说："刘主管身上疑点重重，你们看李固失踪节点时间，监控都删除了，删除得很干净，但是，百密一疏，漏了或者说忽略了这个

第十四章 乍现

细节……你们回顾一下,从第一次来警队报案,刘主管的回答滴水不漏,每个关于我们调查李固的细节,要么刘主管在场,要么是他安排的人,他的配合似乎过头了点……以前更多是怀疑,现在技术处的鉴定出来了,这就是一个重大突破口,从这里,撕开这个口子,我们来看看这个刘主管与李固到底发生了什么。"

薛天说:"是呀,从第一次见到刘主管,就觉得在配合警方上他太主动了,当时以为他的职业习惯,也没多想,现在看下来,这个配合确实疑点重重。"

"你们再跑殡仪馆,把李固失踪前3个月的监控找来,仔细比对,看看晚上他去殡仪馆的几率多少?发现破绽,立刻实行抓捕。"马平川说。

薛天和小卫再次来到殡仪馆,把李固失踪前3个月的监控全部拷走,连夜突击查找细节,查证最后结果,正如马平川分析的那样,那个戴着帽子的画面是唯一的,倒推3个月,有两次进殡仪馆的镜头,但均是西装革履,并且有进去有出来,而那张戴着帽子的镜头只有进去没有出来,出来的镜头呢?

医院里一个年轻女孩在病床上,小刘轻手轻脚来到病房说:"娟子,哥告诉你一个好消息,医生说肝源的排队很快到我们了,张医生说了,一个星期后就可以做手术了。"病床上的娟子惨白的脸上挤出一丝笑容,说:"真的?"小刘说:"真的,很快你就可以好了,你就可以活蹦乱跳了。"小刘转过头擦了一下眼睛说:"哥什么时候骗过你?"娟子先是高兴,转瞬又悲伤起来。小刘说:"娟子,有肝源了你怎么不高兴呢?"娟子说:"哥,我高兴……可是,你哪有这么多钱?这不是一笔小数目……"小刘说:"钱的事你别管,我有办法,你就好好等着做手术吧。"娟子说:"我不换了,这是命,我认命了,我不能拖垮你呀……"小刘说:"傻孩子,你从小学习就好,哥读书不行,我们刘家出一个名牌大学生也是烧高香,你怎么能放弃?你才大二,你的人生还没开始，哥哥一定要治好你，我还等着你为刘家光宗耀祖……"

娟子轻声抽泣，小刘说："好啦，高兴点，现在肝源也有了，我们应该高兴才是啊。"小刘为妹妹擦去泪水，转身走出病房蹲在墙角捂住脸，泪水滚落。

小刘跟往常一样准时到殡仪馆上班，小刘穿过长长的走廊，这个走廊每天他不知要走多少次，这天不知为什么，他心里有种异样的不安。正在这时，长长走廊上从对面走来几个穿制服的警察，他们在朝小刘走来，小刘没有停住脚步，只是放慢脚步朝着他们走去。在李固失踪后，他与他们接触了很多回，基本上都是便装，今天他们全部穿着制服，他们正在朝他走来，此刻，他心里一个念头，是福不是祸，是祸躲不过，该来的终究要来，反正娟子的手术已经安排好了，他没有遗憾。想到这里，小刘迎着一行警察走过去……

小刘被带上警车，萧立问站在远处看着警车缓缓开出去，直到警笛声消失。

审讯的顺利让大家意想不到。小刘对犯罪事实供认不讳，他承认自己杀了李固，监控也是他删除的，只是他满脑子删除李固的镜头，没想到却忽略了自己那晚回去的镜头，等他想起来，已经晚了，薛天他们已经拷走了李固失踪前后的监控资料。

马平川问："你杀李固的动机是什么？"

小刘说："那天，事情太忙，我安排他晚上继续加班，他不肯，说李夏在家里，换别人。我告诉他加班费两倍，李固说3倍也不干，他说要回家，李夏在家里。我就说了一句，'你养了个白痴'，话还没说完，李固就跟我急眼，他朝我扑过来，我推了一把躲闪让开，他就摔在地上死了。"

马平川说："就这样？"

小刘说："就这样。"

马平川说："可是根据我们调查，你跟李固之间关系不错。"

小刘说："别人看到的不是真相。"

第十四章 乍现

马平川说:"那你能告诉我,什么才是真相?"

小刘说:"真相……还能有什么真相,反正我杀了他就是真相,我不是有意杀他,无意推了他一把,谁知他脚下一滑倒在地上,倒地时头先着地,我一摸已经没气了。我也不想杀他,我没想到就这么一下,他就死了,平时看着身强力壮,五大三粗,没想到……我就没起心杀人,我好好活着,我干嘛要杀人?"

当然,马平川不会相信小刘这个杀人理由,杀人的动机很可笑,简直就是游戏。他一定要从小刘嘴里掏出案件真相,但需要时间,先抓住真凶,让真相水落石出。

对于李固尸体的处理,小刘毫不隐瞒地说:"你们看到那个监控是我的疏忽,我还以为天衣无缝,没想到你们从这个细节查到我,天网恢恢,我等着法律制裁,我无话可说。"

马平川说:"李固的尸体在什么地方?"

小刘说:"火化了。"

薛天他们大吃一惊,他们对视了一下。小刘讲述了他火化李固的过程,看见李固死了,他吓坏了,冷静下来就把李固放进冰柜,他们这里经常有无名尸体送来,他把李固尸体混在无名尸体冰柜,等到风声过了,他悄悄来到存放尸体的冰柜神不知鬼不觉地把李固的尸体推去火化了,骨灰他丢进厕所里冲走了。

小刘带着警察去往殡仪馆指认现场,他被收监,至此,李固失踪案水落石出。

萧立问摇着头说:"没想到啊,杀死李固的凶手是我最信任的小刘,实在让人不敢相信。马队,感谢你们找出真凶,只是这个结果……"萧立问长长叹了一口气。

萧立问送马平川出来,在殡仪馆的台阶上,马平川再次看见李夏,李夏还是坐在上次送马平川、老周那天遇见他的地方,李夏坐在台阶上,还是抱着那个自己画的空骨灰盒,空骨灰盒放在腿上,双手紧紧护着,眼睛望着那根大烟囱……

走出几步，马平川回头见李夏头枕着那个空骨灰盒……

他想李固就会这样。

萧立问说："李夏知道李固死了？"

"知道了，我跟他说的，反正迟早都要知道的。"马平川说。

马平川上车时，萧立问握着他的手感激涕零地说："马队，一句话，感谢，除了感谢还是感谢，感谢马队你们找出真凶，还我们一个真相。"萧立问抱拳作揖，把马平川送上车，看着他的车子走远了，还愣愣地站在那里。

晚上，李夏来到小时候李固常带他来的五孔桥。李夏一遍又一遍地从桥的这头走到那头，这是独属于李固和他的游戏，他似乎看见李固站在对面喊："一二三，走……"李夏迈开腿朝对面走去，他看见李固从桥对面过来，走到中间那块破石板前，两人都会停留几秒，加快速度朝对面走去……

李夏在心里喊着快点，快点走。终于他飞奔起来，他看见李固也跑起来，李夏流着泪水笑了。一趟又一趟，李夏在夜深人静的五孔桥上狂奔，下雨了，他也不管，在雨中跑啊跑……

奔跑中，李夏看见李固笑着朝他招手，他回头看见一个男人正盯着自己，那是小时候的自己，那是一个穿着红裙子、小舞鞋的李夏，他的嘴唇也被涂抹上口红，他求男人不要给他穿上女孩子的衣服，男人就拧着他的耳朵，小声威胁说："你不穿，是吧，不穿，我就打死你。"男人恶狠狠瞪着儿时的李夏，李夏吓得往外跑，被男人逮住，像抓小鸡一样把李夏丢在角落里，又把一套一套的女孩衣服堆在李夏跟前，男人瞪着眼指着衣服叫他穿上。男人帮着李夏把衣服穿上，又在他嘴唇上抹上口红，把他拉到镜子面前。李夏看见镜子里的自己，一个穿着女孩裙子、小红舞鞋的面孔，那张嘴红得喷血，李夏被镜子里的怪模样吓得想跑，男人一把逮住他说："多美啊，多好看，转圈……转圈……"李夏在男人的指挥下，穿着小裙子转起圈，男人看穿着小女孩衣服的李夏，脸上露出柔和的笑容说："嘿嘿，回来了，回来了，我的小公主回来了，来，爸爸想死你了，'女儿'快到爸爸这里来，好，多好，我的小公主啊，我美丽的小公主，等你长大了，爸爸要让你成为芭蕾舞女王，我的小公主一定要当芭蕾舞女王……真棒……来，跟着爸爸练起来，一二三……"

门吱嘎开了，一个女人进来，她是男人的妻子，在医院当护士，她下夜班回家，打开门看到这一幕，看着一地的衣服，看着正在男人指挥下不停转圈的李夏，她抱起李夏，把李夏带到房间里脱下女孩衣服，擦掉口红，洗去脸上的污浊和汗水，把李夏抱进被窝，睡吧，不要怕，我回来了，不要怕，轻拍着李夏，很快，李夏进入了梦乡。

男人沮丧地坐在沙发上，抱着那双红色小舞鞋，满脸悲伤，女人在男人跟前蹲下，拿过红舞鞋说："振生，我们女儿去了天堂，你要面对现实，不要这样折磨自己，也折磨小旗，小旗是上天给我们失去女儿的补偿，你看，他那么漂亮，确实很像我们的女儿，但是，他不是呀，他来到我们家是缘分，你不能这样呀……"

男人歇斯底里地说："不是，小旗怎么能跟小晶比，我们小晶是一个公主，他就是一个傻子。"

女人一夜没睡，她下决心要把李夏送回去，哪里来，只能回到哪里去，女人这样做是想保护李夏。她知道李夏在家里迟早要被丈夫折磨死。经过几天几夜的深思熟虑，女人决定把李夏送出去，这样可能是保护李夏的唯一办法了，但是，让女人苦不堪言的是，李夏本身就有自闭症，谁会接受一个自闭的孩子，当初女儿突然患病死亡，他们差点没跟着去了，刚好有一个朋友说有一个两岁男孩，家里发生灾难都死了，只剩下一个人，如果要收养他可以去看看。夫妻俩来到一个拐弯抹角的城中村，在一个偏僻的房间里，他们看见了这个男孩，男孩长着细长的眼睛，面若桃花，十分可爱，女人抱起男孩，男孩也不认生，盯着女人看，女人说叫妈妈。男孩居然叫了一声妈妈。这一声把女人的心融化了，自从女儿患病死了，她的心也死了，没想到上天给她送来一个儿子，夫妻给了那人一笔钱，欢天喜地抱着男孩走了，并取名"小旗"。女人在医院当护士经常上夜班，孩子长到5岁的时候，模样越发可爱。有一天下了夜班，女人回家看见小旗穿着女儿的芭蕾舞衣服，脚套那双红舞鞋，丈夫正在喊着："转……转……好，我的小公主好美……"看见女人回来，小旗扑过来叫妈妈，哇的一声哭起来。女人被这个场景吓了一跳，说："振生，你这是做什么，夜半三更你不睡带着小旗做什么呀？"

"我要把女儿培养成芭蕾舞舞王，她一定会成为舞王，我的小公主一定会成为舞王……"男人眼睛里有一团火，说完哈哈大笑。女人觉得不对劲，便带着李夏在小房间睡觉，她以为男人太思念死去的女儿，才把李夏装扮成女儿的模样。后来，女人每回下夜班都看见丈夫教穿着芭蕾舞服的小旗转圈、压腿，还跟小旗说他要从最基础的开始训练，一定要把这个小公主打造成芭蕾舞的舞王。女人感到害怕，她知道男人可能精神出现问题了，男人越来越疯狂，他在下岗和失去女儿的双重打击下疯了……

看着李夏熟睡的面孔，女人轻轻俯下身子亲吻李夏，说："小旗，如果不把你送走，我怕爸爸把你折磨死啊。孩子，你原谅我，我不得不把你送出去，希望你能遇上一个好人家，能平平安安过一生。"女人伏在李夏身上抽泣不停。

第二天，女人带着小旗找到城中村的偏僻住所，找到那个男人，女人把孩子还给了男人匆匆走了。背后传来哭声，女人不敢回头，低着头匆匆忙忙地走，直到走出城中村，她才回头，望着那一片杂乱的房屋，耳朵边是小旗的哭声。

女人靠在墙上无声抽泣，说："小旗啊，我实在没有办法了，把你送出来你还能好好活着，在家里，我顾不了你的死活……"

在雨中奔跑着，从前的事情越来越清晰，自从祝奎带着那叠身份证来到家里，李夏看见身份证上的照片，那碎了的记忆在拼接黏和，他想起自己穿着芭蕾舞裙、红舞鞋,抹着口红,在屋子里一圈一圈地转,他耳边是那个男人的声音:"小公主,美丽的小公主……"

男人红着眼睛,一步一步向小旗走来,他跌倒在墙角,男人拿着那双红舞鞋说:"穿上,穿上,我让你穿上。"小旗在男人的威逼下,套上红舞鞋,男人满意地笑了,又拿着白色的芭蕾舞裙说穿上。在男人的注目下,他穿上了白色的芭蕾舞裙,男人看了又看地说:"起来,转,转……"小旗爬起来转了一圈,男人说停。他拿了一支口红抹在小旗嘴唇上,端详一阵说:"对啦,这就对了嘛,来,转……转……"外面大雨如注,一道闪电划过窗外,男人把灯关了,站在黑暗里,闪电照亮他佝偻的身影,男人来到屋子中间,血红的眼睛盯着小旗说:"起来,起来,跳啊……"小旗吓得转身跑进房间把门关死,扭上锁。男人在外面拍门,小旗钻到床底下,瑟瑟发抖。闪电映照在嘭嘭作响的门上,小旗躲在床底下,眼睛却盯着房门,男人的声音传来:"小公主,开门……快来,转起来……快来呀……"又是一道闪电惊破那个黑夜……

李夏从前的记忆在拼接,在复苏……

在雨中,他看见李固从桥对面跑来,他也朝着李固跑去,到了桥中央,李夏刹住脚步,扭头一看,李固和他擦肩时,也扭头朝他笑着说:"儿子,好样的,你可以一个人跑了,爸爸为你高兴,你长大了,爸爸可以不用陪着你了。儿子,如果爸爸没在时候,有人问起你,怎么回答?"

"他……不在家。他……会回来的。爸爸……李固……"

李夏的声音被大雨淹没……

马平川一个人驱车来到海埂,他来到沙滩边坐下,夕阳把沙滩染成一片金色,波光粼粼的浪花袭来,又退下去。望着袭来退去的浪花,马平川神色冷峻。李固失踪案水落石出了,照理他该高兴才是,然而,他却高兴不起来,此刻的他,想到的是老周写给自己的那封信。老周当年

| 灼日刺青

调查母亲自杀一案的思路在提醒着他，老周列出当年案件的几个疑点，提醒了他，让他对李固失踪案的破获有着某种疑惑。马平川觉得小刘的供词太流畅，仿佛预计好的回答。还是不对劲，哪里有问题自己也说不清，但是，总觉得哪个环节对不上。

马平川就在水边坐了很久，直到夜色笼罩他才起身。他没有回家，而是来到办公室，他拿出并打开老周给他的卷宗，拿出那封老周写给自己的信再仔细研究，他对老周当年的疑点进行琢磨，自言自语地说一个案件太完美……同样，小刘的杀人供词似乎太流畅、太简单……

早上，小卫第一个来上班，见马平川歪在椅子上，手里拿着老周写给他的那封信，小卫说："马队，你昨晚没回家？"马平川说："嗯。"

小卫指着马平川手里的那封信说："马队，你还在想案子？李固失踪案也破获了，凶手也缉拿归案了，你还思虑重重。"

马平川说："我觉得有点不对劲。"

小卫说："怎么不对劲？"

马平川说："杀人动机？太草率、太简单……"

小卫说："马队你太紧张了，太迫切找出真相了。这么久你成天陷在李固失踪案里，做梦、醒着都是李固的案子，还有那 11 张身份证案，现在李固案子已经水落石出，你还走不出来，瞧你，都被案子困住了，都快把自己弄成一个……"

马平川说："快把自己弄成一神经病，我替你说了吧。"

小卫说："我可没说啊。"

马平川说："你在心里说了。"

小卫说："马神探还有读心术，教教我们吧。"

马平川说："小卫，你可不能跟着薛天他们几个学得油嘴滑舌。"

小卫说："如果我不油嘴滑舌，你是不是就收我为徒？"

刚进门的薛天听到半句话，开玩笑说："小卫，你让马队收下你？"

小卫说："我说的是收下我当徒弟，你耳朵有毛病……"

薛天说："没毛病，我听见的就是收下你……"

第十四章　乍现

小卫说:"收下……又怎么样,我就让马队收下我,你有意见?呵呵……"

这时张峰进来打断了薛天的话。张峰犹犹豫豫地说:"马队,嗯……"

马平川说:"什么事,吞吞吐吐,有话就说嘛。"

张峰说:"小石桥派出所昨夜审讯一个贩卖儿童案,审出一个20多年前的……"张峰看看薛天、小卫欲言又止。

"有什么你就说,都是警队的兄弟姐妹,还要回避?"马平川不高兴了。

张峰眼睛还在张望,马平川叫他快说。

张峰说:"嗯,在审讯拐卖人贩的时候,有一个人贩为了立功减轻罪交代了一个20多年前的贩卖儿童案……"

马平川说:"20多年前的拐卖案?"

张峰点头说:"王所长让你过去听一下,这个案子可能跟以前的案子有关。"

马平川说:"他们不是审过啦?"

张峰说:"王所长说等你过去让他再交代一遍,怕有你想要的……"

几人来到派出所,王所长把他们带到一个审讯室外面,几个人就在外面旁听。薛天说:"你们怎么不安排马队进去?"王所长把薛天拉到一旁嘀咕几句,只见薛天满脸惊诧,几人站在窗外。

男人交代……

"1996年大年初二,夜半三更有人来敲门,我开门见是一个远房亲戚,他说受人之托找到我,让我帮着埋两个死人,我问是什么人,亲戚说就是大年三十晚上北甲镇跳井自杀的那个女人,还有一个小孩。我问是谁让找我的?亲戚说不要多问,越快越好,人在医院太平间,你去了他们会安排车帮你拉去。我问埋在哪里?地有没有?亲戚说你去太平间的时候会有人跟你联系,他们已经准备好棺木,把尸体送上山装进去下葬就完事了。我说这个埋法有点奇怪。亲戚说:'你管怎多做啥,你得钱,别人消灾,你嘴上打上封条不要乱说,说了惹来祸端你吃不了兜着走.'我说不会是杀死的吧？亲戚说是自杀的，别多问了。亲戚匆匆忙忙走了，我按照他说的来到太平间，有一个男人带着我把两具尸体放上微型车，我们一起来到他们预先选好的坟地，坑是早就挖好的，我们先把大人装进去埋下，看见埋下大人我跟那人说天冷，小孩我自己埋，那人也巴不得，就先走了。我让他先走是因为在车上，我发现这个孩子好像还有气息，趁那人不注意，悄悄摸了摸心脏，还是温热的，我心里生出一个想法，要是把小男孩偷偷卖了还可以挣几个钱，我用外衣包裹好孩子，只把那个小棺木放进去埋好，趁着夜色，我抱着孩子回到家。这孩子也是皮实，还算喘过气来，我一瞧，这孩子长得着实可爱，正好有人托我要物色一个孩子，这户人家七八岁的女儿病死了，他们很中意这个孩子，便把他带走了。这事吧，我以为早就过去了，哪知过去了三几年，有一天这家女主人把孩子送回来，说是男人下岗生病，他们照顾不了他，哦，还取一个名字，叫啥来着……小旗，对，就是小旗。女人也没跟我要买孩子的钱，放下孩子就走了。这是什么事嘛，听过退货的，还没听说过有退孩子的，你说，我一个大男人也带不了他呀，还有我发现这个孩子很不爱说话，你问10句话他也不搭理一句，跟着我不成啊。带了几天我想出一个办法，一天大早我把他带到挑水巷让他坐在那里不要乱跑，我想挑水巷口人来人往，人多嘛，如果哪个看上这小子把他带走也算行善，还真遇上了，住在挑水巷的一个在殡仪馆上班的老光棍李固，他早上出门还给小子买了包子，晚上回来看到小子还在那就将他带回了家，我看这人面善，想着这孩子也算有个好去处。"

警察说："你怎么知道那人叫李固，你又怎么知道是李固带回家的？"

男人说："我一直坐在对面茶馆嘛，一边喝茶，一边观察谁带走这孩子。"

警察说："你一直盯着孩子的去向，无非想借机敲诈。"

男人说："开始是，后来看见孩子跟着李固回家，心里放松下来，说了你们不信，我还是觉得这个孩子可怜，大人死了，小小年龄遭受恁

第十四章 乍现

大灾难,在阎王那里都走了一遭,想想心头还是很堵。"

这个消息如一个惊雷,在马平川心里炸响:怎么可能?这怎么可能……马平川朝外面跑去,刚要上车被薛天他们拦住,薛天说:"我知道你要去哪里,我们跟着你一起去,小卫上车,一起走……"

他们来到马平川母亲柳眉坟前,几个人站在那座小坟前,奋力挖开小坟堆,土里的小木匣子已经开始腐朽,几人合力打开,里面空空如也。

马平川跌坐在那里,眼里悲伤的泪水汹涌而来……

此刻,马平川想起李夏抱着空骨灰盒坐在台阶上,薛天曾说"别说,李夏跟你有点像哦"。

"天啊,重阳……"马平川呼唤着,小卫早已泪流满面,扑过去抱住马平川说:"好了,重阳还活着就好,你还有亲人,在这世间你还有亲人,还有我……"小卫终于在这一刻吐露了久藏在心中的话。

小卫忧心忡忡地来到医院,今天是鉴定结果出来的时间,她早早来到医院,穿行在人头攒动的医院里。小卫心潮澎湃,在接过鉴定结果那一瞬间,小卫期待着令人振奋的结果。

医生告诉小卫,马平川和李夏的 DNA 鉴定结果 99.9%。小卫挤在嘈杂的人流里,热泪盈眶,掏出电话把鉴定结果告诉薛天,告诉张峰,告诉警队人员,脸上是悲喜交加的泪水……

李夏正在看着自己复制的身份证卡片,王双龙,就是他的父亲,李夏凭着自己惊人的记忆,当祝奎带着这些身份证来到家里,他瞥了一眼,就发现最上面那张身份证上的照片他太熟悉了,再仔细一看,他确定那是他父亲王双龙,父亲的模样已经刻在李夏心里,他不会忘记,祝奎带来的身份证反而成了一把重启李夏记忆的密钥,从那张身份证上,从前的画面在拼接粘贴,一个个完整的画面渐渐清晰起来。

当马平川敲开门那一刻,两人默默对视很久……

马平川拿出李夏画的身份证照片说："这是你画的,这次抓捕祝奎,这些身份证照片立了大功,我要感谢你,重阳……"

李夏惊呆了,这是爸爸妈妈和哥哥称呼他的一个名字,在这个世上,只有他们才会用这个名字叫他,他都快忘记了这个名字,祝奎带来的身份证让他回到从前,他记起从前他们都叫他重阳……

马平川轻声说："重阳,还记得哥哥吗?"李夏追在马平川背后的画面浮现在李夏脑海,他注视着马平川,马平川泪水长流地说："重阳……重阳……"李夏在一声声呼唤中走近马平川。他不敢相信这一切,李夏笑了,笑着笑着哭了,他以为李固死了,在这个世上他再也没有亲人了,现在突然出现一个自称"哥哥"的人,反倒吓得他不知所措。

这个人,是他摇摇晃晃跟在屁股背后的哥哥,那个遥远的声音:"哥哥,哥哥……""小志不要跑,带着弟弟玩……"母亲的声音来自很远,远得不着边际,但是,那个声音就真真切切地在他耳边回响……

两人紧紧拥抱在一起,马平川说："重阳,受苦了,好弟弟,哥哥再也不会离开你,哥要替爸妈来爱你,用一辈子来呵护你……哥要兑现说过的话,让你学法医,你一定会是一个出色的法医。"

众人唏嘘不已,小卫满含爱意,泪流满面地看着这对历尽人间苦难的兄弟相聚。此刻,她在心里对着眼前的两弟兄说："平川、李夏,我也会用一辈子来呵护你们。"

天上细雨霏霏,马平川一个人在路灯下,踩着长长的影子走,他没想到自己的人生还能再次反转,居然找到了死而复生的弟弟,百感交集。这一切猝不及防,就像当年一夜之间他家陷入万劫不复。现在,这个世间他要照顾好李夏,还有对他一直非常好的小卫,以前不敢接受她,是因为他已经心若止水,他活着只是为了活着,但现在他要好好活着,为他们,为自己。马平川抬头,冷冽的毛毛雨飘在脸上,他很享受这细雨,此刻,这种冷冽是多么沁人心脾,他就想这样走,一直走下去。

突然,一把伞伸过来,马平川回头,小卫默默望着他。马平川朝小卫一笑说:"你一直跟着我。"小卫说:"我怕你想不开嘛。"马平川说:"你师傅是那么脆弱的人吗?"小卫说:"你答应收下我啦?"马平川没有说话,一把搂过细雨中的小卫,两个撑着伞的背影缓缓而行……

第十五章　一步之遥

在拘押期间，祝奎依然沉默。

也没有人来提审他，这倒让祝奎越来越不安，他也无法预测接下来会发生什么。每天他都要把来水城寻找故友的情景一遍一遍想，不漏过一个细节……

在苗圃园最后那天晚上，祝奎烧完纸回到小屋，没有开灯，点亮桌上 11 根削短的蜡烛，给自己倒了一杯酒，端出白天剩下的烤鸭，抬起酒杯朝地上泼去……趴在桌前，桌上 11 根蜡烛跳动着诡异的火苗，祝奎盯着蜡烛火苗，再瞧蜡烛前排列的 11 张身份证，心里迷雾越来越大……

失踪……为什么失踪？

李固失踪，祝奎陷入巨大的谜团，这是祝奎想不明白的一件事。自己好不容易在五孔桥上找到李固，可是，他竟然失踪了？

祝奎眼睛盯着小桌上的身份证，脑子里不停转动，李固失踪的诡异，他伸手拿到排在第一张的身份证说："李固，你是上天了？还是入地了？躲起来……躲到什么地方去了？"

祝奎痴痴地盯着手中身份证，突然，觉得耳边有风，扭头一看吓了一大跳，殡仪馆总经理萧立问不知什么时候进来了。祝奎慌忙把手中那张身份证丢下，再将其余排列好的身份证拢在一起，拉过装烤鸭的盆子

第十五章　一步之遥

盖在上面，桌上 11 根小蜡烛火苗发出诡异的亮光。

祝奎说："萧总，你……你怎么来了……"

萧立问指着桌上的蜡烛说："你这是在干什么？"祝奎机灵地回答："祭奠先人。"萧立问四处看看说："住在这里怎么样？"祝奎说："很好，清净得很。"

紧张的祝奎无话找话说："萧总，恁晚你还没回家？"

萧立问说："我值班，刚才是看见这边有火光，过来查看一下，怎么样，还习惯吗？"

刚才惊慌中，手里那张身份证落在地上，祝奎一只脚悄悄伸出去踩在上面说："习惯……习惯，感谢萧总给我机会在这苗圃园工作……实在感谢……"

萧立问环顾小屋，眼睛望着桌上 11 根小蜡烛说："你这是……"

祝奎说："萧总，我祭奠先人。"

萧立问指着 11 根小蜡烛说："先人？祭奠？你这个我倒还是头一次看见，这个方式独特，哈哈……"

祝奎说："人在外面久了也不讲究细节了，让萧总见笑了。"

萧立问在小屋里看了看，来到小屋背后，祝奎跟在后边到小屋背后查看。灰烬早被刚才那阵风卷得干干净净，祝奎说："我给先人烧点纸钱，我都看着火熄了才走的，萧总，你放心，我是注意安全的。"

"安全无小事，要注意。"萧立问打着电筒走了。

"是……是……我一定注意，一定注意……"祝奎站在小屋前目送着萧立问离开。

猛然，祝奎的心抽动了一下。这个背影好熟悉啊，走路时，两个肩膀一高一低。萧立问打着电筒走了，祝奎返回小屋一下瘫软了。

背影？声音？萧立问？

那个似曾相识的声音出现了，太久违了，但是，祝奎还是听出了这个声音……此刻他明白了，李固并不是他要找的故友，而萧立问才是他真正要找的人。

祝奎还看到一个细节，萧立问弯腰看蜡烛的瞬间，眼中闪过一丝寒光，祝奎不由得打了一个寒颤。

李夏的突然到苗圃园？李夏在小屋里玩身份证？当这些细节拼在一起，混迹江湖的祝奎立刻意识到事情不是那么简单。

萧立问打着电筒离开时，祝奎已经嗅到一丝危险的气息，看来原来的计划不仅不能实施，还让自己陷入了危险。他确信，萧立问已经认出他，才会有一系列诡异，包括李夏的突然出现，这一切，都是刻意的安排。

现在，祝奎想的已经不是敲诈钱的事，而是保命。他没想到逃脱驼背的追杀，却陷入另一个死亡游戏，而这个作茧自缚者，正是他自己，能怪谁呢？

20多年前桥头那一幕再现，两人站在桥上，一个说"此生永不相见"，另一个也说"此生永不相见"，两人朝相反方向匆匆走了。

这天，萧立问提着水果来到精神病院，一些病人在操场上走来走去，萧立问上前问祝奎的病房，护士一脸疑惑地说："祝奎？住在407那个病人呀，早就出院了。"

"出院了？这个病怎么就出院了呢？"萧立问一脸惊诧。

"具体情况要宋医生才知道。"护士淡淡地回答。

"宋医生在哪里？"

"他来了。"护士指着迎面走来的一个男医生说道。萧立问把水果塞在护士手里，忙迎上去说："宋医生，祝奎什么时候出院的？"宋医生停住脚步说："你是他的什么人？"萧立问说："朋友，好朋友。"

宋医生说："他出院两个多星期了。"

萧立问说："他这个病很严重的，怎么就出院啦？"

宋医生说："他这个是急性突发的反倒好治疗，也算他运气好。"

萧立问说："完全好啦？"

宋医生说："怎么说呢，只能说暂时稳定下来，我们也不敢打包票

第十五章 一步之遥

以后不复发。"

"谢谢宋医生。"萧立问沮丧地走出了精神病院,对于祝奎的病,萧立问心里始终有个疑惑,这个病太突然了,太诡异了,来得也快,去得也快。

突发精神病,突然又不见了,祝奎去哪里了?萧立问心中谜团越来越大。

萧立问想不到祝奎就是在他的领地——苗圃园被带走的,这场抓捕悄然无息,真正的神不知鬼不觉。至于那场抓捕,对于萧立问来说是一个谜,在自己的地盘上抓捕一个人,自己竟然一无所知。

萧立问沮丧地走出医院,祝奎的神秘消失让他不安。回到殡仪馆,他一个人来到苗圃园,大片的万寿菊绽放着朴素却惊人的美丽。

萧立问在空旷的苗圃园走来走去,他又来到小屋,小屋的门没有关死,轻轻一推门开了,小桌上那11根蜡烛已经燃了剩个底。萧立问在屋里站了一阵,他来到屋后,那11堆纸钱烧过的痕迹还在。他数了一下,正好11堆,他蹲下伸手在地上摸了摸,起身望着宽阔空旷的苗圃园,一阵惶恐袭来。

中秋月夜,拘押室里的祝奎望着外面的月亮,又圆又大,悲凉无比。

自己原本已经致富了,赌,让他倾家荡产,让他再次成为穷光蛋不说,还被放高利贷的驼背四处追杀。想想自己的一生,穷过、富过,像一个过山车,忽地上去,忽地下来,他四处躲藏,原想着找到故友他可以敲诈一笔,可以躲在另一个地方过上好日子,没想到,故友出现了,他的生命也再次面临威胁……祝奎把自己的一生细细理了一遍,反正警察盯死他了……

恍惚,他又在小屋里,趴在11根蜡烛前,盯着跳动的火苗,火苗上一张张面孔走马灯一样转动起来,一阵风吹灭蜡烛,黑暗里他寻找火柴,一张很大的脸,没有鼻子,没有嘴,只有一双通红的铜铃眼睛死死地望着他，祝奎吓得滚到一边，黑影风一样移动到面前，祝奎吓得大声喊："让我走，我远远地走，此生永不相见……此生永不相见……我保证……"祝奎慢慢抬起头，眼前的黑影竟然是萧立问。萧立问俯下身子，脸上堆着笑，说："嘿嘿，你厉害呀，找到这里来……"祝奎跪在萧立问面前："东哥，放我一条生路，我走得远远的……""哈哈哈……"萧立问的笑声惊悚地回荡在黑夜的小屋里，祝奎趁萧立问不注意起身想跑，一个黑影猛扑上来，祝奎一大跤跌在门前，萧立问像一堵墙似的拦在门前……祝奎大惊，醒来一看，原来是在拘押室里。他起身走到窗边，外面的月亮更圆了，他在窗前走来走去，直到天色微明、月亮隐去，他再次看了一眼窗外的世界，做出一个决定。他知道这个决定不仅将毁灭对方，也将彻底毁灭自己。祝奎突然想通了，他喃喃地说："不是不报，时候未到……还债的时候到了，躲是躲不掉了。"

祝奎主动申请交代11张身份证的来龙去脉，这让马平川心里轻松下来。24年前的失踪案快要水落石出了，因为马平川的父亲王双龙是11个失踪人口之一，作为家属的马平川只能回避该案。他无比焦急地期待这个案子的结果，会是一个什么样的真相呢？

24年前……
在兰新铅锌矿一个工地的简陋宿舍里，七八个人的通铺上劳作了一天的工人呼呼大睡。迷迷糊糊的李东成出去起夜，外面寒风飕飕，吹得迷糊的李东成清醒起来，他看见两个黑影鬼鬼祟祟地蹲在那里，李东成悄悄绕到柱子后面，一个脸上有疤的中年男人小声说："明天让这小子走在前，咱俩紧跟着，走到拐弯我就说'今天装几个炮'，听到信号你就动手。"另一个年轻男人说："冒顶你整稳妥了？"疤脸男人说："整得妥妥的，就等着掉坑吧，走，回去睡觉。"

李东成慌忙摸黑回到床铺上，他不敢合眼，这两人行动诡异，才来半个多月的他不得不防。不久，两人进屋里，在黑暗中摸着爬上通铺，

第十五章 一步之遥

不一会儿鼾声如雷。李东成却不敢睡，他闭着眼睛，心里一遍一遍想着刚才两人的话，他觉得两人有问题，两人有什么事情要躲在外面说？两人的话他没完全听清楚，但是他断断续续听见……几个炮……听到信号你就动手……整得妥妥的……他把这些不连贯的话组合起来，不知道明天这俩人要干什么，但绝对不是好事，明天得格外多个心眼。李东成眯了一会儿天就亮了。他起床，端着盆子出去洗脸，两人也紧跟着，李东成来到工棚里，拿了两个馒头，舀了一碗清得见影的粥，稀里哗啦喝起来，眼睛却瞟着两人。那两人也跟着蹲在地上，李东成喝完粥，疤脸男人过来说："今天工长安排我们3人一组，你新来的跟着我们学学。"李东成说："嗯。"疤脸男人又说："吃完走吧。"3人一起朝着矿洞走去。

3人来到矿井口，黑板上隐约可见写着"出入平安"的粉笔字。李东成嘴里念道："出入平安。"疤脸男人："你读过书？"李东成："是啊，高中毕业。"疤脸男人："你读过书还来矿上干？这可是鬼都不愿干的差事。"李东成："都是一个穷字闹的，不然，谁会背井离乡，老婆娃娃热炕头，哪家没有几本难念的经……"疤脸男人："到底是识文断字的，说话跟我们大老粗不一样。"李东成："读过没读过有啥差别，下了矿还不都一样，要是有钱，谁来赚这'鬼都不愿干'的吊命钱。""是呀。"两人附和。

井下是无尽漆黑的矿道，矿工顶着矿灯，小心翼翼地向前。他们帽子上的灯光暗淡，走在前面的李东成恨不得脑壳后面长出两只眼睛，他们在暗黑的矿洞里走着……前面就是拐弯地方了，疤脸男人突然站住："今天装几个炮？"背后的黑影猛然举起镐头向李东成拍来，李东成一闪，黑影用力过猛一个趔趄扑在洞壁上。李东成举起镐头朝着疤脸男人的头狠命拍下去，疤脸男人软绵绵倒下，李东成用镐头在顶上使劲捅了几下，顶上的碎石落下，把疤脸男人上半身盖住，李东成回头望着年轻男人，年轻男人被凶悍的李东成镇住了，这行云流水的操作吓蒙了他，回过神来，男人扑通跪下："东哥，你饶了我，这个钱你全部拿走，我一分钱都不要。"

"为什么要害我，你我无冤无仇？"李东成恶狠狠地望着跪在地上的张友才。张友才指着被碎石压住脑袋的疤脸男人说："他，他让我跟他一起做掉你，我发誓我是第一次。"李东成转念："做掉我你们能得多少钱？"张友才说："三十万到四十万不等。"李东成说："好买卖……"李东成原想连着张友才一起除了，转念一想，这倒是一个生财的好路子，既然已经干掉疤脸男人，以后恐怕也得在这条路上走走，眼前这个张友才熟悉这个套路，李东成说："你说他现在还活着吗？"张友才战战兢兢地说："八成死了，埋了恁长时间。"

"矿顶塌了，程兴知被砸伤了。"李东成大声喊道，声音在洞里回旋。他扭头说道："先解决眼下的麻烦，出去再商量。"张友才慌忙答应道："是，听你的，东哥。"

"怎么回事？"安全员隔空问道。

"有人被顶砸了……"

安全员也赶过来，两人正在刨呀刨，大家一起把疤脸男人刨出来，人早已死了。

李东成哭丧着脸，惊魂不定地喊道："舅舅死了……"张友才也喊道："表叔，表叔呀，醒醒……"

安全员急得团团转说："真倒霉，偏偏是我当班出安全事故……"

出了人命，安全员连呼倒霉，政府正在整治安全，遇上这事还得忙着偷偷处理，矿老板赶到现场，只见李东成和张友才蹲在尸体旁哭丧着脸，安全员说："矿长来了……"

"你们是他什么人？"矿老板也蹲下查看尸体。

"我是他外甥，这是我舅舅，没想到他把我们带出来，他倒死了，这可怎么办啊……"

矿老板起身对两人说："人死不能复生，你们现在先把尸体火化了吧，其他事情回来再说。"

李东成不干了说："矿长，我舅舅死了，一条命就这样没了，我们还是先谈好补偿，说好赔偿款，我们会自己送去火化。"

遇上这事，矿老板自认倒霉，根据相关法规，矿上发生1人死亡就属于一般事故，应当依法责令停产整顿，或者吊销煤矿安全生产许可证，并处50万元罚款。所以遇到矿里死人的事，矿老板都选择私了，谈判的主动权也掌握在死者家属这一方。

矿老板说："你们要多少？"

李东成说："30万？"

矿老板在尸体旁走来走去，一旁的安全员满面愁容，最后矿老板丢下一句话说："行，就按你说的办。"李东成说："老板，等我们签下赔偿协议，我俩就送火化。"已经走出几步的矿老板停住脚步说："我说了，先把人火化了。"李东成不退步，走到矿老板跟前说："老板，这可是一条人命呀，就这样火化，恐怕太草率了。"矿老板说："你要怎样？"李东成说："作为他的外甥，我希望赔付款能拿到，只要我们得到赔付款就把舅舅送去火化。老板，这是一条人命呀。"李东成的话让矿老板心烦意乱，矿老板太清楚矿里只要发生一桩人命，他的煤矿安全生产许可证就要被吊销。现在死者家属不依不饶和带有威胁的言语，老板心知肚明，如果不退一步，这事情闹大，他的矿能不能开下去还另说，老板终于让步同意领取赔付款再送去火化。

两人领取赔付款后立马把死者送去火化，在等着火化的间歇，李东成说："这钱我们一人一半，各分15万。"张友才在矿洞里曾信誓旦旦地说，领到的钱全部给李东成，他一分钱不要。现在，李东成主动提出钱的事，他都不敢相信。

"东哥，你说的是真的？"

"咱大老爷们儿说话，一个吐沫一个钉，怎么？你还信不过……"

"哪里，我信你，东哥……"

"我想了一下，以后我们两人联起手来，再做上几回就不干了。这个活计毕竟伤天害理，干多了，怕地下人来索命，差不多我们找点别的挣钱活路干。"

张友才目睹他反杀疤脸的凶狠，也目睹了在矿老板面前的冷静，与矿老板的交锋让他五体投地。张友才心想，遇上狠人了。张友才后背发凉，转念一想，富贵险中求，这才是一个能干大事的狠人，跟着他，他的头脑，自己的机灵，日后定能赚大钱。

尸体火化完后，两人用塑料袋装好骨灰，来到城边一条小河，李东成把骨灰哗啦倒进水里，抖了几下塑料袋，把袋子朝天上一扔，塑料袋在空中翻滚飘摇着坠落在水中。

两人趁着夜色来到一个极其隐秘的藏钱地方，搬开大石块，刨开土层取出塑料袋，在半明半暗里把钱分成两份，一人一份。张友才拿到钱千恩万谢。

李东成："以后咱俩就是一条船上的人了，一起挣钱发财，走。"

两人身影消失在茫茫黑夜……

这是李东成第一次参与伪造矿难杀人作案。走出大山，走进矿井，不到一年时间，他已经由一个被害人变成罪恶滔天的主犯。

他跟张友才合作、发号施令，打一枪换个地方，从河北到山西、陕西、甘肃、宁夏……在不同的矿井作案。地底的黑金世界里，贪婪、暴利、贫困交织在一起，最终湮没人性……

李东成与张友才联手，开启贪婪人性的犯罪，走上一条去往地狱之路。

两人转战很多矿山，不到一年时间，合伙作案 11 起，这就是当年轰动一时的 11 个外出打工人口失踪案。

中秋节那天，李东成约张友才来到一个馆子喝酒，喝得醉醺醺。趁着月色好，两人来到一个桥上看月亮。李东成："我出来后还没好好看过月亮，今晚的月亮好大啊。"李东成很是伤感，媳妇并不知道他来矿山挣钱，他们都知道矿山挣钱多也危险得很，他没告诉媳妇是怕她担心，家里人并不知道他在下矿井，只晓得他外出打工……望着月亮，李东成心想忍忍就好，等着挣了钱就回家好好陪着媳妇儿子再也不分开了。李东成干了大事情，挣了大钱，但是他不敢回去，水城警方正全力追踪 11 个人口失踪案，他得等着，等到风声过了，再偷偷回去接走媳妇和儿子远走高飞，去过自己的小日子。

两人站在桥上，李东成说："钱也有了，咱们分开吧，各自去一个地方改头换面地生活。"

"改头换面？啥改头换面……"张友才很是不解地说。

李东成望着月亮说："若要人不知，唯一的办法是……整容。"

"整容？咋整呀？"

改变原来模样，重新换一个模样活着……我们互不相干地活着，此生再也不要见面。

于是，就有了桥上那个场景……

两人站在桥上，一个说："此生永不相见。"另一个也说："此生永不相见。"两人朝相反方向匆匆走了。

审讯室里的祝奎把隐藏在心里多年的秘密讲了出来，如释重负地长长地叹了一口气说："我就是当年的张友才，现在的萧立问就是当年的李东成，当年的李东成就是现在的萧立问，也就是身份证上的王双龙。"

祝奎说出的这个供述石破天惊，薛天被这个信息着实惊住："你凭什么认定李东成是萧立问？应该说凭什么认定王双龙是萧立问？你已经把李固错认成你要寻找的人，现在你凭什么这样确定？"

"你们有所不知，每次下矿井，我们都要带着他们'点子'重新办理假身份证，'点子'的真身份证就交给我们管着，他们假身份证上的姓名住址都跟我们相符合，发生矿难我们才好作为死者家属跟矿上谈，我们是以死者家属的身份出现。"

"也是天网恢恢……原本'矿难'死一人，我们就把真身份证烧毁，当时办理完矿工的假身份证，真的身份证就由我收起来。我留了一手，把 11 张身份证悄悄藏起来，为的是以后万一遇上事情或许有用。我觉得这个李东成……不，王双龙实在太厉害了，我不得不留一手，就这样，11 个身份证我保存了下来。"

"来矿山以前我就好赌,后来跟着王双龙赚了大钱,我们分开后,按照王双龙说的,我也改头换面,整容后重新办理身份证就是现在的名字:祝奎。我的真名叫张友才。"

"这次来找王双龙,我也是被逼无奈,借了高利贷赌钱赔得盆干碗净底朝天,被放高利贷的驼背追杀,我才想着寻找王双龙,凭我手里捏着的 11 张身份证,他不敢不给我钱……谁知,错把李固当成王双龙,直到那天晚上,我在小屋里点了 11 根蜡烛,在 11 张身份证前,突然,萧立问来小屋里,我慌忙把身份证收起,从他的眼神、声音、背影,我敢确定他才是我要找的王双龙。离开小屋时,他狠狠地盯着我,那个眼神就是 24 年前在矿洞里要砸死"疤脸"的眼神,我不会认错,他的面容改变了,但是他那个眼神,眼神里那股狠劲,我一辈子都记得。看见那个眼神,我确信他认出了我,我觉得别说敲诈钱财,命都难保了,实在没办法我只得装疯暂时保命,装疯把事情闹大一时半会儿他反倒不敢下手。"

"整容可以改变样貌,眼神整不了,李固眼里没有那个狠劲,他那个眼神让人害怕……"

第十六章　局中谜

萧立问就是王双龙……

祝奎的供述一石激起千层浪，薛天、小卫他们都不敢相信这个供述的真实性，但是，理性一想，祝奎已经把自己都拉下水了，既然他做好面对法律审判的准备，还有什么必要说谎？

祝奎的供述平地惊雷，惊得马平川五脏翻卷。不可能，绝对不可能，这是祝奎胡言乱语，王双龙虽然失踪，作为刑警的马平川他更相信父亲王双龙已死了。他见证父亲母亲的感情，如果父亲还活着，为什么要故意失踪？即便他瞒着母亲到矿山下井也是为了挣钱，他为什么要失踪？这个谜团将马平川围困其间，四周重重迷雾，他不知所措了，他不知道真相是什么？什么才是真相？

萧立问？怎么可能是王双龙？

萧立问？怎么可能是他失踪24年的父亲？他，李夏，命运都因为父亲的失踪而彻底改变。如果，萧立问真的是罪恶累累的犯罪嫌疑人，马平川不知道自己怎么面对无常的命运？

从李固失踪时萧立问带着小刘、李夏来警队做笔录，第一次与马平川接触，马平川只是觉得这个人处理事情世故圆滑，如果他真的是……马平川不敢往下想。

薛天提出一个建议：能否用11张身份证去试探他，放出祝奎被抓捕的消息，让他知道祝奎把身份证埋在苗圃园一块大石头底下，如果他是王双龙，肯定坐不住，我们把抓捕祝奎的戏码再上演一回……

  那个夜晚，从苗圃园回到办公室，萧立问有种不好的预感。当初那个中秋夜分手的伙伴找来了，找来肯定有事，无外乎是钱，从前的他知道那人好赌，分别那天他曾跟他说好好娶个女人过日子，不要再赌。24年过去了，大家平安无事，那人的突然出现他明白将后患无穷。他深知赌徒难以改正，当他第一次看见身份证的时候，他知道那人找来了。
  萧立问去了精神病院，得知祝奎已经出院，就觉得此事蹊跷，有些古怪，突然发病他知道对方的心理，但是他得克制住，不能急，他在等机会。
  这天他得知祝奎被抓，倒吸一口凉气，因为警察怀疑李固失踪与祝奎有关，如果祝奎开口，从前的惊天秘密便大白天下。他一个人来到苗圃园，在小屋周围转来转去，自己改头换面，祝奎还是认出来了，当然，他也认出了改头换面的祝奎。祝奎那双滴溜溜转的眼睛让他认出，这个人才是说过"永不再见"的人。
  萧立问是一个心思缜密、胆大心细的人，自己彻底改头换面，就连自己都不认识自己，别人还怎么认得出？想到这里，萧立问的心稍微安定，绕着苗圃园走了几圈，在沉沉夜色里他往回走。

  身份证当诱饵的局已经布好，一场秘密抓捕行动即将开始，有了上一次抓捕祝奎的经验，他们神不知鬼不觉、轻车熟路地从后围墙翻进苗圃园，在四周埋伏好等着猎物上钩。
  出发前，薛天说："马队，你不要去了，如果情况按照我们预想的出现，我们能完成任务。"
  "不是不相信，这事我回避不了，如果这就是真相，我必须面对……出发。"马平川上车坐在薛天身旁的副驾驶位上。
  车子悄悄潜入夜色里，马平川一脸平静。薛天不时扭头，马平川说："看什么看，你怕我受不住这个真相？专心开车，没事的，我得在场，如果真是他，我会亲手把他送进去……"马平川说完闭上眼睛。

夜里，果然一个人影在黑夜里朝苗圃园奔来。大家屏住呼吸，马平川听见自己心跳得咚咚响。

黑影径直来到小屋跟前的一块大石头前，他搬开石块，扒开土层，里面果然是塑料袋包裹着的身份证。黑影狂喜："天不亡我。"又把塑料袋放下，把石块搬回原处，借着月色他打开塑料袋正要拿出身份证，突然，周围电筒齐刷刷射过来，照得他睁不开眼睛。他用手挡住光线，试图看清来人，只见马平川等人如同神兵天降一般站在他面前，虎视眈眈。

萧立问一下瘫倒在地。薛天他们噔地站在马平川旁边，形成一道人墙围住萧立问。马平川说："萧总，好兴致啊，夜半三更来找这些身份证？"萧立问说："马队说哪里的话，我来看看，祝奎这个家伙埋的……"

马平川说："是吗？王双龙，哦，李东成……"

萧立问大惊失色，知道事情彻底败露，不做挣扎，一声长叹说："这一天还是来了……"

此刻的萧立问怎么知道抓捕他的、眼前的刑警队队长马平川是即将把他送进大牢的亲生儿子。

萧立问被戴上手铐，与上次抓捕祝奎不同的是，上次他们是悄悄从后墙进后墙出，这次他们带着萧立问从大门出去，看门人伸出头来，薛天掏出证件："警察办案，把门打开。"看门人打开大门，目瞪口呆地看着三辆警车呼啸而去。

萧立问被抓捕后，面对祝奎陈述的犯罪事实缄默不言审讯陷入困境。

局里领导也着急，眼见这桩24年前的人口失踪大案即将真相大白，萧立问却三缄其口，每次提审，他都闭目不语。局里领导请求省里支援，请来知名的提审专家，大家把希望都寄托在省里提审专家身上，然而，提审专家使用了半生的提审技巧，萧立问仍然不开口，提审专家败北而回。

马平川报请领导，萧立问由他来审……

温局说："不行，平川，你审不行，不合适。"

马平川说："温局，你是担心我跟他的关系？"

温局说："不，我是担心你再次回到你不愿回去的真相里，这个对你太残酷了，不，不能……"

马平川说："这是最后一张牌，如果不抛出这个，我估计真的难让他开口，省里赫赫有名的提审专家也拿他没办法，我想试试……"

温局说："不行，太残酷了，我们再想想别的办法。"

马平川面色悲壮地说："他犯下的滔天罪行，作为他的儿子，我有责任还受害者一个真相。这件事，还只有我能去做……父债子还，天经地义。"

温局终于答应："好吧，你调整好状态。"

马平川走到温局长办公室门口，回头说："如果他是人间恶魔，我一定要亲手把他送进地狱。"

薛天他们知道马平川要审讯萧立问，坚决反对。马平川开玩笑说道："你们是怕我徇私？还是怕我罔顾法律？"

小卫说："我们是怕你受不了真相……"

大家忧心忡忡，马平川说："我没你们想象的脆弱，我必须面对，还受害人一个真相……"

出门前，马平川在卫生间对着镜子深深吸了一口气，凝视着镜子中的自己好一会儿："马平川，你给我绷住喽，你敢干坏事，我一定不饶你，今天，你背着11个家庭的真相，你得给我站稳，绷住，不能尿……不能尿……"

审讯室里，马平川坐在中间，左边是薛天，右边是小卫。小卫负责

第十六章 局中谜

记录，一场严阵以待的特殊审讯即将开始……

萧立问被带进来在对面坐好后，居然开口说出一句话："马队，听说李夏是你的亲弟弟，这可得恭喜你啊，失而复得，不容易啊。"

马平川说："你消息倒是灵通得很。"

萧立问说："谁没个医生朋友，哈哈哈……"

马平川说："让你费心，还有心思关心我的事，你应该想想自己的犯罪事实怎么交代，这才是你现在应该做的。"

果然，萧立问沉默了，闭目养神，就这样耗了一个多小时，他始终一语不发。时间在一分一秒流逝，马平川一次又一次发问，萧立问照样闭目不语。薛天和小卫都望着马平川。马平川说："今天就到这里。"薛天悄声地说："就结束啦？"

外面的警察进来带萧立问，出门时，萧立问又说："马队，没想到啊，李固替你养大李夏，实在不容易，李固是个好人呐。"

薛天气愤起身，马平川按下他："是呀，地狱空荡荡，魔鬼在人间。"3人迅速起身，离开审讯室。

3人在走廊上，小卫说："这是什么人嘛？"

薛天说："这个死鸭子嘴，还撬不开……"

马平川说："明天来……"

第二天，审讯室里，依然是薛天和小卫一左一右，马平川手里一直在摆弄着一张照片。这是老周的老伴王娟给他的，那张发黄的老照片承载着马平川童年最美好的记忆。现在，这一切都被眼前这个恶魔撕碎，今天他要用这个撬开他的嘴，面对狠人，你只有比他更狠，才有赢的机会。

萧立问才坐定，马平川也不说话，"啪"地把那张照片甩在萧立问跟前，萧立问有点蒙，他拿起照片，瞬间，脸色大变："哪里来的，你们怎么会有这张照片？告诉我，这张照片哪里来的……"

薛天和小卫看了看马平川，马平川用一种平静得可怕的语气说：

"我的。"

萧立问眼睛瞪得溜圆:"你的?你怎么会有这个照片?"

"我怎么不能有这个照片?这是我全家人的……照片。"马平川顿了一下。

萧立问眼睛都快掉出来了,打量着他口中的"马队":"你……是……"萧立问手抖得厉害,照片落在桌上,他捡起来再端详……

"我,王志……李夏,重阳……我的母亲……柳眉。"马平川说完起身出去,他站在角落里泪如雨下。小卫跟着出去,小卫拍着他的背说:"要不要换成薛天?"马平川镇定一下,抹去泪水:"没事,接着来。"

两人进来坐下,萧立问盯着马平川:"你是小志?李夏是重阳?你说的是真的?"马平川不语,突然,萧立问一声吼叫:"苍天啊,我的小志和重阳居然还活着,苍天呐……"萧立问顿时嚎啕放声大哭……

萧立问觉得天旋地转,这张照片惊破天,他做梦也没想到,眼前这个警察居然是自己的儿子小志,李夏竟然是他的小儿子重阳,命运是多么荒诞,然而,这荒诞的始作俑者不正是自己吗?是自己把一个家庭推向了深渊,罪孽呐,罪孽……真是应验了那句:人生如戏,戏如人生。萧立问捶胸顿足……

他喃喃地说:"小志,不是爸爸狠心,我出去挣钱就是想让你们过得好点,我瞒着你母亲去矿上也是想多挣点,但是,你不知道发生了什么,那些人太坏,他们谋划了要把我砸死,制造矿难跟老板索取赔偿,但是被我无意间听见。我防备那个疤脸动手时为了保命,我先动手反杀了他,恶向胆边生,我跟与疤脸合伙要害我的张友才合作起来,分了30万赔偿,这让我走向犯罪,我赌这些矿老板最害怕安全事故,我想挣上几笔就回家带着全家远走高飞。结果越挣越想挣,8个月,我们积累了很多钱,有一回,我偷偷回去,本想在夜里潜回家中,不想却看见你母亲跟派出所陈林往来,我想,她也难,一个人带着两个儿子,接连三晚上,我都看见陈林去家里,我一气之下就走了。我把买给你和重阳的东西放在门口,离开了北甲镇。回去后,我觉得谋财害命不能长久做,必须断了，跟张友才商量各走各的路。我们分开，此生，永不再见。我改头换面，整了容。我让张友才也整容改头换面，回到水城刚好殡仪馆改制，我接下了它，专心干起殡葬行当，也算干得风生水起……

我回到水城后，去找过你们，才知道你母亲自杀了，也不知道你去了哪里，他们说重阳也死了。我偷偷去坟地看过，你母亲的，重阳的，两个坟挨在一起，你不知道我有多心痛，想着出去挣点钱让你们过上好日子，没想到，一个家全散了……我作恶多端，这是老天的惩罚……"

萧立问把他所有的犯罪事实一一交代了。他小心翼翼地问："我能看看李夏吗？虽然以前不知道他是我的儿子，但是，从第一眼看见他，心里就觉得亲切，所以很喜欢这个孩子……"

"苍天啊……家破人亡，我也没想到怎么会这样。"

马平川："苍天？你不配叫苍天，你想过那些家庭吗？他们也和我们一样，陷入困苦，万劫不复……"

面对命运的跌宕起伏，对面就是自己苦苦寻找的父亲，谁能想到当年轰动水城的11个人口失踪案竟然是自己的父亲王双龙做的？马平川努力镇定自己情绪，他想起自己在温局面前的话："他是恶魔，我要亲手把他送进地狱……"现在，这个真相让马平川难以自持，他努力平静下来。

萧立问把所有犯罪细节毫无隐瞒地一一交代了。审讯结束时，萧立问又露了一件事……

面对马平川愤怒的目光，萧立问闪烁躲开："李固……李固……不是小刘杀的，是我杀的，我杀他，是因为他那天掉出来的11张卡片，这个卡片与身份证一样。我把李固当成24年前的张友才，身高差不多，样貌嘛都改变了，谁也看不出谁……但是，这些身份证的出现实在太诡异，已经烧毁的身份证24年后又出现了，只有一个目的，敲诈！敲诈钱我不怕，我怕把以前的事情带出来。他手里一直捏着身份证，让李夏画了若干份，就是为了威胁我，这个东西他们可以复制出来。"

萧立问供述，端午过后，李固来到办公室门口："萧总。"萧立问见是李固："李固，进来，有什么事？"

"萧总，我有个朋友来到这里投靠我，我想帮忙问一下，我们这里不是在招人吗，看能不能找一个能挣钱的工种？"

"挣钱的工种？我想想，火化工种……"

"火化工种……行，谢谢萧总了，你给我面子，真的感谢。"

"李固，你是一个好员工，你有事我肯定要帮嘛。你让他明天来吧。"

"谢谢萧总……"李固千恩万谢地走了。

第二天，李固又来了，李固有点不好意思："萧总，嗯……"

"李固，你朋友来了？"

"萧总，我这个朋友胆子小，他不敢干火化工，他说工资低点没关系，别的做什么都行。"

萧立问想了想："后山的苗圃园，需要一个管理苗圃的人，这个工作简单，只是工资低些。"

"那当然好啦，哎呀，实在不好意思，老是麻烦你……"正在说着，李固的电话响了，李固掏出电话，包里落出一叠卡片，李固边打电话边弯腰捡卡片，捡起卡片摆弄着接电话。萧立问瞟了一眼，就是这一眼，他看见李固手中奇怪的卡片，这个卡片是身份证的模样，并且在第一张就是……王双龙……萧立问一下警惕起来，他接过李固手里的卡片装作不经意地翻看，正是那11个人的身份证……

萧立问很奇怪，这个东西当时不就烧毁了，怎么又诡异地出现了？李固打完电话，指着卡片："这是李夏画的，这个小子画得还真是像得很。"说着李固把卡片接过来装进口袋，跟萧立问道谢后离开了。他要急着告诉祝奎，给他找到了管理苗圃园的工作。

这边，萧立问被这突然出现的卡片整蒙了。他跑到走廊上看着李固的背影，猛然，他想到：他找来了。他知道除了钱的事，张友才不会跟他见面。萧立问的脑子高速转动起来。李固，为什么会把这个诡异的卡片落在他眼前？这分明是试探他，只是萧立问没想到，这个人改头换面

第十六章 局中谜

后早就回到他身边，潜伏了 20 年，自己竟然一点儿也没察觉，要不是今天他有意掉落这 11 个身份证，恐怕他要被李固蒙骗一辈子。因为这诡异身份证卡片的出现，他坚信眼前这个人，就是当年和他各奔东西的张友才。他们彼此容貌改变，但是，又有着某种默契，他感到危险袭来了……

20 多年前的矿洞里，他看见要把他当成"点子"制造矿难的疤脸和张友才，不由怒火中烧，李固这是玩了灯下黑，隐藏在自己身边不说，还是一个连续 5 年的先进员工？想想萧立问都觉得可怕。他笃定李固在用 11 张本该烧毁的身份证来试探他，李固这个没有朋友的人，突然古道热肠为朋友找工作，这一切都是疑点。细思极恐，萧立问在办公室里一圈一圈地走，隐藏了 20 多年的李固突然露面，萧立问不好的预感越来越强烈，这个事情不能拖，他现在还不清楚李固突然浮出水面的动机，但是，他深信李固接下来会有动作，凭着自己的洞悉世事的头脑，李固的出现不简单……

接下来他不动声色。3 天，他给自己 3 天时间观察，如有端倪，果断处理……

果然，3 天里李固多次来找他，一下来感谢他帮着祝奎安排工作，一下又是祝奎胆子小不敢在火化岗。在他给自己的 3 天时间里，偏偏李固 3 天都接连来找他。李固的频频出现，更加证实了他的猜想。他找一个理由把李固约到火化车间杀了，立马火化，骨灰丢进厕所马桶冲走。

小刘是帮顶包的，他和小刘做了一笔交易，帮小刘妹妹找到肝源，并且治疗费用全部他来出，小刘只是帮他处理有李固的监控。

自此，沉寂了 24 年的 11 个外出打工人口失踪案告破。

真相，终于水落石出。然而，这个真相对于马平川来说，依然是血淋淋的，这个真相让马平川难以接受……

萧立问戴着手铐在警察拘押下朝囚车走去。他回头，这边是马平川和刑警队的队员，萧立问停住脚步，朝马平川喊道："拜托马队……照顾好李夏，保重，来生不再相见……如果有来生，我一定做个好人赎罪，到了那边，我会向李固赔罪。"

萧立问朝马平川这个方向站立片刻，苍凉一笑，转身朝警车走去。

马平川带着李夏来到老周墓前："老周，真凶已经落网，真相……终于水落石出，你可以放心去了，马平川没有食言，当年的王志没有食言，你可以无牵无挂地去了……"

晚上，马平川带着李夏来到五孔桥，马平川模仿着李固玩起独属于李固和李夏的游戏。他站在桥这头，李夏站在桥那头，马平川喊："一二三，走……"李夏迈开腿朝对面走去，马平川从桥对面过来，走到中间那块破石板前，两人停留几秒，加快速度朝对面走去……

马平川和李夏一遍又一遍从桥的这头走到那头，李夏看见李固从桥对面过来，他朝着对面快速而去，走到桥中间，他扭头，李固朝他一笑不见了。李夏停下脚步，只见马平川正在快速而来。李夏泪流满面，来到桥中央那块破石块上，马平川也停住脚步："别怕，李固不见了，哥哥会照顾好你，哥哥永远不会离开你……"马平川泪水潸然，两兄弟在曾经给李夏带来快乐的五孔桥上，紧紧拥抱在一起……

"李夏，等哥哥办完这个案子，给你联系一个法医，你跟着他好好学，李夏比哥哥聪明多了，你一定会成为最出色的法医……"

马平川从包里掏出李夏画给他的 11 张身份证说："李夏，是你帮哥哥破了大案，你帮了哥哥大忙，我得好好谢谢你。"

桥头上，李夏擦了一把泪水，笑了……

马平川抬头望着夜空皎洁月亮："李夏，明天……可以开始了……"

站在桥下的小卫，看着月色中的马平川和李夏，泪如洪水，汹涌而来……